JN100934

殿、それでは戦国武将のお話をいたしましょう

貝原益軒の歴史夜話

山崎光夫

中央公論新社

はじめに

本書は「戦国コント（小話）集」です。

私は歴史ファンの一人として、以前から戦国武将の人生を、エピソード中心に、軽妙な味わいを持つ掌編（しょうへん）小説に仕立てられないかと模索してきました。

そうした中で出会ったのが、貝原益軒（かいばらえきけん）著の『朝野雑載（ちょうやざっさい）』（全十五巻）でした。この書には、戦国時代の逸話が豊富に収録されていて、全集本（益軒会編『益軒全集』巻之八、益軒全集刊行部〔隆文館内〕、一九一一年。複製本は国書刊行会、一九七三年）では活字が二段に組まれ、五百五十余ページに及ぶ大著です。

益軒はみずから渉猟（しょうりょう）した古文書や歴史史料に素材を採り、あるいは直接に見聞した世上の雑事などをも蒐集（しゅうしゅう）して、『朝野雑載』を編みました。

『朝野雑載』には戦国時代の逸話が満載されていますが、本書では単にそれらを現代文に移しかえるだけではなく、益軒が藩主に千夜一夜物語風に語り聞かせる形式のコント（小話）として紹介しました。一話ごとに完結していますので、どこから読んでも楽しんでいただけると思います。

戦国武将のエピソードは、『朝野雑載』の膨大な逸話の中から、私の興味と好奇心にもとづいて選択しました。信長、秀吉、家康をはじめ、信玄、謙信、足利将軍、黒田長政までの著名な戦国武将を網羅し、選りすぐりのエピソード集とするように努めました。

ところで、貝原益軒といえば『養生訓』、『養生訓』といえば貝原益軒、と言われるほど、益軒と『養生訓』は切っても切り離せません。

『養生訓』は健康指南書として今日でも読み継がれていますが、刊行されたのは、江戸時代中期の正徳三年（一七一三）、七代将軍徳川家継の時代です。益軒が死去する前年、八十四歳のときのことでした。江戸時代に八十五歳の長寿を得た益軒は、みずからの長命生活の実体験をもとに『養生訓』を著しました。それが、三百年余を経た現代でも健康法の座右の書として重宝されています。

益軒は生涯、九十八部二百四十七巻に及ぶ膨大な著作物を残しています。その内容は、儒学にとどまらず、本草学（博物学）、医学、地理、農学、文学、政治、歴史など、広汎にして多彩。有職故実、武道、神祇、音楽にも豊かな知識を持っていました。幕末に蘭学を伝え、日本に深くかかわったシーボルトをして、「日本のアリストテレス」と言わしめたほど、益軒は奥の深い、稀有な教養人でした。

益軒の博覧強記を伝えるエピソードがあります。

江戸時代中期の儒者で古学派の雄、荻生徂徠（一六六六〜一七二八）は、あるとき、弟子から質問を受けました。

「この日本で博識といえる人物は誰々でしょうか」

徂徠はしばしの考慮もなく、問いに即答しました。

「第三に挙げられるのは、伊藤東涯。第二は新井白石だ」

伊藤東涯（一六七〇〜一七三六）は江戸中期の儒学者。古義学派の始祖、仁斎の長男で、古義学を大成した教育者です。

新井白石（一六五七〜一七二五）は江戸中期の儒学者にして政治家。六代将軍家宣に仕えて幕政に深く関与しました。『読史余論』『藩翰譜』などの歴史書ほか、多数の著作物を残しています。

「それでは、第一位はどなたでしょうか」

「第一は、貝原益軒だ」

弟子はその名前を胸に刻みました。

そして、古文辞学の泰斗、徂徠への失礼を顧みず、さらに尋ねました。

「それでは、徂徠先生はいかがですか」

徂徠はふたたび即答しました。

「いま挙げた人物は、私が見も知らず、聞きも及ばぬ書物を引いて著作しておられる。とても私など及ぶところではない」

弟子は先人三名の偉業を知り、師徂徠の謙遜と余裕に満ちた度量に感服したのでした。

益軒がいかにして『朝野雑載』を著すほど戦国時代に精通するようになったかは、その経歴をたどるとおのずと見えてきます。

益軒は寛永七年（一六三〇）十一月十四日に、貝原利貞（としさだ）（号は寛斎（かんさい））の五男として九州福岡に生まれました。三代将軍徳川家光（いえみつ）の時代です。父は藩主黒田家に祐筆役（ゆうひつやく）（藩の文書作成・記録係）として仕えていましたが、その後、一時期職を失い、医者を業としたり、役人として地方を回ったりしていました。益軒の医学への関心は父親譲りです。母ちくは士族の出で、益軒が六歳のときに死去しています。その後は賄い婦に育てられていますので、益軒は母に甘えたり、躾（しつけ）られたりした記憶もなく、家庭の味をあまり知らない環境で成長しました。

少年時代の益軒は読書好きで、和漢の古典を読破し、頭脳は抜きんでていました。慶安元年（一六四八）十月、十九歳のときに初めて出仕（しゅっし）し、藩主黒田忠之（くろだただゆき）の御納戸御召料方（おなんどおめしりょうかた）（衣服調度の出納係）の職について、四人扶持（ぶち）を受けました。

二十歳になった益軒は、参勤交代で出かけていた江戸より福岡に帰郷し、元服をすませました。そして、藩主忠之の命を受け、忠之に同道して長崎に出かけました。ところが、この長崎行に際し、理由は不明ながら忠之の勘気をこうむり、帰国後、閉居十五日、さらに謁見（えっけん）不許可四ヵ月の処罰を受けてしまいます。加えて、翌年八月にはふたたび忠之の怒りにふれて失職し、この後、丸六年間にわたって路頭に迷うこととなり、浪人生活を余儀なくされました。

浪人となった六年間は、いわば「失われた六年」でした。ところが、この歳月が逆に益軒の人生観を変え、儒学や本草学にとどまらず、百科全書的な学問を極める契機ともなりました。禍（わざわい）を転じて福としたのです。

読書に耽り、知識を蓄積するかたわら、長崎にも出向いて見聞を広めました。当時、長崎の出島は日本で唯一の西洋への窓口でしたので、オランダ医学にも触れられたのです。益軒は失職の身を逆手にとって、通詞（通訳）をとおして最新の知識を吸収し、貴重な中国の文献を入手しました。益軒には生涯、明確な師はなく、父親や兄、友人、専門家などからそのつど指導を受けて、学識を高め、充実させています。独学の人でした。

明暦元年（一六五五）三月、二十六歳のとき、父寛斎の世話をするという理由で江戸に向かいました。江戸に入る前日、医者を職とする決意をかため、川崎で髪を剃り、「柔斎」と号することとしました。

江戸で暮らすうち、益軒の知性と才覚、頭脳が藩邸でも知られるようになりました。それが藩主にも聞こえ、明暦二年（一六五六）十一月、三代藩主光之から出仕の命が出ました。以後、四代藩主綱政まで、二人の藩主に四十四年間にわたって侍講し、重用されました。

黒田藩内で儒学者として地位を確立した益軒に、大任が下りました。『黒田家譜』の編纂です。このころ、幕府は諸大名に命じて藩主の事績をもとにした藩の歴史を編修させています。『黒田家譜』の編纂はこうした幕府の意向を受けての仕事でした。藩内には黒田家にまつわる史料が数多く伝わっていましたが、我田引水の物語や針小棒大な文書もありました。こうした史料について、真偽のほどを正確に判断できる者でなければ、とうてい黒田家歴代の歴史は著せません。

益軒は一年でたちまち草稿を書き上げ、藩主光之に示しました。その後、七年の歳月をかけて、延宝六年（一六七八）益軒が四十九歳のとき、十二巻として光之に献上し、五十両を賜りました。

貝原益軒像（部分）　元禄７年（1694）
〔貝原本家所蔵〕

黒田光之像（部分）　宝永５年（1708）
〔福岡市博物館所蔵　画像提供：福岡市博物館／DNPartcom〕

さらに、絶えず増補改訂を加え、元禄元年（一六八八）五十九歳のとき、改正本・全十七巻を献上し、ふたたび五十両を賜りました。こうして、『黒田家譜』の完成を見たのです。益軒が取りかかってからじつに十七年の月日が過ぎていました。

益軒が大部の『朝野雑載』を著すほど戦国時代に精通するようになった理由は、この『黒田家譜』の編纂にありました。益軒はただ史料の蒐集にとどまらず、『朝野雑載』の随所で「按（あん）ずるに……」と表記し、益軒自身の考えや解釈を披露、提示しています。

本書は、戦国時代に精通した益軒が、長く仕えた三代藩主光之に戦国武将の武勇や人生観などを毎晩語って聞かせる形式で進行しています。夜ごと、藩主光之は楽しくも有意義な時間を過ごして寝に就きました。

『徒然草（つれづれぐさ）』を著した吉田兼好（よしだけんこう）は、第百十七段で「よき友三つあり」として、三種の良友を挙げています。「一つには、物くるる友。二つには、医師（くすし）。三つには、知恵ある友」です。

藩主光之にとって、益軒は知恵ある友であり、同時に医師でもありました。優れた側近を相談相手に持った光之は、三十四年の長きにわたり黒田藩に善政を敷くことができました。益軒の「側近力」と言えるでしょう。

読者の皆様が黒田藩主光之とともに、殿様になったつもりで楽しみと喜びを味わっていただければ幸いです。

目次

殿、それでは戦国武将のお話をいたしましょう

貝原益軒の歴史夜話

第一夜　織田信長　その一　天下人が出したお触れ

この夜、筑前国福岡藩第三代藩主、黒田光之は福岡城内の一室に貝原益軒を呼んでいた。藩主光之はたった今、按摩を終えたばかりで、治療師は部屋を下がっていたが、まだ体が重いのか、しきりに首を回したり、肩を上下させたりしていた。

「お疲れのご様子とお見受けいたします」

益軒は言った。

「うむ、こう次から次に領内に事が起こっていては疲れもする」

「御意にございます。何か薬を処方いたしましょうか」

「いや、それには及ばぬ。あまり薬に頼るなとは、そのほうの口癖ではないか」

「これは恐れ入ります」

益軒は六十代半ばに達していた。黒田藩の侍講として、また、奥医師として仕えており、藩主光之は二歳年上でしかないので、両人は同世代だった。

「それより、そのほうの博識多才はつとに知られている。どんな話でもよい。何か面白い話を聞かせてはもらえないか」

藩主は益軒を指さして言った。

「面白い話と申しましても……」

益軒は急の申し出に戸惑いながら、どんな話をしたものかと考えた。しばらく思案した末、一つの案にたどりついた。

「だいぶ前になりますが、私は殿に『黒田家譜（くろだかふ）』を献上つかまつりました。あの書を編むにつきまして、戦国の世を生きた武将たちの戦いや政（まつりごと）、人生などの研究と検証をさせていただきました。この国の歴史の大河をたどった思いです」

益軒は寛文十一年（一六七一）、四十二歳のとき、光之から黒田家の系図と歴史の編纂（へんさん）を命じられた。藩祖孝高（よしたか）（官兵衛（かんべえ）。号は如水（じょすい））、初代藩主長政（ながまさ）の歴史を訪ねて人生と業績をひもとき、元禄元年（一六八八）に『黒田家譜』として十七巻にまとめて光之に献上した。その後も増補と改訂の作業が続けられている。

「そこで、『黒田家譜』を著している間に学んだ歴史の中から、何か肩の凝らない話を思い出すまま、お話しするというのはいかがでしょう」

「歴史話か……。それは面白くてためになりそうだ」

「まずは織田（おだ）殿のお話でもいたしましょうか」

「織田？　信長（のぶなが）公の話か」

「左様（さよう）でございます」

「信長公については興味が尽きない。話してみよ」

藩主は脇息にもたれて益軒が語り始めるのを待った。

益軒はおもむろに話し始めた。これが藩主光之に益軒が毎夜語り継ぐことになる、戦国時代を話題とした歴史秘話の記念すべき第一夜となった。


織田信長が室町幕府を滅ぼし、天下を取って絶頂を極めているとき、あるお触れを出した。

お触れは次のような内容だった。

「わしと同年、同月、同日、同村に生まれた者がいれば名乗り出よ」

信長は天文三年（一五三四）五月十二日に尾張で生まれている。

信長はどんな人物が現れるか楽しみでならなかった。いつ、どんな男が名乗り出てくるか心待ちにした。

すると、一人の男が現れた。

「私が上様と同じ日に生まれました」

その男を見て、信長は落胆した。極めて貧相で、貧しく、汚らしい男だった。

「そのほう、わしが生まれたのと同年、同月日、同村に、しかと相違ないな」

「ございません」

男は平伏して答えた。

信長は蔑みつつ、男に向かって、

「わしは天下を取り、おまえは貧賤の身だ。同じ日にこの世に生を受けたというのに、天命は大いに違っている」

と言った。運命とはいえ、あまりの差に信長もただただ驚くばかりであった。天地の差がある。するとと男は、

「上様と私の身の上は大変な違いがあります。しかし、この違いはたった一日の違いにしか過ぎません」

と平然として答えた。

「なに、たった一日の違いとな。それはいかなる意味だ」

信長は訳がわからず聞き返した。

「天下を取るというのも、貧賤に極まるというのも昨日までのことでございます。すでに過去の出来事として富貴も貧賤も、いずれも変わるものではありません」

しかし、と男はここで少し言葉を切って続けた。

「しかし、明日の身の上がどうなるかは、上様も私もわかりません」

いかがでしょうか、と男は信長を真っすぐ見つめた。

「うむ、それは誰にもわからぬわ」

信長は少し身構えていた。

「ただ、今日一日だけは、上様は天下の主として楽しまれ、私は貧賤の身に苦しむ。それだけでございます」

と言った。男はなお平然としていた。

信長はしばらく、貧窮にあえぐ男を見続けた。

「うむ、そのほうの言うこと、もっともである」

信長はひどく感じ入った様子で男に衣服や金銀を取らせ、手厚くもてなして帰した。


藩主光之もこの話に感じ入ったようで、しきりにうなずいていた。

「運命の違いはたった一日だけのことというのか。儚いが、それが現実というもののようだな。いつどうなるかわからないのが人間の命だ」

光之は深く胸に納めたようだった。

「御意」

「その信長殿は後年、本能寺の変で斃れた。まさに明日は知れぬ、今日一日だけの身の上であったな」

「左様でございます。この一日の違いについては古くから歌にも詠まれています」

と益軒は言った。

「歌に？」

「世の中のもの憂きことは今日ばかり昨日は過ぎつ明日は知られず、と詠われています」

「なるほど。わしも今日という日を考え直さねばならない」

「御意にございます。ところで、この話には続きがございます」

「ほう、続きとな」

「信長公と同じお触れを出した天下人がほかにもいます」

「誰だ？　秀吉公か」

「いえ、明の太祖です」

中国・明の初代皇帝、朱元璋（洪武帝。一三二八～一三九八）も同年、同月、同日、同村に生まれた者がいれば名乗り出よと捜している。

「すると、何か。信長公は洪武帝の行動を真似したというのか」

「さて、それはわかりません。ただ、人は天下人になると同じようなことを考えるようでございます。己の運命を他者との比較で振り返ってみたくなるのでしょうか」

光之はただ黙ってうなずいていた。

「信長公の話は面白かった。そろそろ眠くなってきた。寝所にまいる」

藩主光之はあくびを我慢できない様子だった。

「それではこの続きは、よろしければ明晩にいたしましょう」

「そうしてくれ。今夜は楽しかった」

そう言って、藩主は寝所に向かった。

益軒は平伏しつつ藩主を見送り、やがて部屋を辞した。

第二夜　豊臣秀吉　その一　太閤が見立てた一人前の武将

この夜、筑前国福岡藩第三代藩主、黒田光之は福岡城内の一室に貝原益軒を呼んでいた。

「昨夜の信長公の話は面白かった。寝るにはまだ早い。今宵も何か面白くてためになりそうな歴史話はないか」

「それでは、今夜は秀吉公のお話をいたしましょう」

「秀吉公であるか。それは楽しみだ。話してみよ」

藩主は脇息にもたれて益軒が語り始めるのを待った。

益軒はおもむろに話し始めた。

豊臣秀吉は話好きで知られている。

ある日、家臣たちが秀吉を取り巻いて談笑していた。秀吉はこのとき、すでに天下を手中に収めていた。

家臣の一人が、

「人がこの世を渡るのに、何を大切にしたらよいものでしょうか」

と渡世の要諦（ようてい）について尋ねた。

秀吉はしばらく考えて、

「人は三つの〝つる〟を用いるのが大事だ」

と言った。

家臣たちは三つの〝つる〟なるものがわからず、主人の次の言葉に耳をそばだてた。

「三つの〝つる〟とは、おづる、はづる、かんづるだ」

おづるは〝畏づる〟で、畏れる心。神を畏れ、天を畏れ、また、相手に対し畏怖の念を持つことである。

はづるは〝恥づる〟で、恥を知り、おのれの言動を慎む。常に自己を省みる態度を重視する。

かんづるは〝感づる〟である。人の心に感じ、情に感じ、世間の動きを感じることだと説明した。

「三羽の鶴（つる）を心の中に飼いならして大切にしたいものだ」

秀吉は言いながら家臣たちを見渡した。

——おづる、はづる、かんづる……。

家臣たちはそれぞれ胸の中で、主人が述べた三つの〝つる〟を反復していた。

そして、主人が主君信長から厚い信任を得た理由の一端を知ったのである。

藩主光之は、

「秀吉公の言葉は含蓄に富んでいる。それにしても、ずいぶん謙虚な謙譲の精神を説いておられるな」

と感想をもらした。

「確かに……。部下を戒めつつも、ゆとりを持っておられます。これはすでに天下人(てんかびと)となられた自信と風格からにじみでているものと思われます」

益軒は秀吉の渡世法をそう判断していた。

「そうだな。浅井(あざい)や朝倉、毛利、柴田などと生死を賭けて戦っているときには、これほど穏やかな物の言いようはされなかっただろう」

「御意(ぎょい)にございます」

益軒はここでひと呼吸置いて続けた。

「殿、実は私にも医者として常に心に留めている言葉があります」

と恐縮しながら言った。

「申してみよ」

光之は促した。

「薬を売る者は両眼(りょうがん)、薬を用いる者は一眼(いちがん)、薬を服する者は無眼(むがん)といいます」

「両眼、一眼、無眼とな……。どういう意味だ」

「これは薬物に対する目利きの度合いをあらわしたものです」

薬の材料となる生薬(しょうやく)の判定能力において、薬を売る者が最もよく知っており、次に、これを使う医者が知っていて、薬をただ服む患者は無知であるというたとえですと説明した。

「手厳しい評ではあるな」

「左様です。私は医者として、一眼に満足することなく、両眼を目指したいと思っています」

「病人が無眼なのは仕方がないとして、無眼の医者もおるのか」

「たくさんおります。隠さず申すならば、一眼より無眼のほうが多いかと思われます」

「そんなものか。病人には迷惑な話だ」

「まことに……。でありますので、私は常日頃、おのれを戒めているのでございます」

「秀吉公同様、謙虚な姿勢ではあるな」

益軒は秀吉と比べられてただただ平伏していた。


秀吉はあるとき、近習たちを前にして諭したことがあった。武略や政務といった重い話ではなく、ごく日常の戒めだった。

「分別なき人に恐れよ。また、心に垣をせよ」

日頃、交際する人物として物の道理を知らない者を警戒しなければならない。わきまえを知らない人物は何をしでかすか知れないものだ。また、他人に対して心は常に垣根をしておかねばならない。垣根を立て防御する。油断してはならないという訓戒だった。

「我が口に恐れよ。また、我が行く末を思え」

口は災いのもとと知り、おのれの言葉には常に気を付けねばならない。また、日々の生活に追われるだけでなく、常に自分の将来について思いを致すことが重要だ。

「主人は無道者と思え。また、辛労は楽の基と思え」

とかく家来を率いる主人というものは無茶を言う。部下に無理難題を課すものだ。家来は主人のことを、あるときには常識の通じない無道の人間だと思っているのがよい。また、辛労辛苦は生きている限り付きまとってくる。仕方がない。楽あれば苦あり、苦あれば楽ありと心得て、日々、生活するのがよい。


近習たちはただただ主人秀吉の言葉に耳を傾けながら聞き入った。

藩主光之は、

「主人は無道者と思えとは、秀吉公はずいぶん近習を前にして直截に言ったものだな」

と驚きをあらわにした。

「御意。しかしこれは、近習たちも信長公と秀吉公の関係を思い起こせば理解できるかと存じます。信長公はずいぶんと無理難題を秀吉公に命じました」

「そうであったな」

「ただ、秀吉公の常人と違うところは、無道に怯むことなく課題をこなした点です」

益軒の解釈だった。

「そのほうの申す通りだ。秀吉公の余人をもって替え難い武勇と才覚といえるだろう」

光之は尊敬の念を隠しきれなかった。

また、秀吉には輿に乗ったこんな日もあった。家臣たちに囲まれ、座談の花が咲いていたひとときである。

「日本に出来物（できぶつ）といえる人物が一人半いる。誰か言い当ててみよ」

秀吉は家臣たちを見回した。

家臣たちはお互いに顔を見合わせ首をかしげるばかりだった。

「一人半とは、一人と一人前には及ばない半人前の人物という意味でしょうか」

と家臣の一人が聞いた。

「そうだ。一人と半人で、都合、二人だ」

だが、家臣たちはいくら考えてもわからない。さらに、思いついた名前を主君相手に気軽に挙げるわけにもいかない。

やがて、答えに窮している家臣たちに秀吉は言った。

「一人半の一人は、小早川隆景（こばやかわたかかげ）だ」

「では、半人はどなたでしょうか」

と家臣がさらに聞いた。

「半人は鍋島直茂（なべしまなおしげ）だ」

藩主光之は、

「その出来物にわが藩祖、黒田如水（孝高）は入っていないのか」

と不服そうだった。秀吉への忠誠心では、如水も人後に落ちない。

「御意にございます。ただ、この話には別の説も伝わっています」

「別？」

「秀吉公は出来物が二人いると話されたのです。一人半ではないのです」

「ほう、二人いるとな。面白い。誰だ？」

「一人は、我なり、とお答えになりました」

「我……。秀吉公がご自身の名前を挙げたのか」

「いえ、これは秀吉公ならではのお答えです」

「では、あと一人は誰だ。やはり、小早川隆景と申すのか」

「左様です」

「ほう……」

光之は今までになく強い関心を示した。

「あとの一人は、小早川隆景と黒田如水の二人を合わせて一人とのことです」

「藩祖は入っている。だが、二人で一人の半人扱いとは、秀吉公もなかなか厳しい評価だ」

光之は残念そうだった。

「いえ、殿、常人には決して及ばない力で天下人になられた秀吉公です。その方にたとえ半人としてでも名前を挙げられるだけで名誉です。秀吉公のいう半人は武将五、六人分を合わせた力量を意味しています」

益軒は藩祖を誇りに思っていた。

「左様か。言われてみれば、そのほうの言う通りだ。いまの秀吉公の話は面白かった。だが、そろそろ眠くなってきた。寝所(しんじょ)にまいる」

藩主光之はあくびを我慢できない様子だった。

「それではこの続きは、よろしければ明晩にいたしましょう」

「そうしてくれ。今夜は楽しかった」

そう言って、藩主は寝所に向かった。

益軒は平伏しつつ藩主を見送り、やがて部屋を辞した。

第三夜　徳川家康　その一　大御所が説いた為政者の心得

この夜、筑前国福岡藩第三代藩主、黒田光之は福岡城内の一室に貝原益軒を呼んでいた。

「昨日の秀吉（ひでよし）公の話は面白かった。寝るにはまだ早い。今宵（こよい）も何か面白くてためになりそうな歴史話はないか」

「それでは、今夜は家康（いえやす）公のお話をいたしましょう」

「家康公であるか。それは楽しみだ。話してみよ」

藩主は脇息（きょうそく）にもたれて益軒が語り始めるのを待った。

益軒はおもむろに話し始めた。

徳川家康は幼少時からの並々ならぬ苦難の生い立ちに影響されて、家臣たちに人の生き方を語るとき、慎重、かつ細心、律儀（りちぎ）な精神を説く形になりがちだった。

ある日、近習（きんじゅう）が家康に、

「人が生きる上で何を大切にしたらよいものでしょうか」

と尋ねた。

家康は質問の答えを用意していたかのように、時をおかず、

「それは五字と七字を用いるに尽きる」

と応じた。

近習たちは意味がわからず、不得要領でお互いの顔を見合わせるばかりだった。

「五字というのは、うへなみそ。七字は、みのほどをしれ、だ」

五文字の「うへなみそ」は、「上を見るな」という意味で、贅沢心を戒めている。七文字の「みのほどをしれ」は、「身の程を知れ」だった。自分の力量や身分をわきまえずに思い上がってはならないと説いたのである。

身分相応に生きる――。これが家康の人生訓だった。

藩主光之は、

「なるほど、人質にとられて苦労された家康公らしい教えであるな」

と感心した。

「私は五字と七字に、無理はするなという意味が込められていると解釈しています」

と益軒はみずからの考えを披露した。

家康は、人質にされているときは人質として振る舞い、また、岡崎城に戻ったときには城主として、さらに、関ヶ原で勝利したときには東軍の大将として、その折々の身分や力量にふさわしい言

動をとっている。

「力量のないときに、あるいは、周囲からの評価が定まらないときに、おのれとかけ離れた不相応な振る舞いはしていません」

これが家康をして天下を取らせたと益軒は考えていた。

人というのはとかく自分がどんな力を持っているかわからないものだ。過大評価したり、逆に、過小評価して、道を誤り、生活を狂わせる。傲慢になって傍若無人な行動をとったり、必要以上に懊悩して萎縮もする。正しい自己評価こそ人生の充実につながると益軒は信じていた。

「五字と七字についておのれを振り返ると、内心、忸怩たるものがある」

光之はわずかに照れ笑いを浮かべた。


また、あるとき、家康は近習に言った。

「人というのは、松と藤にたとえられる」

近習たちは、主の次の言葉を待った。

「松の木は大地に深く根が伸び、長い年月を経ても緑色の葉の色は変わらず常磐を保つ。これは、人間にたとえれば、端人正士といえる。一方、藤の木の根は浅く、葉は自由に生い茂ってはびこる。棚がなければ立っておられず、何とも頼りがいがない。人間でいえば、佞奸の士のようだ」

端人正士は、優れて正しい人物をいい、佞奸の士は、口先だけで人に媚びへつらう人物を指す。

「どちらが望ましい人物であるかは論を俟たない」

家康はさらに続けた。

「たとえの話なら、公家と武士でもいえる。何にたとえればその働きを的確にあらわすと思うか」

と問い、座を見回した。

近習たちはただ首をかしげるばかりだった。

「公家は金銀のようだ。一方、武士は鉄のようだ。金銀は確かに高価で貴重だ。それに比べ鉄は見劣りし、値も安い。だが、鉄の物事に役に立つ働きでは、金銀など比べるまでもない」

そのほうたちも鉄の働きを見習え、と家康はふたたび座を見回した。

「確かに、大判小判は光り輝き見栄えはよいが、実生活や戦場で必要なのは、鍋、包丁、薬罐(やかん)、鍬(くわ)、鎌、それに、刀や槍、鉄砲、大砲である。実用性では鉄のほうが圧倒的に上だ」

と藩主光之は言った。

「御意(ぎょい)。家康公の家臣や武士団を思う気持ちはこのたとえ話によく出ていると存じます」

益軒の正直な感想だった。


家康に召し使われていた女にお梶(かじ)という者がいた。

あるとき、家康が起請文(きしょうもん)を書き終わり、いざ血判(けっぱん)を捺(お)す段になった。

そのとき、お梶は密(ひそ)かに自分の指を小刀で切って血を出し、

「これを」

と血があふれた指を示した。

家康に血を出させぬよう身をもってとった行動であり、その機転と勇気は男勝りであった。

家康は悠然とお梶の指の血で血判を捺した。

「孫子の軍術にもありますが、人というのは、大将の使い方ひとつで、女人も勇猛な男と同じように働きます」

お梶がその例です、と益軒は言った。

「家康公の人を見抜く力は相当なものといえるな」

と光之はうなずいた。

「女でも、名将の下に仕えると知恵深い人物に成長するという一つの証です。お梶と同じような話は源義経にもあります」

と益軒が言うと、

「義経にも女人が関与しているというのか」

藩主は興味を示した。

文治元年（一一八五）十月十一日、義経が京都の六条堀川館にいたとき、頼朝の刺客、土佐坊が夜討ちをかけた。夜襲に義経方は混乱したが、義経のそばで仕えていた愛妾、静御前は長刀を取って果敢に敵と戦い、主を危機から救った。

「なるほど、大将の器次第で女も猛者のように働くということか」

「御意にございます」

益軒は藩主に器の大切さを伝えたかった。


元和二年（一六一六）四月十七日、家康はもう末期が近いというときに、秀忠を枕元に呼び寄せた。


「わしの最期も近づいた。そのほうに聞きたいことがある」

家康が弱々しく言うと、秀忠は畏まって、

「父上、何なりと」

と涙ながらに尋ねた。

「そのほう、天下を何と心得るか」

秀忠はしばし考えてのち、

「天下は乱と存じ奉ります」

と平伏しつつ答えた。

それを聞いた家康は、

「安堵した」

と、至極機嫌の良い表情だった。

家康は次に家光を呼んだ。

「そのほうはのちに天下の主となる者である。天下を治める要諦を伝えておく」

と声をふりしぼった。

家光は平伏しつつ耳を澄ませていると、

「それは慈悲であるぞ」

と告げ、やがて、家康は瞑目して息を引きとった。


「家康公は治にいて乱を忘れない二代目将軍に安心され、三代目には人を慈しみあわれむ、慈悲の心を説かれました。戦国の世を終わらせ、平和の世を招来されたのは家康公です。太平の世を築いた家康公としては、優れた跡継ぎを得て、徳川家の安泰を確信されて亡くなりました。まさに大往生と申せましょう」

益軒の実感だった。

「そのほうの言う通りだ。家康公は幸せ者よ。いまの話は面白かった。さて、そろそろ眠くなってきた。寝所にまいる」

藩主光之は睡魔を我慢できない様子だった。

「それではこの続きは、よろしければ明晩にいたしましょう」

「そうしてくれ。今夜は楽しかった」

そう言って、藩主は寝所に向かった。

益軒は平伏しつつ藩主を見送り、やがて部屋を辞した。

第四夜　徳川光圀　黄門裁きと隠居生活

この夜、筑前国福岡藩第三代藩主、黒田光之は福岡城内の一室に貝原益軒を呼んでいた。

「今日は鷹狩（たかがり）に出かけ、ちと疲れた」

「遠出なさったのですか」

益軒は聞いた。

「いや、遠出というほどではないが、このところ城外に出向くと疲れを感じて仕方がない。今宵（こよい）は何か肩の凝らない易しい歴史話はないか」

「それでは、今夜は戦国の遺風を伝える名君、徳川光圀（とくがわみつくに）公のお話をいたしましょう」

「黄門様の話だな。まだご存命である。それは楽しみだ。話してみよ」

光之は脇息（きょうそく）にもたれて益軒が語り始めるのを待った。

益軒はおもむろに話し始めた。

あるとき、光圀の領地、水戸藩内において鶴を捕まえた男がいた。そのころ、鶴は益鳥を追い散らして田畑を荒らし、百姓を困らせていた。

しかし、役人はこの男を捕らえて牢屋に入れた。

「昔から、鶴を捕った者は死罪になる。これは天下の法である。許される問題ではない。死罪は決まった」

役人は当たり前のように言った。

これを聞いた光圀は思案した。保護鳥の鶴を捕獲した者は死罪——。これは法の定めるところである。しかし、鳥一羽のために貴い人命が失われるのは惜しいし、不憫(ふびん)である。だが、為政者として法を曲げるわけにもいかない。光圀は何とか法を尊重しつつ、助命する方法はないかと考えた。

考えあぐねた末、光圀は城下の近辺に住む僧侶を集めさせた。僧は仏に仕える身である。

おそらく、裁きの場に同席すれば、

「罪は罪として何とか命だけはお助け願います。それが仏の道です」

と僧たちは命乞いをするに違いないと考えたのである。

裁きの日、僧侶たちが登城して、成敗の場に集まった。そこへ、罪人が白洲(しらす)（法廷）に引き出され、役人により、経過が詳しく伝えられたのち、罪状が厳しく述べられた。

光圀は黙って聞いている。やがて、役人から死罪の判決が告げられた。

このとき、居並ぶ僧侶たちからは何も声は上がらなかった。命乞いはなかった。

光圀の意に反して、裁きは役人の申し出通りに進んでしまったのである。

「ならば、光圀公のせっかくの心遣いにもかかわらず、男に死罪が告げられたのか」

光之は怒りを感じたようだった。

「そのようです」

益軒は応じた。

「光圀公の妙案も台なしだな」

「ところが、ここで光圀公は席を外されたのです」

「外した？　お逃げになったのか」

「いいえ、違います。光圀公は急に所用を思い出したと言われたのです」

「では、裁きはどうなったのだ」

「成敗は日を改めて行うと告げられました」

益軒は言った。


後日、ふたたび、鶴を捕獲した男が白洲に引き出された。この成敗の場には、この前の僧侶たちとは違う僧たちが控えており、役人が例によって予定通り死罪を告げた。

このとき、僧たちが光圀に向かい一斉に訴えた。

「男は深く反省して、二度としないと誓っています。何とか命だけはお助け願います」

口々に助命を嘆願した。

光圀は黙って聞いていたが、やがて、

「それほど言うなら致し方ない。このたびだけは仏の道に免じて許す」

と裁いて、白洲から引きあげた。


「そうか、命は助かったか」

光之は満足そうだった。

「殿、この話には後日譚（ごじつたん）があります」

益軒は言った。

「何だ。申してみよ。命が助かればそれでよいではないか」

「僧侶たちが城に呼ばれたのです。あの、白洲で命乞いをしなかった僧侶たちです」

「ほほう」

「光圀公は僧侶たちに向かい、そのほうたちは無知、無慈悲の愚か者だ。そのような仏の道を知らぬ僧は、この水戸藩には必要ない。おのおのの寺を明け渡すがいい、と命じ、僧たちを領内から放逐したのです」

益軒の歴史話に、光之は笑みを浮かべながら、いつまでもうなずいていた。


光圀は六十三歳で家督を兄頼重（よりしげ）の子綱條（つなえだ）に譲り、翌元禄四年（一六九一）、城の北へ六里（約二十四キロ）の西山（現、常陸太田（ひたちおおた）市）に庵（いおり）を建てて隠居した。庵名の「西山荘（せいざんそう）」にちなみ、領民からは「西山黄門」と呼ばれた。

隠居後の光圀は読書に耽り、田畑を耕作し、山に入り山菜、木の実などを採取した。まさに晴耕雨読の生活を続けた。

あるとき、江戸表より幕府の使いが水戸城を訪れた。光圀は隠居所より城に出向いて、幕府からの用件を聞き、その案件も滞りなく処理した。その夜は城で使者をもてなした。

饗応の席で光圀は、

「明日はぜひわが庵に来てほしい。ゆるゆると話でもいたそうではないか」

と使者を誘った。

使者は光圀の誘いに応じ、翌日、「西山荘」に赴いた。

水戸家といえば、徳川御三家の一つ。どんな立派な隠居所に住んでおられるのかと興味を抱いていたが、その屋敷には門もなく、垣根も粗末で茨が絡みついていた。竹の小さな戸を開けて敷地の中に入ると、こぢんまりとした馬小屋があり、その脇を通って進むと、茅葺きの小さな家がわびしく建っていた。召使が出迎え、使者を居間の隣にある囲炉裏の掘られた部屋に案内した。

光圀は早速、使者を上座に据え、給仕係の小坊主に茶と煙草を出させて世間話に興じた。

ややあって、光圀は使者には内緒で、

「せっかくの珍客だ。何か馳走したい。そのほう町に出かけて新鮮な魚を手に入れてこい」

と召使に命じた。

召使は獲れたての鰹を一本買ってきた。

「これは上等の魚が手に入った」

光圀は鰹の尻尾を持ち、上から下まで眺め渡して喜んだ。

「江戸からの珍客である。今日はわしがさばく」

包丁を握り、みずからまな板に向かった。そして、鰹を三枚におろして刺身にし、その他の部分は汁物として調理した。光圀手作りの料理が使者に振る舞われた。一汁一菜の膳だけのつつましいもてなしだった。

「不調法な男料理で相済まぬ」

そう言って光圀は使者と食事を共にした。

使者は光圀手ずからの料理にひたすら恐縮しつつ、食事は終わった。

「このへんにてお暇（いとま）を」

と使者は平伏（ひれふ）した。

帰り際、光圀は馬小屋から馬を引き出させ使者に用立てた。

「隠居の身であるので馬具までは用意していない。このまま使ってほしい」

そう言って鞍（くら）なしのまま馬を与えたのである。

使者はひたすら感謝して城まで帰った。

「光圀公のつつましい生活に、さぞ幕府の使者は驚いたであろう」

光之は言った。

「御意（ぎょい）。葵（あおい）の御紋を入れた鞍で自慢してもおかしくないにもかかわらず、鞍も省略する簡素な生活に使者も感服したということです」

「まことに見上げたお心掛けだ。見習わねばならない。わしもどこかにあばら屋でも建てて、もう隠居するとよいのかもしれない」

光之は神妙だった。

「いえいえ、殿には藩主として、まだご政務に励んでいただかねばなりません。ところで、光圀公は歴史や文化、伝統などに造詣が深く、その振興に熱心に取り組んでおられる藩主のお一人です」

その一例として、益軒は水戸藩の大業、『大日本史』の編纂を挙げた。南朝の天皇を正統とする歴史観にもとづき日本の歴史を考証した史書。完成は明治三十九年（一九〇六）で、全三百九十七巻。

この『大日本史』の史料蒐集のため福岡を訪れた水戸藩の儒者、佐々介三郎（宗淳）に益軒は会って、大宰府に案内している。益軒は二歳年上でしかない光圀に縁を感じていた。

「また、光圀公は風雅を愛する人でもあります。江戸小石川の藩邸内に後楽園という名の庭園をお造りです」

中国・明からの亡命儒学者、朱舜水の意見を取り入れて作庭した回遊式築山泉水庭園だった。

「こうらくえん、とな」

光之は聞いた。

「左様です。天下の憂いに先だって憂い、天下の楽しみに後れて楽しむ、との中国の詩文に由来しています」

「後楽か……。なかなかできることではないな」

「御意にございます」

「いまの話は面白かった。だが、そろそろ眠くなってきた。寝所(しんじょ)にまいる」

光之は睡魔に襲われた様子だった。

「それではこの続きは、よろしければ明晩にいたしましょう」

「そうしてくれ。今夜は楽しかった」

そう言って、藩主は寝所に向かった。

益軒は平伏しつつ藩主を見送り、やがて部屋を辞した。

第五夜　毛利元就　息子三人の器量を見定めた雪合戦

この夜、筑前国福岡藩第三代藩主、黒田光之は福岡城内の一室に貝原益軒を呼んでいた。

「今日は文書の改め事が多くて、いつになく疲れた」

「左様（さよう）ですか。それでは、すぐお休みになりますか」

益軒は聞いた。

「いや、そのほうの話が聞きたい。今宵（こよい）は何か肩の凝らない面白い歴史話はないか」

「それでは、今夜は毛利元就（もうりもとなり）公のお話をいたしましょう」

「それは楽しみだ。話してみよ」

光之は脇息（きょうそく）にもたれて益軒が語り始めるのを待った。

益軒はおもむろに話し始めた。


あるとき、毛利元就は邸内に雪が積もっているのを目にすると、座敷から縁側に出て、しばしその雪景色を観賞していた。

そして、元就はふと思いついて、

「そうだ、子どもたちに雪打ちをさせてみよう」

と側近に言った。

「雪打ちでございますか」

側近は城主の気まぐれとも思える提案に、怪訝な顔で応じた。久々の雪ではあったが、子どもの雪合戦を見物しようというのである。物好きではないかと思った。

とはいえ城主の意向には逆らえない。ほどなく幼い三人の息子が呼ばれた。

元就は、

「これからそのほうたち、雪打ちをする」

準備せよ、と命じた。

元就は長男隆元を縁側に立たせて、次男元春、三男隆景を雪の降り積もった庭先に出させた。

「隆元、おぬしは嫡子だ。そこに控えておれ」

と縁側に座るよう命令した。

元春と隆景は庭で向かい合い、よし、始め！の合図で雪合戦が始まった。

元春は生まれつき気性が強く、雪の玉を作っては投げ、作っては投げして、隆景を散々に攻め続けた。一方、隆景は元春に攻められ、袖をかざして雪玉を防ぎながら庭を逃げまどった。

元春は隆景の防戦一方の態に、これは勝った、と思って安心した。

すると、隆景は相手の油断を見逃さず、一気に雪玉を投げて攻め返し、安心しきっていた元春を散々な目に遭わせた。

この有りさまを見て元就は、

「わが子どもたちの器量は世に優れている」

毛利家の末は安泰だ、と安堵（あんど）した。


「それで、その雪打ちは結局どちらが勝ったのだ」

と光之は聞いた。

「さて、それはわかりません。勝敗は二の次と思われます。元就公はわが子の器量を見定めたいために雪合戦をさせたようです」

益軒の推測だった。

元就にとって、雪合戦はまさに戦場そのものだった。長男で嫡子隆元を縁側に残し、総大将として毛利家の中心に据えて指揮を執らせる。

次男元春は剛毅（ごうき）の気性を生かし、先手必勝で勝勢となった。一方、三男隆景は知謀の才にたけて、敵が勢いよく攻めてくるときは避けて退き、相手の気が緩んだときを見計らって打ち攻める。その緩急の技は絶妙である。

「この三人三様の戦いぶりに、元就公は子どもたちの優れた器量を目の当たりにして、歓喜の涙を流したといわれます」

益軒は言った。

「しかし、言っては何だが、たかが雪打ちではないか。歓喜の涙を流すほどのことでもないと思うが……」

光之の反応だった。

「確かに左様にも思われます。しかし殿、後年の元就公の戦略、知謀の行動を検証しますに、この雪合戦にこそ、その芽を見ることができます。ひいては毛利家繁栄の礎（いしずえ）になったものと思われます」

「繁栄の礎とな？」

「御意（ぎょい）。元就公は嫡子隆元を総大将として、安心して毛利家の中心に据えました」

さらに、元春を武断を好む山陰の吉川（きっかわ）家に送り込み、隆景を交易が盛んで駆け引きを必要とする瀬戸内の小早川（こばやかわ）家に送り、「毛利両川（りょうせん）」の体制を形成した。

「総大将を頂点に据え、大将二人を配した三角形の堂々とした盤石（ばんじゃく）の体制を山陰山陽に敷きました」

「そうであったか」

光之はしきりに感心した。

「また、元就公には、息子三人に与えた教訓状があります」

それが、十四条から成る「毛利元就教訓状」だった。弘治三年（一五五七）十一月二十五日、元就が六十一歳のときに認（したた）めている。

第一条では、「毛利」という家名が末代までも廃（すた）ることがないように心掛け、努力するよう促している。

次に第二条で、元春、隆景の二人はそれぞれ吉川、小早川という他名の家を相続しているが、これは一時的のことであり、毛利の二字を粗略にしたり、忘却してはならないと戒めている。

また第五条で、元春、隆景の二人の意見が隆元の考えと違った場合、総領の隆元は親心をもって堪忍しなければならない。そして元春と隆景は隆元に従うのが道理であるとも述べている。

さらに第六条で、元春、隆景の二人はもちろんのこと、孫の代までこの教訓状をしっかり心にとどめるように。そうすれば、毛利、吉川、小早川の三家は今後数代を保てるであろう。末世までは及ばないとしても、せめて三人の一代だけは確かにこの心持ちがなければ、家名も利益もともに失われるであろうと戒めている。

「教訓状では、三兄弟の仲が少しでも悪くなると三人とも滅びる、と徹底して兄弟同士の結束を訴えています」

と益軒は言った。

「元就公はよほど一家の結束を願ったようだ」

「御意にございます」

益軒はうなずいた。

「元就公は生涯、二百回以上の合戦に参陣して負けたことがないといわれています。知略と勇猛を兼ね備えた、まれに見る武将です。その戦いの中から導き出した人生観があります」

益軒は言った。

「驚くべき武人だ。どんな人生観だ」

光之は尋ねた。

「智、万人に勝れ、天下の治乱盛衰に心を用いる者は、世に真の友は一人もあるべからず、と元就公は説いておられます」

「それはいかなる意味だ」

「智にあふれ天下に覇を唱える優れた人物には本当の友人はいないものだ、という意に解釈できます」

戦国の世に生きる優れた者同士は戦い合い、殺し合う運命にある、と益軒は説明した。

「さすれば、信じ合えるのは血を分けた兄弟ではないかと導き出されます」

「なるほど」

「さらに元就公は、城の改修が思うように運ばなかったとき、みなが心を一つにする百万一心が肝要ぞ、と諭しました」

そして、元就は筆を執って書きつけて、その紙を普請奉行に渡した。

「ところが、紙には「百万一心」と書かれていなかったのです」

「ほう、何と書いてあったのか」

「「百」の字は一画少なく「一日」、「万」の字は「一力」とありました」

この「一日、一力、一心」こそ毛利家結束の妙法だった。

「一日一日をなおざりにせず、一人一人の力を合わせ、心を一つにして同時に事に当たれば、どんなことでも成し遂げることができると言いたかったと思われます」

「なるほど、元就公は絆（きずな）の力を重視したお方であるな」

「一心の人と申せましょう」

「それにしても、元就公は息子三人に雪合戦をのう……。誰もが子育てや相続には悩むものだ」

光之はおのれの跡継ぎについて少し考えさせられるところがあったようだ。

「御意にございます」

「いまの話は面白かった。だが、そろそろ眠くなってきた。寝所（しんじょ）にまいる」

光之は睡魔に襲われた様子だった。

「それではこの続きは、よろしければ明晩にいたしましょう」

「そうしてくれ。今夜は楽しかった」

そう言って、藩主は寝所に向かった。

益軒は平伏（ひれふ）しつつ藩主を見送り、やがて部屋を辞した。

第六夜　武田信玄　　信玄流「理想の勝ち方」

この夜、筑前国福岡藩第三代藩主、黒田光之は福岡城内の一室に貝原益軒を呼んでいた。

「今日は来客が多くて疲れてしまった」

「左様(さよう)ですか。それでは、すぐお休みになりますか」

益軒は聞いた。

「いや、そのほうの話が聞きたい。今宵(こよい)は何か肩の凝らない面白い歴史話はないか」

「それでは、今夜は武田信玄(たけだしんげん)公のお話をいたしましょう」

「それは楽しみだ。川中島の話か」

「いえ、今夜はそれ以外のお話をまずさせていただきたいと思います」

「そうか。話してみよ」

光之は脇息(きょうそく)にもたれて益軒が語り始めるのを待った。

益軒はおもむろに話し始めた。

武田信玄は天文五年（一五三六）、元服した年に父信虎の信濃攻略に従って出陣したのが初陣とされている。以来、勇猛果敢に戦って武勇を誇ってきた。信玄をめぐる集団には、武田一門はじめ、家老衆、旗本役人衆、先方衆、さらに並み居るつわものが集う武田家臣団があった。

信玄は家臣に囲まれながら戦いの要諦について議論するのを一つの楽しみとしていた。

あるとき、勝ち戦の中味について語った。

「戦って、十分のうち六、七分の勝ちは十分の勝ちなり。八分の勝ちは危うし。九分十分の勝ちは大負けの下作りなり」

すると、家臣の一人が問いかけた。

「六、七分の勝ちは十分の勝ちなり、とはいかがな意味でしょうか。十勝ってこそ、十分の勝ちではないのですか」

「それは違うのだ。九分十分の勝ちは大負けの下作りになってしまう」

九分十分の勝ちは軍団に驕りが生じ、思い上がりをきたして士気が緩んでしまう。その結果、大負けする下地を作ることになる。

「六、七分の勝ちは完勝ではない。であるから、緊張感が持続し、次への戦いに備える構えも維持される。望ましい勝利だ。また、八分の勝ちは危うい。気の緩みを生む」

信玄は家臣たちに言い含めた。

「六、七分の勝ちは十分の勝ちなりとは、勇将の信玄公にしていえる、含蓄に富んだ戦争観ではないでしょうか」

益軒は続けて、

「最もまずいのは大勝だといっています」

と付け加えた。

「ほう……」

光之は益軒の次の言葉を待った。

「あまり相手を叩き過ぎると、窮鼠猫を噛むのたとえもある通り、我武者羅に反撃してきます。これと戦うと、味方の戦力も失う恐れが出てきてしまうのです」

「なるほど。百戦錬磨の信玄ならではの戦略であるな」

「御意。ほどほどの戦勝こそ十分の勝ちなのです」

「ほどほどか……。養生における飲食や性愛と同じであるな。そのほうが勧める腹八分の養生法と一致している」

「恐れ入ります……」

益軒はかしこまって居住まいを正した。

信玄は思慮深く、知略にたけて卓越した政治家だけに、家臣たちも優れた人物が集まっていた。高坂昌信もその一人である。譜代家老衆で、信玄の側近中の側近。四名臣に名を列ねている。

信玄を中心にして家臣たちが集まっているとき、高坂が言った。

「万事にわたり、大事(だいじ)はなし、と口癖のようにいう者がいる。事が起こっても、何事もない、平気だ、大事はない、とすぐ口にする人間だ。こういう者を未練者(みれんもの)という」

信玄は黙ってうなずいていた。

下級の家臣が高坂に聞いた。

「未練者とはつまるところ、いかがな者を指すのでしょうか」

「臆病者のことだ」

高坂が答えると、信玄が、

「人は多く我(われ)したき事をせずして、いやと思うことを仕(つかまつ)るならば身をもつべし」

と言った。

「親方様。それはいかなる意味でしょうか」

下級の家臣がふたたび聞いた。

「未練者は逃げの算段ばかりする。これは役に立たない。人間は自分がしたいと思うことばかりをしていてはだめだ。いやだと思うことからも逃げずに、率先して行動に移すことが肝要だ。それがおのれの身上を保つ道に通じる」

と諭した。おのれを殺して仕える忠誠心を説いたのだった。

さらに高坂が口を開いた。

「梅と桃は、先に花が咲いてのちに実がなる。蓮(はす)は花と実の恵みが一度に来る」

花と実がある植物でも、恵みのあらわれ方が違うと付け加えた。

それを受けて、信玄が言った。

「人間の場合は学ぶことが大切だ。例えば一日に一つのことを学べば、ひと月に三十カ条、一年には三百六十カ条に積もり重なる。今年のおのれは去年のおのれとまったく違っている。このような日々の努力を積み重ねる心掛けがあれば、花も実もある人生を送れるだろう」

信玄は教養の重要性を聞かせた。


「信玄公がいう、いやと思うことを仕るというのは、一種、厳しい人生観であるな」

光之は感想をもらした。

「父親や弟との確執もありましたから、そうした経緯が影響していると思われます」

益軒は言った。

信玄は二十一歳のとき、争いの末、実父信虎を駿河の今川家に追放している。

「ところで、信玄公の側近に今福浄閑斎という癖のある武将がいます」

と益軒は話題を変えた。

今福浄閑斎は名を友清といい、通称は石見守。仏門に入り、浄閑斎と号した。譜代家老衆の一人で、『甲陽軍鑑』には七十騎を指揮したとある。

この浄閑斎は若いころから刀の試し斬りを好んだ人物だった。四十七、八歳までに囚人千人を斬ったという話が伝わっているが、実際のところは三百人ほどだったらしい。この浄閑斎の子どもは何人も生まれるものの、どういうわけか病死してしまった。

「子どもが育たないのは浄閑斎に理由があるのだろう。何かの祟（たた）りに違いない」
と世間は噂（うわさ）した。

浄閑斎は学問も好み、異才を発揮した人物で、世間のこうした批判にも平然としていた。

「子どもが死ぬのは、古くから子どもが持っていた因果だ。仕方のない話で、とやかく考える必要はない」
とまったく取り合わなかった。

あるとき、信州岩村田の龍雲寺（りゅううんじ）の法興（ほうこう）和尚が甲州を訪れた。浄閑斎は和尚を表敬訪問した。

「そのほうはよい歳をして、試し斬りを好むと聞いた。本当なら、罪作りこの上ない」
と法興和尚は諌（いさ）めた。

「和尚様、それは違います。私が囚人を斬るのは罪人の犯した禍（わざわい）を断ち切るためにしていることなのです」
と浄閑斎は反論した。

和尚は浄閑斎の言った理屈をしばらく考えていた。

そして、おもむろに、

「そのほう、この囲炉裏に炭をくべてもらえないか」
と頼んだ。

「かしこまりました」
と浄閑斎は答えて、炭の籠を持って囲炉裏に近づいた。

そのとき、和尚は、

「大きな炭を火箸でつまんでくべるのはどんなものか。指でつまんで入れてはどうだろう」

と勧めた。

浄閑斎も諸芸に通じて、物の楽しみや趣を理解する人間だった。

「それも面白いかもしれませぬ」

と応じて、炭を指でつまんで囲炉裏にくべた。

やがて、浄閑斎が部屋を出て行こうとしたとき、手を拭いているのを見た和尚が、

「そのほう、何ゆえ手を拭うのだ」

と聞いた。

「それは和尚様、炭を手に取って汚れたので拭きました」

と浄閑斎は当然というように答えた。

すると和尚は、

「炭に触ると手が汚れるのは炭がさせることだ。それが仕事の炭焼き人なら真っ黒に汚しても仕方がないことだ。だが、炭焼き人でない者が炭に触って手を汚す必要はない。同じように、罪人の首斬りは、それが仕事の役人がいて手や心を汚している。そのほうは、罪人の禍を断ち切るためにしていることだというが、手や心を汚していることになる」

和尚はさらに続けた。

「炭に触ってついた汚れは、そのほうが罪人を首斬りする汚れと同じだ。専門の役人に任せていい

ことを、そのほうがやって手を煤だらけにしておるのではないのか」

浄閑斎は反論できず、うなだれたまま黙っていた。

「その後、浄閑斎は一切、試し斬りをやめました。信玄公の周りには、このような個性的な人物がいます」

益軒は言って続けた。

「ところで、上杉謙信公との川中島の戦いの話を、今宵このままお話しいたしましょうか」

「いやいや、今夜は眠くなってきた。寝所にまいる。川中島の戦いの話はまたの楽しみとしてとっておこう」

光之は睡魔に襲われた様子だった。

「それではまたの機会にさせていただきましょう」

「そうしてくれ。今夜は楽しかった」

そう言って、藩主は寝所に向かった。

益軒は平伏しつつ藩主を見送り、やがて部屋を辞した。

第七夜　小早川隆景　智将の座右の銘は「思案」

この夜、筑前国福岡藩第三代藩主、黒田光之は福岡城内の一室に貝原益軒を呼んでいた。

「今日は城外を視察して疲れてしまった」

「左様ですか。それでは、すぐお休みになりますか」

益軒は聞いた。

「いや、そのほうの話が聞きたい。今宵も何か肩の凝らない面白い歴史話はないか」

「それでは、今夜は小早川隆景公のお話をいたしましょう」

「秀吉公と縁の深い武将だ。それは楽しみだ。話してみよ」

光之は脇息にもたれて益軒が語り始めるのを待った。

益軒はおもむろに話し始めた。

小早川隆景は武勇、才知、家柄から容姿に至るまで、傑出した武将として知られている。

あるとき、豊臣秀吉が伏見城で公卿の菊亭晴季と碁を打っていた。そばでは徳川家康や上杉景勝などの武将も見物していた。

秀吉の手番となって盤上の局面が難しくなった。

そのとき、秀吉は思わず、

「この局面は、読みの鋭いあの隆景でもどうにもなるまい」

とつぶやいた。

観戦していた徳川家康は、碁盤を見つめ、

「ごもっとも」

とうなずいた。


「家康公はごもっともと申したのか」

光之が聞いた。

「御意にございます。これは隆景公の知略や人物を評価した発言かと思います」

益軒は答えた。

囲碁に事寄せて、時の武将たちが隆景の智将ぶりを認めていたことを示す逸話であった。


小早川隆景が死去してから、ある人が、隆景の側近だった家臣に尋ねた。

「隆景公は世間に聞こえた賢才の人でした。ところで、どんなところが普通の武将と違っておられたのか教えていただきたい」

「私は愚才であるから、その違いはよくわからない。しかし、ただ一つ、他の武将とまったくかけ離れた点がある」

と側近は言った。

問いかけた人は、側近が何を話すのか耳をそばだてた。

「隆景公は普段から、また陣中においても、側近ばかりか下級の家来に至るまで、よく話しかけ、さらに相談にも応じた。隆景公は人の話を嫌がらずに聞いたのだ」

と側近はさらに続けて、

「隆景公はよく耳を傾けて聞いていたが、失敗談や他人の悪口などはさておき、良い話を取り上げて褒めたたえていた」

良い話を聞くと、よくぞ話したと、その善行や手柄を褒め、その上で、話した人物の名前を挙げながら他の者たちにも語って聞かせたので、自然と領内に隆景の話が伝わった。そのため、領主に良い話を伝えようと、我も我もと上から下まで押しかけたという。

「隆景公はそれを嫌がらずに、すすんで聞いたものだった。これは通常人には決して真似のできないことだ」

側近はそう語った。

「隆景公が話をのう……。だが、通常人にそれほど真似のできないことかのう」

光之はあまり感心していなかった。

「殿もご自分の身になってお考えください」

益軒は言った。

「うむ、今日も城外を視察しただけで疲れてしまったわ。これがいちいち領民と話していたのではもっと疲れてしまう」

光之は眉をしかめてみせた。

「隆景公の場合は相手が家来とはいえ、嫌な顔を見せず話をよく聞いたといいます」

「そうか。そう考えるとできそうで、案外通常人にはできないかもしれんな」

「領主が良い話を広げ、善行を実行させることで、領内に和やかな空気が醸し出されます」

と益軒は言った。

時間はかかるかもしれないが、家来たちも前向きになり、領内に和やかな空気が広がる好循環がもたらされる。

「その隆景公が如水公について語ったことがあります」

「なに、曽祖父についてな。話してみよ」

光之は身を乗りだした。

光之の曽祖父、黒田孝高の通称は官兵衛、剃髪して如水と号した。信長、秀吉に仕えて軍功があり、知謀の武将として知られていた。

隆景はあるとき側近に語った。

「黒田如水の才知はわれわれより優っている。その理由をいえば、何か問題が発生したとき、わしが数日思案してようやく解決策を引き出すのに、如水は即時に解決策を見つける。だが、凡人には如水が分別のある智者ということがわからない」

不思議な話だと指摘した。

「どうしてなのでしょうか」

と側近は聞いた。

「世間では、このわしのことを分別ある智者のようにいう人が多い。だが、如水は才覚高く賢明で、どんな問題が起こっても、思案することなしに即刻回答を引き出す。このようにあまりに即答するため、考えずに解決策を引き出したと思われ、逆に信用されない傾向もある」

「信用されないのでは困るのではないですか」

「うむ。そうなのだ」

「信用こそ第一と心得ますが……」

「これには勘違いが生じている。同じ問題で、同様の結論を出すことになっても、わしより如水のほうが早い。これは凡人には理解できない才能だ」

隆景はひと呼吸置いて続けた。

「わしの才能は鈍いから、自分だけでは解決できない。そこで他人の話を聞く。また、ものをいい出すにも、じっくりと思案しなければ納得できず、いい出せない。このように、わしの場合は時間をかけてものをいうので、人々はわしのことを思案があるように思うのだ」

錯覚が人々をして、わしを思案ある人物だと思わせている、と隆景は言った。

「隆景公は、おのれと曽祖父を比較して、曽祖父をかなり評価しているようだな」

光之は感想をもらした。

「たいへん高く評価しています。思慮深い隆景公が、如水公には敵わないといっているのです。ただ、その才覚があまりに突出しているので、普通の人には理解できないところがあるというのです」

益軒は言った。

「それにしても、曽祖父がそれほど即断即決の考え方をする人物とは知らなかった。智将で知られた先輩にあたる隆景公がいうのだから間違いはないだろうが……」

光之は胸におさめるように口にした。

「さらに隆景公と如水公が会った日に、手紙に関して交わした会話のことも伝わっています。智将といわれたお二人が話されていて興味深く感じます」

益軒は言った。

隆景はあるとき如水に言った。

「わしは、書状を出そうと思ったとき、あれこれ考え、また文章も練りに練るので時間がかかってしまう」

「私のやり方と違うようですな」

「わしの場合、先方に明日書状を出そうと思ったときは、用心を期すために今夕よりそのことを思案して準備する」

「それは、才知にたけた武将らしくありませんな」

と如水は受けて、言葉を継いだ。

「私のやり方では、書状の用件について、そのときそのときに思いついた内容を書き記すので何の思案もありませぬ」

「しからば、如水公は書状を出したあと、後悔されることもあるのではありませんか」

隆景は聞いた。

「それは、ありまする。仰せのように、私は書状を出してから、あれを書き落とした、これを書けばよかったと後悔することが多いものです」

「それでは困りませぬか」

「うむ。だが、思いついたことを書くだけで、用心を期すほどのことはありませぬ。であるから、後悔することもあるのでしょうが……。隆景公はいかがか」

「わしは準備を整えてから書状を送るので、出したあと、後悔はいたしませぬ」

隆景は言った。

「そういえば、隆景公が座右(ざゆう)の銘にしていて、軸の掲げ物にして飾っていた言葉があります。思慮深い隆景公らしい銘です」

　益軒は言った。

「それは、何だ」

「「思案」の二文字です」

「「思案」とな……」

　光之はつぶやいて、何度もうなずいた。

「それにしても、書状一つとっても二人の対応は違うな」

　光之の感想だった。

「御意。智将同士とはいえ、個性は違い、武将それぞれ持ち味は異なるとしか申せません」

　益軒は静かに口にした。

「ところで、少し眠くなってきた。そろそろ寝所(しんじょ)にまいる」

　光之は睡魔に襲われた様子だった。

「それではこの続きは、よろしければ明晩にいたしましょう」

「そうしてくれ。今夜は楽しかった」

　そう言って、藩主は寝所に向かった。

　益軒は平伏(ひれふ)しつつ藩主を見送り、やがて部屋を辞した。

第八夜　森蘭丸　　主君の遊び心に応えた機転

この夜、筑前国福岡藩第三代藩主、黒田光之は福岡城内の一室に貝原益軒を呼んでいた。

「今日は文書の点検で疲れてしまった」

「左様ですか。それでは、すぐお休みになりますか」

益軒は聞いた。

「いや、そのほうの話が聞きたい。今宵も何か肩の凝らない面白い歴史話はないか」

「それでは、今夜は森蘭丸殿のお話をいたしましょう」

「信長公と縁の深い武将だ。それは楽しみだ。話してみよ」

光之は脇息にもたれて益軒が語り始めるのを待った。

益軒はおもむろに話し始めた。

あるとき、織田信長は奥座敷で爪を切ったのち、小姓を呼んだ。

そして、畳に散った爪を指さし、

「これを集めて捨てよ」

と命じた。

言われた小姓は、

「かしこまりました」

と散らばった爪を集めてそのまま捨てようとした。

それを見ていた信長は、

「その爪は散らして元の通りに置け」

と不機嫌そうに命じた。

そして、別の小姓を呼んで同じように散らばった爪を集めるように言った。

すると、この小姓も前の小姓同様、爪を集めてそのまま捨てようとした。

信長はふたたび、

「爪は元通りに散らして置け」

と不機嫌に命じ、さらに別の小姓を呼ぶように言った。

今度は森蘭丸が出てきた。

蘭丸は信長の命令に爪を一つ一つ紙に拾い集めたのち、首をかしげながら、

「親方様、不思議なことがあります」

と信長に尋ねた。

「何事じゃ」

と信長は聞いた。

「集めました爪は九つしかありません。一つ不足しているのです」

蘭丸は納得できなかった。指は十本あるのである。

すると、信長は急に愉快そうに笑いだし、

「そのほうの指摘、もっともだ」

と信長は上機嫌だった。

そして、信長は膝の下から爪を取り出し、

「ここに一つあるわ」

と蘭丸に渡した。


「信長公は蘭丸殿の投げかけた疑問がことのほか気に入ったようだな」

光之は感想をもらした。

「御意。信長公は蘭丸殿の注意深さに感心しました。同時に、信長公の遊び心に応えた蘭丸殿の機転にも喜びました」

と益軒は応じて続けた。

「これにはこの後の話もあります。十個の爪の処理です」

「どうしたのだ」

光之は聞いた。

「蘭丸殿は紙に包んだ爪を持って安土城の門を出て、大事そうに空堀に紙のまま埋めました。信長公はその蘭丸殿のとった行動の報告を受け、満足そうにうなずいたという話です」

「信長公の蘭丸殿への信頼が高まるというものだな」

光之は信長と蘭丸との関係を再認識したようだった。


ある日、信長が側近とともに部屋で休んでいると、みかんを山積みにした台を持って、蘭丸が部屋に入ってきた。

それを見た信長は、

「お蘭。そんなにたくさんみかんを持っては、そのほうの力では危ないではないか。倒れるでないぞ」

と注意した。

蘭丸は部屋の中央にさしかかる。

すると、信長の心配した通り、蘭丸はふらついた挙句、台を持ったまま倒れてしまった。みかんは方々(ほうぼう)転がり、部屋中に散乱した。

信長は、

「それ、見たことか。わしが注意したではないか」

と、慌ててみかんを集める蘭丸を指さしながら言った。

後日、ある人が蘭丸に、

「そのほうは、親方様の注意にもかかわらず、転倒して無様にみかんを散乱させた。居並ぶ側近たちを前に、物笑いの種になって不名誉この上ない思いをしてしまったな」

と冷ややかに笑った。

蘭丸は、

「それは違う」

と首を振って否定した。

「少しも不名誉ではない。親方様が、危ない、倒れるでないぞ、と注意した以上、倒れて見せなければ、親方様の配慮が生きない。無様でも何でもない。だから、故意に倒れて見せたのだ」

主従を結ぶ武道上の傷にもならない、と蘭丸は反論した。


「蘭丸殿は故意に倒れたのか」

と光之は益軒に聞いた。

「そのようでございます」

「ならば、蘭丸殿という小姓は奇特な人物であるな。小姓というのは、食事、衣服、結髪などといった身辺の雑事に奉仕する役目であるが、蘭丸殿はその枠を超えた行動に出ている。してこれは、主君に取り入っての行為か」

光之は疑問を投げかけた。

「いえ、これは取り入ったのではなく、信長公の心情に配慮しての行為と思われます。主君の気持ちを酌んだ部下の心得を実践したと考えるべきです」

と益軒は答えた。

「まことに信長公はよき部下を持たれたものだ」

「御意。信長公の蘭丸殿への寵愛が納得できます」

益軒は言った。


あるとき、信長は蘭丸をそばに侍らせ、刀を持たせた。

そして、控えている小姓の一人に、

「そのほうは蘭丸がいま持っている刀の鞘（さや）についた刻み目の数を知っているか。当てたらこの刀をやる」

と言った。

「いえ、わかりません」

と小姓は答えた。

「では、蘭丸。そのほうはどうだ。その刀の刻み目の数を知っているか」

と信長は問いただした。

「私はすでに数えたことがありまして、刻み目の数は記憶しています」

と答えた。

すると、信長は、

「なに、わかっておるのか。では、蘭丸、言ってみよ」

と促した。

蘭丸はすぐに刻み目の数を答えた。それは正解だった。

「そのほうは万事にわたり気配りができて、感心だ」

と信長は、その名刀を蘭丸に与えた。


ある日、信長は城の奥座敷でくつろいでいた。部屋の窓に引き上げ式の蔀(しとみ)（日光や風雨をよける格子風の戸）が設置されていた。蔀はちょうど引き上げられていて、開いていた。

信長は蘭丸に、

「その蔀を下ろして閉じろ」

と命じた。

「かしこまりました」

と蘭丸は一礼して、蔀を下ろす作業に取りかかった。

蘭丸は竹の杖を持ち、蔀を下から点検し、さらに伸び上がって蔀の上も点検した。

そして、踏み台を持ち出し、台の上から蔀の上を見て、物が載っているのを再確認した。蘭丸はその載っている物を静かに下ろした。水が満たされた大きな茶碗だった。

そうしてから、蘭丸は引き上げられていた蔀を下ろした。

「でかした、蘭丸。もし茶碗に気づかなかったなら、茶碗は割れ、部屋中、水びたしになるところだった」

と信長は言った。

蘭丸は黙って控えていた。

水の満たされた茶碗は、蘭丸を試すための信長による細工だった。

「念には念を入れるそのほうの心配り、褒めてつかわす」

と信長は蘭丸を賞賛した。


「蘭丸殿の父親は森三左衛門可成であったな」

光之は益軒に尋ねた。

「左様でございます」

「どんな武将だったのか」

光之が聞いたので、益軒はかいつまんで説明した。

森三左衛門可成は信長に仕えた。永禄八年（一五六五）、浅井長政、朝倉義景の連合軍との宇佐山城（現、大津市南滋賀町）の戦いにて四十八歳で討死した。その後、武勇に優れた蘭丸は十六歳のとき、信長より五万石の所領を下され、若手ながら、よろずの談合に加えられた。三男の蘭丸のほか、四男の坊丸、五男の力丸も信長に仕えた。

「信長公は蘭丸殿や坊丸、力丸に囲まれ、京都の阿弥陀寺にある墓に埋葬されています」

と益軒は言った。

「信長公は蘭丸殿などと一緒に本能寺に横死され、火にかかって遺骨の行方はわからず仕舞ではなかったのか」

「左様ですが、信長公や蘭丸殿を慕う人々の想いは強く、切腹した信長公の遺骨を見つけたとの話です」

信長公の墓所は他にも数カ所あると益軒は付け加えた。

「そうであったか。信長公も寵愛した側近に囲まれ、安らかに眠っておられる。果報者だ」

光之の感想だった。

「御意」

益軒は静かに一礼した。

「ところで、少し眠くなってきた。そろそろ寝所にまいる」

光之は睡魔に襲われた様子だった。

「それではこの続きは、よろしければ明晩にいたしましょう」

「そうしてくれ。今夜は楽しかった」

そう言って、藩主は寝所に向かった。

益軒は平伏しつつ藩主を見送り、やがて部屋を辞した。

第九夜　加藤清正　鬼将軍が見せた度量

この夜、筑前国福岡藩第三代藩主、黒田光之は福岡城内の一室に貝原益軒を呼んでいた。

「今日は城壁の見回りでだいぶ時間をとられてしまった。方々傷んでいるのがわかった」

「それはさぞお疲れでしょう。それでは、すぐお休みになりますか」

益軒は聞いた。

「いや、そのほうの話が聞きたい。今宵も何か肩の凝らない面白い歴史話はないか」

「それでは、今夜は加藤清正公のお話をいたしましょう」

「ほう、朝鮮での虎退治の話か」

「いえ、その話はあまりにも有名ですので、今夜は別のお話を考えています」

「そうか。それは楽しみだ。話してみよ」

光之は脇息にもたれて益軒が語り始めるのを待った。

益軒はおもむろに話し始めた。

あるとき、加藤清正は肥後国にて、加藤権右衛門（ごんえもん）という家臣から、米の運搬について提案を受けた。大坂まで米を船で運ぶについて、肥後藩では百石につき運賃として米十二石を船主に払っている。

これに対し、

「讃州（さんしゅう）（讃岐国）では、塩や食糧などの運搬の際、船頭は百石につき運賃として米十石を受け取っています。わが藩より、二石安いのです」

つきましては、と権右衛門は膝をすすめ、

「わがほうの米を運ぶについて、讃州の船を使うならば、運賃の節減になりまする」

と言った。

清正は黙って聞いていたが、

「そのほうの考えは確かに一理ある。だが、その案には賛成できない」

と切り捨てた。

「なぜでしょうか、殿。藩の財政に寄与すると思うのですが」

「経費の節減にはなる。だが、他国の船を使って荷を運ぶことにしたらどうなる」

と清正は問いかけた。

権右衛門は首をひねるばかりである。

「当藩の船を使う者がいなくなり、船自体も次第に減少する。これは由々しき事態だ」

清正は厳しい口調だった。

「船が減少したときに軍陣の事が起こったらどうなる。方々へ船を遣わす段になって、小舟ばかりで、大量に運べる商船が少なく、輸送に事欠くのは必定だ」

西国の武士団には船は大事な足である。保有の船が少なくなっては軍事に対応できなかった。

「そのほうが申す運賃の節減は眼前の小利に過ぎない。これは他日の大事を思えば害というものだ。であるから、当藩の船賃をもう少し高くして、船主に実入りが増えて船を持ちやすくするならば、船数も増え、国の宝となるだろう」

と言った。権右衛門はただただ頭を下げるばかりであった。

「清正公は豪傑、猛将で聞こえている。それがこの常在戦場、用意周到ぶりだ。ここまで先を読むとは、どうしてどうして、智将でもあるな」

光之は感心して言った。

「御意にございます。治にいて乱を忘れずとは、このような心構えをいうのでしょう」

益軒は答えて、続けた。

「清正公は築城の名手と謳われています。その清正公が熊本の居城を修繕しているときの逸話があります」

益軒は言った。

「ほう、それは面白そうだ。話してみよ」

光之は脇息にもたれながら、扇子で指し示した。

熊本城を修繕中に、清正子飼いの足軽と九郎次を頭とする足軽とが些細なことから口論になった。

これを見ていた九郎次が、

「生意気な奴だ。ねじ伏せろ」

と命じた。

すると九郎次方の足軽が、清正子飼いの足軽二人を叩きのめした。

これを聞いた清正は怒って、

「その九郎次めに腹を切らせ、我らが足軽を叩きたる足軽の首を斬ってしまえ」

と九郎次の上司である南条元宅に命じた。

ところが何度命令しても、南条は清正の命に従わなかった。

そこで、業を煮やした清正は、

「その九郎次と南条元宅をここに呼べ。何か理由があるなら、その意趣（考え）を聞こうではないか」

と告げた。

やがて、九郎次と南条元宅が清正のもとを訪れた。

清正は不機嫌な表情で、

「そのほうたち、わしの命令に違反するのはもってのほかである。どんな理由があるというのだ」

と声を荒らげて言った。

このとき、元宅は少しも騒がず、

「ここに控えし九郎次は、いずれ親方様の御用に立つ者でございます。その者を切腹させ、また、喧嘩（けんか）した足軽を死罪にして、子飼いの足軽のほうだけを不憫（ふびん）に思って大事にするのはいかがなものかと存じます」

と正直に意見を述べた。

すると、清正は九郎次をしばらく見つめてから、

「なるほど、一理ある。その九郎次の目は真剣でなかなかよい目をしている。いずれ大事なときに役に立つだろう」

と言って、機嫌を直したという。


「その後、清正公はますますこの九郎次に目をかけたといわれています」

と益軒は言った。

「話はそれだけか」

光之は聞いた。

「左様（さよう）です」

「清正公が家臣に意見され、それを聞き入れただけだ。どうも気の抜けた話だな」

光之は不満そうだった。

「これだけですと、確かに何の変哲もない話ですが、この九郎次の上司である南条元宅の出自がわ

かれば見方は変わってきます」

「何があるのだ」

光之は関心を示した。

「この南条元宅は秀吉公の命で朝鮮に出兵した人物でもあります。その後は小西行長に預けられ、関ヶ原の戦いでは九州にあって清正軍と戦っています」

「なに、清正公と」

「御意」

「清正公と行長は領地を接する宿敵同士だ。ではその南条元宅は敵方だったではないか」

「左様です。清正公が小西軍を攻めたとき、南条元宅は宇土城を守っていました。槍使いの強将でもあります」

宇土落城後、その勇猛ぶりに清正は南条元宅を六千石で取り立てた。

「なるほど。敵方から転じた家臣に、子飼いの足軽だけを大事にするのは筋違いだといわれて、清正公も考え直したというのか」

「御意にございます。降伏して家臣になった武将の諫言と忠誠心に感激したと思われます」

いよいよ部下に目をかける清正公の度量の大きさを感じます、と益軒は付け加えた。

「この南条元宅がからんだ話では別の逸話も伝わっています」

と益軒は言った。

「左様か。話してみよ」

光之は興味を示した。

加藤清正は家康（いえやす）より肥後一国、五十二万石を拝領してのちは、正月元日の礼儀を厳しく定めた。ある年の元旦の祝宴に、南条元宅は三箇彦右衛門（さんかひこえもん）という家臣と同席した。清正から祝い酒が振る舞われた。清正から許しのあった上座の家臣は、盃（さかずき）に酒を受けて飲み干すのが礼儀である。

三箇彦右衛門の前に居並ぶ家臣までは、盃の酒を与えられた。だが、彦右衛門からは大流（おおなが）れの酒が振る舞われる段取りだった。

大流れの酒は、清正が大盃にわずかに口をつけて飲み残した酒を徳利に移し入れて、それを酌係が家臣に順々に飲ませるしきたりだった。このしきたりが肥後藩では厳正に実行されていたのである。

ところが、彦右衛門は酌係に、

「わしにもその盃で酒をくれ」

と呼びかけた。

規律違反の申し出に驚いた酌係は、清正の顔色をうかがった。その顔は明らかに不愉快そうな様子だった。

しかし、酌係は祝いの席で面目を失わせては武士として名折れになると判断し、彦右衛門に盃の酒を与えた。

彦右衛門がその酒を飲もうとしたとき、清正が口を開いた。座が一瞬、凍りついた。

「三箇殿は上戸と見受ける。今ひとついかがか」

と呼びかけた。

「では」

と彦右衛門は応じて、三盃続けて酒を飲み干した。これを見ていた南条元宅は、彦右衛門の背中を叩いて、

「でかした。おぬしは天晴れな槍を突き立てた」

と祝福した。


「翌年より彦右衛門は、大流れ組からはずれ、盃組に入ったといわれています」

と益軒は言った。

「だが、これは奇妙な話だ。清正公は厳重に儀礼を定めている。それをみずから破ったではないか」

光之は納得のいかない顔だった。

「これも話の筋だけを追いますと、藩政を乱す行為に受けとめられますが、三箇彦右衛門の経歴を調べますと、清正公の態度はあながち規律を乱す行為とはいえません」

「どんな経歴があるのだ」

光之は聞いた。

「この三箇家は河内の武将でしたが、明智光秀の謀叛ののち家運が衰退して、かろうじて秀吉の家臣に取り立てられ、朝鮮出兵にも従軍しました。その後は小西行長に仕えたのです」

と益軒は説明した。

「ならば、家臣に取り立てられた経緯では南条元宅と似ているではないか」

「御意。似ているのはそればかりではなく、彦右衛門もかなりの槍の使い手といいます」

「南条元宅といい、三箇彦右衛門といい、清正公は槍使いの名手が好きなようだな」

清正は文禄・慶長の朝鮮出兵の折、十文字槍を振るって虎退治をした逸話から、「鬼将軍」の異名をとっていた。

「敵方だった武将を腹蔵なく迎える清正公、祝いの席で武士の面目を失わせなかった酌係、豪快に盃を空けた彦右衛門――、一幕の芝居を観る思いがします」

益軒は静かに一礼した。

「うむ、確かに見せ場である。ところで、少し眠くなってきた。そろそろ寝所にまいる」

光之は睡魔に襲われた様子だった。

「それではこの続きは、よろしければ明晩にいたしましょう」

「そうしてくれ。今夜は楽しかった」

そう言って、藩主は寝所に向かった。

益軒は平伏しつつ藩主を見送り、やがて部屋を辞した。

第十夜　蒲生氏郷　「嚢中の錐」が招いた禍

この夜、筑前国福岡藩第三代藩主、黒田光之は福岡城内の一室に貝原益軒を呼んでいた。

「今日は朝から文書の改め事が多くて、いつになく疲れてしまった」

「それでは、すぐお休みになりますか」

益軒は聞いた。

「いや、そのほうの話が聞きたい。今宵（こよい）も何か肩の凝らない面白い歴史話はないか」

「それでは、今夜は蒲生氏郷（がもううじさと）殿のお話をいたしましょう」

「そうか。それは楽しみだ。話してみよ」

光之は脇息（きょうそく）にもたれて益軒が語り始めるのを待った。

益軒はおもむろに話し始めた。

蒲生氏郷は幼名を鶴千代といった。永禄十一年（一五六八）、十三歳で父賢秀（かたひで）のもとから人質として岐阜城の織田信長（おだのぶなが）に差し出された。

当時、信長は永禄二年（一五五九）に今川義元（いまがわよしもと）を桶狭間（おけはざま）で破り、この永禄十一年九月には上洛（じょうらく）を果たしていて、破竹の勢いにあった。

信長は氏郷を一目見て、その知能と器量を見抜いた。

ある日、信長のもとに側近たちが集まる中、老臣による武芸や戦闘、戦術の話が次々に語られ、深夜にまで及んだ。側近たちはいささか疲れと退屈をおぼえ、居眠りを始める者が出てきた。

ところが、並み居る側近たちの中で、氏郷一人だけは姿勢を正して、老臣の口元を一心不乱に見つめて話に聞き入っていたのである。

その後も老臣の武辺話（ぶへんばなし）は続いた。そこでも氏郷は熱心に傾聴していた。

重臣の稲葉一鉄（いなばいってつ）は、この氏郷の態度を見て、信長に、

「蒲生賢秀の子は、唯者（ただもの）ではありません。あの者が勝（すぐ）れたる武勇者にならなかったなら、勇将になる者はいないでしょう」

と感想を述べた。

信長は、

「おぬし、気づいていたか。賢秀の子はなかなかの者になるだろう」

と氏郷を評した。

「英雄、英雄を知るといいますが、まさしく信長公と氏郷殿の関係はこれではないかと思います」

益軒は言った。

「信長公はかなり氏郷殿を買っていたようだな」

光之の感想だった。

「左様でございます。実際、信長公の期待通り戦功を挙げます」

人質に出された翌年の永禄十二年（一五六九）、氏郷は信長が伊勢の大河内城を攻めたとき、初陣を果たした。

「この年さらに戦功を挙げ、信長公の末娘、冬姫を娶せられ、近江日野城に戻りました」

「うむ。人質から早々に解放されたのか。信長公にそれほど気に入られた氏郷殿は、よほどの出来物であるな」

「御意。氏郷殿は信長公の目に違わず文武両道に優れていました」

氏郷は生涯、三十回ほど合戦に出てことごとく勝っていた。

「しかし、その人並みはずれた知能と器量が禍を招くことになるとは、皮肉としかいえません」

人の運命はわからないものです、と益軒は言った。

「それはどういうことだ」

光之は関心を示した。

氏郷は信長が本能寺の変で斃れてのち、豊臣秀吉に仕えた。

天正十八年（一五九〇）、小田原攻めの功により、会津若松城主となり、秀吉から四十二万石を与えられた。文禄二年（一五九三）には九十二万石に加増され、氏郷は秀吉のもとで着々と地歩を固めたのである。

この氏郷の急成長に警戒心を抱いたのは、秀吉の寵臣、石田三成だった。

三成は、秀吉に、

「氏郷は謀略に優れています。その上、大大名で家来も多くかかえていますので、いずれ必ず謀叛を起こすでしょう」

と告げ口した。

「左様か」

と秀吉は側近中の側近の言葉を信じて、氏郷を警戒し始めた。


「秀吉公にとって、謀略家の謀叛は恐かったのだろう」

光之は言った。

「御意にございます。秀吉公ほどの人物なら、やはり氏郷殿の器量を見抜き、恐ろしく感じたはずです。一方、急速に力をつけてきた家康公は秀吉公の前で愚者を演じました」

益軒の解釈だった。

「では、氏郷殿も愚を装えばよいではないか」

「そこが家康公と氏郷殿の違いです。嚢中の錐という表現があります。布袋に納められた錐は袋を突き破って、その尖った金属の先端は出てしまいます。氏郷殿の場合、その賢才を隠そうにも、光り輝く才能は錐の先端のように目立って隠しようがないのです」

「出来過ぎる男の悲劇だな」

「御意」

益軒は頭を下げた。


その後、秀吉はいよいよ氏郷を警戒し、一説によれば、

「亡き者にせよ。だが、これまで忠功のあった人物を攻め亡ぼすわけにはいかない。人知れず毒を盛るのがよかろう」

と命じたといわれる。

氏郷は朝鮮出兵（文禄の役）のとき、肥前名護屋に在陣中に急に病を得た。顔色も悪く、下血も止まらなかった。

そして、ついに文禄四年（一五九五）二月七日、京都伏見にて死去した。四十歳だった。

辞世の歌――


かぎりあればふかねど花は散るものをこころみじかき春の山かぜ

氏郷は大徳寺に葬られた。

益軒はさらに氏郷の話を続けた。

「死後、祐筆頭の満田長右衛門という者が、氏郷殿の硯箱を開いて驚いたといいます」

「何があったのだ」

光之は身を乗り出した。

「三年在世ならば、朝鮮に国替たるべし。故は朝鮮を給わり候、とあったといいます。秀吉公は氏郷殿を恐れて亡き者にしましたが、氏郷殿がこの朝鮮への国替をみずから申し出ていたならば、謀叛の野心などないことが証明され、秀吉公も安心して気心を許したでしょう」

「遅かったようだな」

光之はさも残念そうにひと息ついた。


「氏郷殿が死んだのちも、秀吉公の氏郷殿への介入は続いたと考えられます」

益軒は言った。

氏郷の妻は信長の末娘、冬姫で、その子鶴千代（父氏郷と同じ幼名）は信長の孫にあたる。のちの蒲生秀行である。氏郷死去のとき、鶴千代はまだ十三歳、前田利家や徳川家康の後見を受け、慶長十二年（一六〇七）に徳川氏より松平姓を授けられた。

「秀吉公の介入？　何をしたのだ」

光之は尋ねた。

「氏郷殿の妻はたいへんな美人でした。そこで秀吉公は自分のところに召し上げて、妻のようにかしずかせたいと希望しました」

「秀吉公の、いわば悪い癖が出たといえるのか」

「御意。人倫の道を失った不義不仁といえるのではないでしょうか」

益軒は秀吉の行状を評した。

「で、どうしたのだ。氏郷殿の妻は？」

「秀吉公の専横と性癖を知る氏郷殿の家老たちは、秀吉公には逆らえませんとの意見です。秀吉公の横暴に対して、氏郷殿の妻はいいました。私の力など、及ぶところではありません、と」

「では、秀吉公に仕えたのか」

「いいえ、軍門に下る気はありません」

たちまち尼になりました、と益軒は言った。

これを聞いた秀吉は怒り、秀行の会津領九十二万石を没収して、下野宇都宮十八万石に転封した。

「氏郷殿の妻はまさに貞女といえるな」

「御意。勇猛な智将の妻らしく、玉と砕けたといえましょう。これはまさに、形を変えた壮絶な戦ではないでしょうか」

益軒は静かに一礼した。

「確かにそれはいえる。ところで、少し眠くなってきた。そろそろ寝所にまいる」

光之は睡魔に襲われた様子だった。

「それではこの続きは、よろしければ明晩にいたしましょう」

「そうしてくれ。今夜は楽しかった」

そう言って、藩主は寝所に向かった。

益軒は平伏しつつ藩主を見送り、やがて部屋を辞した。

第十一夜　明智光秀　謀叛の決意を明かした発句

この夜、筑前国福岡藩第三代藩主、黒田光之は福岡城内の一室に貝原益軒を呼んでいた。

「今日は朝から来客が多くて肩も凝り、いつになく疲れてしまった」

「それはそれは、さぞお疲れのことでしょう。すぐお休みになりますか」

益軒は聞いた。

「いや、今宵もそのほうの話が聞きたい。面白い歴史話は肩の凝りにもよさそうだ」

「それでは、今夜は明智光秀のお話をいたしましょう」

「そうか。それは楽しみだ。話してみよ」

光之は脇息にもたれて益軒が語り始めるのを待った。

益軒はおもむろに話し始めた。

近江坂本城を居城としていた明智光秀は丹波攻略の功あって、天正年間、織田信長から丹波国の経営も任された。

その入国のとき、亀山城に向かう途中の町中で、光秀は不思議な少年に出会った。
十四、五歳くらいの少年が道端に足を投げ出して路上に座っていた。
光秀は、それを見て、

「あの者の父親を呼べ」

と強く命じた。

父親の職は鍛冶屋だった。

慌てて前へ進み出た父親は、息子が城主に対して犯した無礼に恐縮して、

「わが息子は足が悪く、足を投げ出してしか座ることができません。無礼をお咎めかと存じますが、なにとぞ命ばかりはお助けください」

と額を地につけてひたすら謝った。

「いや、違うのだ。わしは息子の無礼を咎めているのではない」

と光秀は言った。

父親も光秀の家臣たちも何事だろうと耳をそばだてた。

「そのほうの息子の眼差しを見るに、普通の者の気配ではない。どうだろう、わしに預けてみないか。養生をさせて、足の病が治れば召し抱えるが、どうだ」

父親は喜びをあらわにして息子を光秀に預けた。

光秀の家臣が早速、有馬温泉に息子を連れて行った。五十七日間の湯治を経るうち、筋肉や関節も伸びて、息子の曲がった足は元に戻った。

その後、家臣が息子に習い事を教えた。息子は学ばずして知り、習わずして悟る聡明さを持っていた。

家臣は、

「あの者は殿のお目に少しも違(たが)わず成長しております」

と報告した。

「そうか」

と光秀は満足顔で応じ、息子に、三宅弥平次(みやけやへいじ)の名前を与えた。

この弥平次が二十一歳になったとき、明智左馬助秀満(さまのすけひでみつ)と名乗らせた。光秀の娘を娶(めあわ)せたのである。

やがて、家老にもなった。

路上で目にした鍛冶屋の少年を重臣に取り立てたのだった。


「光秀は人を見る目があったようだな」

光之は言った。

「御意(ぎょい)」

益軒は頭を下げた。

「この秀満は後年、光秀の一世一代の場面でも登場します」

「本能寺の変であろう」

「はい、秀満は光秀とともに本能寺を攻めています」

「やはりそうであったか。入国した亀山の町中でたまたま出会った少年が、人生最大の決戦の場に同行していたというわけか」

光之はうなずきながら胸に納めた。

「光秀の目は凡人のそれではないといえましょう」

益軒は言った。


光秀は天正十年（一五八二）五月二十六日に居城の丹波亀山城に入っていた。

秀吉（ひでよし）が毛利の備中（びっちゅう）高松城攻めをしているさなかで、信長は諸将に動員令を下し、みずから出陣を決意して京都に出向いていた。

その援軍の先鋒（せんぽう）として光秀は二十六日に亀山城に入り、二十七日に愛宕（あたご）神社に参拝した。

明けて二十八日、愛宕山の西坊にて、連歌百韻の興行を催した。愛宕山は京都の山城と丹波の国境にある山で、標高は九百二十四メートルである。

当代随一の連歌師、里村紹巴（さとむらじょうは）を宗匠（そうしょう）とし、弟子の江村鶴松（えむらつるまつ）が書き付け役として控えた。

光秀が吟じた発句（はっく）——


時はいま天（あめ）が下（した）しる五月かな

「この句を聞いた紹巴は度肝を抜かれたに違いありません」

益軒は言った。

「光秀の信長公への謀叛の意を汲み取ったというのか」

光之は聞いた。

「左様にございます。「時はいま」は、決起の決意をあらわし、同時に、「時」は土岐氏の支流であるおのれの出自も掛けています。また、「天が下しる」は天下を治めるの意味があり、まさに光秀の天下取りの野望が見てとれます」

益軒は解説した。

この百韻の日、里村紹巴は土産に粽を持参していた。光秀はこの土産を大いに喜んだが、粽の皮を残したまま食べてしまった。謀叛の決行で上の空だったようだ。

それを見た紹巴は、

「残った粽の皮にも気づかずに食べているようでは、この戦は負けであろう。足元の明るいうちに早く引き取るべし」

と鶴松に耳打ちして早々に帰った。

また、その日、百韻が終わってから、光秀はうたた寝して、

「本能寺の堀幅、空堀か、水堀か」

と、寝言を言ったという。本能寺の防御体制が気になったようだった。

二日間にわたる連歌興行は終わり、数日後、謀叛が決行されることとなる。

「ところで、愛宕百韻の興行については後日譚があります。秀吉公が紹巴を咎めたのです」

と益軒は言った。

「ほう、秀吉公が」

光之は益軒の次の言葉を待った。

「他でもありません。紹巴は光秀の謀叛を知っていてなぜ隠したのか。死罪に値すると秀吉公は怒りをあらわにしたということです」

秀吉に呼ばれた紹巴は、

「百韻の発句は、「天が下なる」とありました。「なる」は天下平定を意味し、秀吉公の毛利攻めが成功することを暗示しています。筆記した懐紙にもそう書かれていて、「天が下しる」とはなっていないはずです」

と訴えた。

そこで、秀吉が懐紙を取り寄せると、「天が下しる」と記されている。

紹巴の偽りに激怒する秀吉の前で、紹巴は泣きながら訴えた。

「それは私を陥れる者の陰謀ではないかと存じます。紙をよく見てください。書き直してはありませんか」

そこで、秀吉が仔細に調べると、紙の上を削って書き直した跡がある。

「そのほうのいう通り、書き直してある」

許す、と秀吉が裁断して、紹巴は嫌疑を解かれた。

「紹巴は危機一髪であったな」

光之は我がことのように安堵(あんど)した。

「ところが、これには裏がありまして」

と益軒は話を続けた。

光秀の発句は、本当のところ、「天が下しる」だった。江村鶴松もそう書き付けていた。

だが、本能寺の変ののち、紹巴はそのままでは危険と察知し、愛宕山の西坊と謀り、「天が下しる」の「しる」の部分の紙を削り、改めて「しる」と書いて工作したのだった。

「手の込んだ作戦に出たものだな」

光之はしきりに感心した。

「本能寺の変は歴史の分かれ目でした。さらに、紹巴の裏話もまことに劇的です」

益軒は静かに一礼した。

「まさに劇的だ。ところで、少し眠くなってきた。そろそろ寝所(しんじょ)にまいる」

光之は睡魔に襲われた様子だった。

「それではこの続きは、よろしければ明晩にいたしましょう」

「そうしてくれ。今夜は楽しかった」

そう言って、藩主は寝所に向かった。

益軒は平伏(ひれふ)しつつ藩主を見送り、やがて部屋を辞した。

第十二夜　今川義元　弓矢の道を忘れた名門の不覚

この夜、筑前国福岡藩第三代藩主、黒田光之は福岡城内の一室に貝原益軒を呼んでいた。

「今日は乗馬に興じたせいか、いつになく疲れてしまった」

「それでは、今夜はすぐお休みになりますか」

益軒は聞いた。

「いや、やはりそのほうの話が聞きたい。今宵も何か面白い歴史話がよい」

「それでは、今夜は今川義元公のお話をいたしましょう」

「おお、東海一の名将といわれた武将だ。それは楽しみだ。話してみよ」

光之は脇息にもたれて益軒が語り始めるのを待った。

益軒はおもむろに話し始めた。

今川義元は足利将軍家と同門という名門の家柄である。足利義兼を先祖とし、義元は九代目にあたる。義元の時代に版図を広げ、約百万石の大大名として並ぶ者がないほどの権勢を誇った。東海一の弓取りであった。

義元は永禄三年（一五六〇）五月十日、二万五千の大軍を率いて駿府を出発した。天下統一のため、念願の上洛である。東海道を攻め上り、十六日、岡崎城に布陣した。さらに、十七日に陣を池鯉鮒城（現、知立市西町）へ進め、十九日には桶狭間に近い田楽狭間に着いた。名家らしく、お歯黒に薄化粧をほどこし、金覆輪の鞍を置いた馬に跨っていた。

ここで、義元方の諸将が織田方の鷲津山（現、名古屋市緑区大高町）、丸根山（同前）の両砦を攻め落とした報を受けた。

義元は上機嫌で、

「今川の旗の向かうところ、鬼神も避く」

と悦喜した。

義元は松平元康（のちの徳川家康）の連日の働きを誉め、

「いずれ大高城に向かう。おぬしは大高城に兵糧を入れ、昨今の疲労を休めるがよい」

と城を守るよう命じた。

義元は連戦連勝に酔いしれ酒宴を張った。

一方、信長は清洲城に引き籠もっていた。

家臣の林佐渡守等は、

「敵を待ち受けて戦うのがよろしいと思われます」

と助言した。

そこで、信長は諸家老を呼び集めたものの、ただ世上の雑談をしただけで、軍議はなく酒宴が催された。

翌朝、信長は城を出て、熱田(あつた)神社に詣でた。兵卒は百人ほどが従っていた。戦勝祈願を終え、神社を出て東の方角を見ると、黒煙がたなびいていた。信長方の鷲津山と丸根山の両砦がともに落城した証(あかし)だった。

やがて、雨が降り出した。

ここで信長は総勢わずか三千を率いて出陣し、密(ひそ)かに山路に隠れて、今川方の先手隊をやり過ごす作戦に出た。

義元はこうした信長方の謀(はかりごと)を知らずに、赤地の錦の陣羽織、松倉郷(まつくらごう)の太刀、大左文字(おおさもんじ)の脇差(わきざし)を帯びて桶狭間の山下に座して、次々に寄せられる戦勝報告に満足していた。

近里の僧や住人などが、戦勝を祝う酒樽を運んできた。一同揃って酒宴が始まり、謡(うたい)に興じていた。

このとき信長は、にわかに激しくなった風雨の止むのを待って、一気に義元の本陣に攻め込んだのである。

今川方は不意を衝かれて総崩れとなった。慌てふためき、弓、槍、鉄砲、旗指物(はたさしもの)などを捨て、そればかりか、義元の輿(こし)さえ放置して逃げてしまう者もあった。

そんな中でも、義元はさすが無双の勇者だけあって、騒がず家臣を指揮していた。

そのとき、義元に信長方の服部小平太(はっとりこへいた)が槍で突きかかった。だが、義元は太刀を抜いて、槍を切断し、小平太の膝口を一刀のもとに斬り捨てたのだった。

この間、背後に回った毛利新助が義元を組み伏せ、首を取ろうとした。義元は襲われながらも、新助の指を食いちぎった。しかし、そのまま新助に首を討ち落とされてしまったのである。

ここに桶狭間の戦いは終わった。

信長はその日の申の刻（午後四時ごろ）に清洲城に戻った。


「今川殿には油断があったようだな」

光之は言った。

「左様でございます」

益軒は一礼して応じた。

「今川公が敗れたこの年、駿河の領民が祭りの踊りに歌った唄があります。庶民の皮肉が込められた唄と申せましょう」

「ほう。どんな唄だ」

光之は関心を示した。

「かがめやかがめ、藪の中にかがめ、と歌ったようです。名将、名門といわれながら、為す術もなく敗れ、兵卒たちは覇気もなく藪の中に身を縮めて隠れるしかなくなりました」

益軒は続けた。

「さらに、物の過ぎたるは、駿河の踊り、小田原の酒といわれたものです。駿河の今川公は家中の武具を壊して、踊り道具をこしらえました。一方、小田原の北条殿の家中は酒宴に溺れ、弓矢の道を取り失ってしまいました」

北条家は小田原城を明け渡し、結局、秀吉に滅ぼされた。北条氏康の代には八千の兵を以て、八万五千の上杉憲政、上杉朝定、足利晴氏らの連合軍を切り崩した河越城の戦いのような武力と知略があった。

一方、今川家はいくら名門とはいえ、武家の心を忘れて公家のように家風を変え、長袴を穿いて生活し、体裁と格式ばかりに気を取られる生活をするようになった。また、和歌の集まり、連歌の会、茶の湯が催され、歌舞音曲、蹴鞠も盛んに興じられ、駿河はまさに「小京都」を呈した。地名も清水、愛宕、北山、西山などと付けて京都風にした。

「その国の存亡につきましては、家風がそれまでの代と変わり、万のことが違ってきますと亡ぶというのは、昔も今も同様、歴史が教えるところでございます」

益軒は言った。

「さらに申せば、大将の器というものは、奥深い見識と、物事に偏っていない度量が必要かと考えます。踊りにうつつを抜かし、酒に浸って治世を忘れていたのでは大将になれないと思われます」

と付け加えた。

「まったくだな」

光之はうなずいた。

「今川義元殿は一家の長男が死去し、兄弟争いに勝って今川家の当主となっている。今川殿は東海一の器量、大将の器を備えていたのではないのか」

光之は聞いた。

義元の兄の氏輝が死去して、僧籍に入っていた三男の恵探と五男の承芳の兄弟が家督を争った。結局、正室の子の承芳が勝利し、還俗して義元を名乗った。

「今川公が名将との評価を受けた背後には、太原雪斎という名参謀が仕えていました」

臨済宗の僧侶である雪斎は義元の幼少時からの養育、補佐役だった。漢籍ばかりか兵法や武芸にも通じていた。義元が家督争いに勝ったのは雪斎の策略があったからだった。また三河、尾張にまで領土を拡大でき、今川義元、北条氏康、武田信玄の三者による三国同盟を画策して、今川家を安泰に導いたのは雪斎の戦略があっての話である。

「雪斎なくして、義元公はなかったと思われます」

益軒は言った。

その雪斎は今川家に人質に取られていた徳川家康を十二年間にわたり養育している。雪斎なければ、家康もなかったと益軒は思っていた。

「左様か。ではそのような名参謀がいながら、なぜ桶狭間で今川殿はあのような不覚をとったのだ」

「そこに今川公の不運と油断があったものと思われます。雪斎はすでに亡くなっておられたのです」

太原雪斎は弘治元年（一五五五）閏十月十日に六十歳で死去した。桶狭間の戦いの五年前だった。

「今川殿は惜しいことをしたな」

光之は残念さをにじませた。

「歴史上の出来事に、もしという仮定の話を持ち出すのは控えねばなりませんが、もし、桶狭間の戦いの場に雪斎が臨んでいたなら、あの戦いはどうなったかはわかりません」

「おぬしはどう思う？」

光之は聞いた。

「おそらく、雪斎の斡旋で桶狭間の陣か大高城で今川公が信長公を接見し、戦いは終息したのではないかと思います」

「しからば、歴史は大きく変わるな」

「御意。そうなると、おそらく信長公は捕らえられ、駿河に幽閉されていたかもしれません」

それが益軒の想像だった。

「歴史の綾であるな。ところで、少し眠くなってきた。そろそろ寝所にまいる」

光之は睡魔に襲われた様子だった。

「それではこの続きは、よろしければ明晩にいたしましょう」

「そうしてくれ。今夜は楽しかった」

そう言って、藩主は寝所に向かった。

益軒は平伏しつつ藩主を見送り、やがて部屋を辞した。

第十三夜　上杉謙信　川中島、一騎討ちの真相

この夜、筑前国福岡藩第三代藩主、黒田光之は福岡城内の一室に貝原益軒を呼んでいた。

「今日は文書改めが多く、いつになく疲れてしまった」

「それでは、何か薬を処方いたしましょうか」

益軒は聞いた。

「いや、それには及ばぬ。今宵（こよい）も何か肩の凝らない歴史話を聞きたい」

「それでは、今夜は上杉謙信（うえすぎけんしん）公のお話をいたしましょう」

「おお、川中島の合戦か。それは楽しみだ。話してみよ」

光之は脇息（きょうそく）にもたれて益軒が語り始めるのを待った。

益軒はおもむろに話し始めた。


ある日、上杉謙信は重臣たちを前にくつろいでいた。

重臣の一人が、

「部下を武士として正しく導きたいと存じます。つきましては、武士の務めの中で一番大切なのは、武辺と心得ていればよろしいのでしょうか」

と尋ねた。武辺とは、武道に関する事柄全般を指す。

「いや、違う」

と謙信は即答した。

「武辺の働きは武士の当たり前の仕事だ。たとえれば、百姓の耕作と同じことだ」

と言い、さらに続けた。

「武士は平生の作法がよく、義理堅いのをもって上とする。武辺の働きばかりで俸禄を上げたり、上の地位に取り立ててはならない」

と強調した。

重臣たちは謙信の説く政務の要諦を胸に刻みつけた。

「ずいぶんと謙信公は礼儀と仁義を重んじたのだな」

と光之は感想を述べた。

「左様でございます。その平生の作法と義理堅さが、鷹狩に出かけたときの逸話で明らかになっております」

益軒は言った。

「ほう。面白そうだ。話してみよ」

光之は命じた。

ある日、謙信は北信濃に君臨していた武将、村上義清を伴い、広野に出て鷹狩をした。

その義清は何を思ったのか、

「この広い野原にご家来を集めて、戦いに臨む隊列を組んだ備えを見とうござる」

と言った。急でもあり、無理難題ともいえる提案だった。

だが、謙信は少しも動ぜず、

「ご所望心得た。ただいま、お見せ申す」

と法螺貝を一声吹いた。

すると、四、五十騎ばかりの軍兵が二隊、どこからともなくほこりを立てながら現れて、広野に陣を敷いた。

謙信は隊列が整ったのを確認してから、

「さらに貝を吹けば、即刻、次の軍兵が馳せ参じる段取りであるが、まずはこの二隊を見てもらった」

と言った。

義清は整然と並んだ騎馬軍兵を眺め、ただただ感じ入っていた。

「このように陣列の正しいこと、天下にも稀である」

と驚嘆したという。

「謙信公の教えである平生の作法と義理堅さが、鷹狩に出かけたときにも見事に示されたということか」

光之は聞いた。

「左様でございます」

益軒は答えた。


上杉謙信は勇猛果敢な武将ながら小男で、左足に創傷（腫瘤）があって足を引きずっていたといわれている。小男であったこと、また、生涯妻帯しなかったことで、謙信は女ではなかったのかと噂されるほどだった。

戦場でもおおかたは具足（甲冑）を着けず、黒い木綿の胴服を着て、鉄製の小さな笠をかぶっていた。采配や団扇をあまり手にとらず、三尺（約一メートル）ほどの長さに切った青竹を杖のように持って、これで命令を下した。

「この杖を使うにつきましては、謙信公が私淑したとおぼしき武将がいます」

益軒は言った。

「ほう、それは誰だ」

光之は興味を示した。

「中国の韋叡という武将です」

「韋叡？　それは何者だ」

と光之は聞いた。

益軒は韋叡についてかいつまんで説明した。

韋叡（四四二〜五二〇）は中国・南朝の宋、斉、梁時代の武将。幼いころから病弱で、戦略に優れた武人ながら、戦場では馬に乗らず、儒服を身にまとい、輿に乗って軍を指揮した。

「その際、韋叡は竹で作った杖を如意棒としたようです」

益軒は言った。

「先にお話ししましたように、謙信公は小男で、足を引きずっているような体ですから、それほど頑強ではなかったと考えられます。ですので、病弱ながら優れた武人だった韋叡に親近感と敬愛の念を抱いたのではないでしょうか」

「しかし、謙信公は川中島では信玄公に刀で斬りかかっているではないか。青竹の杖はどうしたのだ」

光之は聞いた。

「そのときは大将同士の一騎討ちですので、おそらく、その戦いにふさわしく刀を使ったのではないかと思われます」

益軒の説明に光之は黙ってうなずいていた。

「韋叡はまた、兵士に対して慈愛をもって接したので、兵士たちは争って韋叡に従ったといいます。また、数々の戦功を挙げながら、それをひけらかすことなく、慎み深かったようです」

こうした韋叡の人間性も謙信公の心をとらえたのではないでしょうか、と益軒は付け加えた。

梁の初代皇帝、武帝は韋叡を厚く遇した上、晩年には車騎将軍の称号を与えている。

「謙信公が親近感を抱いていた武将がいたという、そのほうの話、じつに興味深いものがある」

光之は満足げに閉じた扇子で益軒を指し示した。

益軒は恐縮して一礼した。

「慈愛という点では、謙信公の右に出る武将はいないと思われます」

信玄が相模(さがみ)の北条氏と駿河(するが)の今川氏から塩の輸送を止められたとき、謙信は信玄に塩を送った。また信玄の子、勝頼(かつより)が長篠(ながしの)の戦いに大敗したとき、その機に乗じて信濃、甲斐(かい)に侵攻すれば、その領地を奪えたにもかかわらず、動かなかった。

「人の弱味につけこむ卑怯(ひきょう)で姑息(こそく)な策は謙信公の最も嫌うところです。堂々と激突し、兵をもって雌雄を決することこそ、謙信公の信念であり、正義です」

「敵に温情が過ぎるのではないか」

光之は感想をもらした。

「いえいえ、美学です。これこそ平生の作法であり、義理堅さではないでしょうか。ただ勝てばいいのではなく、謙信公にとっては美しく勝つ必要があったと思われます」

と益軒はみずからの解釈を披瀝(ひれき)した。

謙信と信玄は川中島で都合、五回戦っている。最大の激戦となった永禄四年（一五六一）の第四次合戦における両雄の一騎討ちは、後世にまで語り継がれることになった。

あるとき、諏訪越中守(すわえっちゅうのかみ)（頼豊(よりとよ)）は、

「謙信公は萌黄緞子の胴衣を着て、白手拭にて頭を包み、愛馬方生月毛に乗って、三尺ばかりの刀で、信玄公に三太刀斬りかかった。これに対し、信玄公は太刀に手もかけず、軍配団扇にて受けられた。いや、その堂々とした威儀はまさに名大将だ」

と誉めたたえた。

藤田能登守（信吉）はこれを聞いて、次のように語ったという。

「われらは上杉譜代の者であるから、そのときのことはよく聞いている。信玄公は少しも動ぜず軍配団扇で受けられた。さすが名大将だと世間の評判になっていると語ったところ、謙信公はからからと笑い、信玄もきっと太刀を抜きたく思ったのだろうが、こちらがたたみかけて斬りつけたので、とても太刀を抜くことなどできなかったのだ、と話しておられた」

「それぞれの家臣たちが語り継いだ両大将の話は、どうも少し食い違うようです」

益軒は言った。

「ほう。信玄公の軍配団扇は仕方なしか」

光之は聞いた。

「御意。相手が刀を抜けない状態では勝負は決したと考えたのか、謙信公はそれ以上追いつめず、鉾を収め、引き返したと思われます」

「そうか。まさに正義の武将だな」

光之はしきりに感心した。

「川中島の合戦につきましては、いずれさらに詳しくお話しする機会もあろうかと存じます」

益軒は言った。

「左様か。のちの楽しみにするとしよう。ところで、少し眠くなってきた。そろそろ寝所にまいる」

光之は睡魔に襲われた様子だった。

「それではこの続きは、よろしければ明晩にいたしましょう」

「そうしてくれ。今夜は楽しかった」

そう言って、藩主は寝所に向かった。

益軒は平伏しつつ藩主を見送り、やがて部屋を辞した。

第十四夜　藤堂高虎　十一人の主君に仕えた築城の名手

この夜、筑前国福岡藩第三代藩主、黒田光之は福岡城内の一室に貝原益軒を呼んでいた。

「今日は城内で何をしたというわけではないが、いつになく疲れてしまった」

「日々のお勤めで、疲れがたまっておられるのでしょう。すぐお休みになりますか」

益軒は聞いた。

「いやいや、そのほうの話が楽しみなのだ。今宵も何か肩の凝らない面白い歴史話はないか」

「それでは、今夜は藤堂高虎殿のお話をいたしましょう」

「戦国の世を巧みに生きた武将だ。話してみよ」

光之は脇息にもたれて益軒が語り始めるのを待った。

益軒はおもむろに話し始めた。

藤堂高虎の先祖は代々地方領主だったが、高虎のころには没落していた。

高虎ははじめ、近江の浅井家に仕えた。浅井長政のもと、姉川の戦い（一五七〇）で初陣を飾り、武功を挙げている。

だが、その浅井氏が織田信長によって滅ぼされると、主君を次々と変えたのち、天正四年（一五七六）から秀吉の弟、秀長に三百石で仕えることになる。身の丈、六尺二寸（約一メートル九十センチ）という巨軀を活かして、高虎は数多くの戦功を挙げ、やがて三千石の所領を与えられた。

天正十一年（一五八三）の賤ヶ岳の戦いは、織田信長の後継をめぐる豊臣秀吉と柴田勝家の争いだった。この折、高虎は真っ先に馬印を押し上げ、進み出てくる敵兵を槍で突き伏せ、自身も負傷しながら、その首をとるなど、大いに戦功を挙げ、感服した秀吉は二千石を加増した。その後も、紀州征伐や九州征伐での働きが秀吉に認められ、合わせて二万石となった。

高虎の武勇は天下に聞こえた。しかし、主君秀長が天正十九年（一五九一）に死去したため、豊臣秀保（秀吉の姉日秀の子で、秀長の養子）に仕えることとなり、文禄の役で朝鮮に出征した。ところがその秀保も、十七歳で早世してしまう。


「秀長殿、そして秀保殿に死なれ、高虎殿は世をはかなんで出家し、高野山に上りました」

益軒は言った。

「なに、では高野山に隠遁してしまったのか。不運な男だな」

光之は聞いた。

「御意」

益軒は答えた。

高野山に籠もった高虎は、日々念誦する（経文を唱える）生活を送った。また、
「おのが音につらき別れのありとだに思ひも知らで鶏や鳴くらむ」（『新勅撰和歌集』巻十三）
という少将の尼（平安時代中期の歌人）の古歌をしきりに独吟し、高虎自身も、

旅衣紀の路の末の哀さにいたくも鳥の音にや鳴らん

身の上を思へばくやし罪とがのひとつふたつにあらぬ愚かさ

と歌を詠んで月日を過ごしていた。


「不運とはいえ、優れた武将があたら修行の山に閑居して歳月を送るとはな」

光之は言った。

「左様でございます。殿と同じく惜しいと考えた人物がいます」

「それは秀吉公か」

「御意。秀吉公が動きました」

秀吉は高虎の武勇と才知、これまで豊臣家のために働いた功績を惜しみ、

「藤堂高虎は遁世させておくべき者ではない。早々に召し出せ」

と命じて、高野山に使いを送った。

「ところが、高虎殿は断ったのです」

益軒は言った。

「なに、断る？　秀吉公相手にか」

光之は驚きをあらわにした。

「左様です。しかし、秀吉公は諦めません。誘いが三度にわたりますと、高虎殿も断りきれませんでした」

力なく黒染の衣を脱いで山を下りました、と益軒は言った。

高野山を出るとき、高虎は、

帰るさの道にまよはぬ杖もがな浮世の闇を照す許りに

という歌を詠んでいる。

秀吉は文禄四年（一五九五）、還俗した高虎を伊予宇和島七万石の大名として遇した。その後、慶長二年（一五九七）の第二次朝鮮出兵（慶長の役）では水軍を率いて従軍し、八万石に加増された。

しかしその一方で高虎は、慶長三年（一五九八）ごろから家康に接近し、秀吉の死後、家康側に与して諜報活動や調略を行っている。慶長五年（一六〇〇）の関ヶ原の戦いでは、西軍の大谷吉継の軍と激しい戦闘の末、これを破った。その勲功によって、家康から今治二十万石に加増された。

のち津藩主となり、伊賀一国、伊勢半国、大和と山城にも領地を得ている。

慶長十四年（一六〇九）、高虎が家康に言上したことがある。

「およそ国家を安泰に治めるには、あらかじめ乱の起こらないようにする計が必要かと存じます」

このころ、家康による高虎への信任はいよいよ厚くなっていた。

「そうか。それには一体何をすればいいというのだ」

家康はそう聞いて、耳を澄ませた。

「諸大名に忠誠の証人として、その妻子を江戸に住まわせることが、乱を未然に防ぐ方法かと考えます」

そう言って、高虎はみずから率先して妻子を江戸に差し出したのである。諸大名はこの高虎の行為に倣うことになった。

慶長十九年（一六一四）、高虎は大坂冬の陣の先陣を命じられた。十月下旬から諸大名に先んじて河内へ出兵し、十二月下旬には櫓一つを鉄砲にて打ち破り、その勇功は諸方に聞こえた。家康、秀忠の両御所は感状を出して称えた。

翌年の大坂夏の陣では、五月六日、高虎は八尾砦にて大坂方の長宗我部盛親、木村重成、秀頼の旗本の面々と合戦した。高虎は家康方の先手で攻め、激しいせめぎ合いののち七十余騎を失ったものの、家康の本陣にはまったく敵を寄せつけず、この日の戦いに勝利した。高虎はさらに敵を大坂城まで追い、八百六十七の首をとったという。

この戦功により、高虎は三十二万三千九百五十石の大大名に上りつめた。

その後、高虎は大坂の陣で討死した者を供養するため、京都南禅寺の山門を建立した。

「それにしても、藤堂高虎という武将は、名のある主君によく次々と仕えられたものだ。しかも、変わるたびに加増されている。何か理由がなければ、乱世の時代、主君のほうも迎え入れないものであろう」

光之は言った。

「御意。それは武辺（ぶへん）に優れ、数々の戦功を挙げたこともさることながら、築城術という特技を持っていたからだと思われます」

築城は十七城に及ぶといわれている。稀有（けう）の才能だった。

「築城術か。確かにいくつもの城を築いている。特技が高虎殿をして戦国の世に遊泳することを可能にさせたといえそうだな。芸が身を助けたというのは少しいい過ぎかな」

「さても、高虎殿は毀誉褒貶（きよほうへん）のはなはだしい方です。権力の走狗（そうく）とか、ごますり男などと陰口をたたく者もいます。ですが、高虎殿自身、武士たるもの七度主君を変えねば武士とは言えぬ、と公言しています」

浅井長政や織田信澄（おだのぶずみ）から徳川家康、秀忠、家光（いえみつ）まで数えると、高虎は十一人の主君に仕えている。

「顰蹙（ひんしゅく）を買いながらも、何ゆえ高虎殿はそんなに主君を渡り歩いたのだ」

「高虎殿の先祖は代々地方領主の身分でありながら、農民にまで零落していました。さらに出家し隠遁生活も経験していますから、逆に藤堂家再興の思いはいよいよ強くなったはずです。そこに強烈な上昇志向があったのでしょう」

「そうか、お家再興の思いがあったか」

光之はうなずいた。

「数多くの主君の間を遊泳したものの、しかし、一旦(いったん)仕えますと誠心誠意勤めております。その精神はご親戚の藤堂高通(たかみち)殿にも見てとれませんか」

益軒は尋ねた。

黒田家は藤堂家の縁戚にあたる。高虎の孫の高通と黒田長興(くろだながおき)（長政(ながまさ)の次男）の娘の彦子が結婚している。

「高通殿もなかなかの人物である」

光之は言った。

「四男二女があり、子孫繁栄のさまはひとえに高虎殿の武功と陰徳のお陰ではないかと思われますが、いかがでしょうか」

「そういえるであろうな。ところで、少し眠くなってきた。そろそろ寝所(しんじょ)にまいる」

光之は睡魔に襲われた様子だった。

「それではこの続きは、よろしければ明晩にいたしましょう」

「そうしてくれ。今夜は楽しかった」

そう言って、藩主は寝所に向かった。

益軒は平伏(ひれふ)しつつ藩主を見送り、やがて部屋を辞した。

第十五夜　石田三成　三献茶と末期の茶

この夜、筑前国福岡藩第三代藩主、黒田光之は福岡城内の一室に貝原益軒を呼んでいた。

「今日は賓客を饗応して疲れてしまった」

「それはさぞかし気を遣われたことでしょう。お休みになるのがよろしいかと存じます」

益軒は聞いた。

「いや、それでもそのほうの話を聞いてからにしよう」

「左様ですか。それでは、今夜は石田三成のお話をいたしましょう」

「文治派の武将だ。それは楽しみである。話してみよ」

光之は脇息にもたれて益軒が語り始めるのを待った。

益軒はおもむろに話し始めた。

石田三成は豊臣秀吉の側近中の側近。五奉行の一人として行政手腕を発揮した。その三成が秀吉に取り立てられるきっかけとなったのは、茶だった。

秀吉が近江（おうみ）長浜城主をしていた時代のことである。鷹狩（たかがり）に出かけ、喉が渇いて立ち寄った寺で茶を所望した。

応接したのはこの寺に預けられ、小間使をしていた三成だった。まだ十五、六歳の小姓（こしょう）である。

三成は大きな茶碗に七、八分ほどの分量で、ぬるい茶を点（た）てて運んだ。早く喉の渇きを癒やせるようぬるくし、しかも、量を多くしたのである。

秀吉は、喉を鳴らして飲み、

「これは美味（うま）い」

と満足し、

「今、一服」

と再度所望した。

三成は前より少し熱くして点て、半分に満たない量の茶を勧めた。

秀吉はこれを飲み終えると、

「今、一服」

とさらに所望した。

今度は小さな茶碗に、熱く香り高い茶をほんの少し淹（い）れて振る舞った。

秀吉は美味そうに飲み干し、その献じられた三様の茶の気働きに感心して、住職に、

「大した才だ。近侍させて使いたい」

と頼み込んで三成を譲り受けた。

これが縁で三成は秀吉のそばに仕えることになり、才知を発揮し次第に信任を得ていったのだった。

「その茶の話は、何やら秀吉公が藤吉郎（とうきちろう）時代に信長（のぶなが）公の草履（ぞうり）を懐で温めて待っていたという逸話を彷彿（ほうふつ）とさせるな」

光之は言った。

「御意（ぎょい）。気働きこそ主従関係の太い絆（きずな）になるもののようです」

益軒はそう思った。

「秀吉公の草履は出世の糸口を狙ったものだが、三成の場合はどうなのだ」

光之は聞いた。

「さて、それはわかりません」

益軒に確証はなかった。だが、童子とはいえ、人並みはずれた頭脳と才覚とを合わせ持っていた三成である。秀吉への接近を計算して茶を点てた可能性はあると思った。

「三成に仕官して立身出世を図った武士に小幡助六（おばたすけろく）という者がいます」

益軒は言った。

「いつの時代にもそういう人物はいるものだ」

光之は関心を示した。

小幡助六は上野（こうずけ）国の住人、小幡上野介信繁（こうずけのすけのぶしげ）の三男だった。立身出世を志し、十五歳のとき上州より大坂へ上った。上方で生活しながら人々の風俗、習慣を見聞した。

そのころ、石田三成は秀吉公の側近として寵愛され、いずれは日本一の大名にも立身するだろうとの評判が立っていた。そこで、小幡助六は三成への仕官を思い立った。幸い、石田家を知る者がいて、この者を通じて奉公を願い出た。

三成は助六を一目見て、その才知を見抜き、直ちに召し抱えた。

「ほう。三成はすぐに召し抱えたか。その助六と申すは十五歳とあらば、三成が秀吉公に茶を点てたときと年回りが似ている。三成は若き日のおのれを見ていたかもしれんな」

益軒は応じた。

「御意。ありうることです」

助六は忠義に厚く、主人に尽くしたので、三成は次第に取り立てて領地二千石を与え、近臣の総頭を申し付けた。

三成の出陣に際して、助六はいつも影のようにつき従って忠戦した。

慶長五年（一六〇〇）九月に勃発した関ヶ原の戦いは、徳川家康率いる東軍九万と石田三成を大将とする西軍八万の軍勢が激突した合戦だった。

天下分け目の戦いとあって、両軍入り乱れての激しい戦闘となった。このとき、戦場で闘っていた助六は、大勢の敵に隔てられ、三成を見失ってしまった。助六は三成を必死に探した。数万の敵陣を切り抜け、尋ねまわるうち、ようやくその所在がわかった。

西軍総崩れとなった戦場から離脱し、三成と助六の主従は伊吹山から大谷山へと逃れた。その後、三成は単独行を選び、後日大坂での再会を約して別れることとし旧領へと敗走した。

　そのころ、家康は近江大津に陣を構えていた。

「こたびの謀叛の張本人、三成は戦場を逐電（逃亡）し、行方知れずとなっている。早く探し出せ」

　と諸大名に命じた。

　やがて三成の旧領の領民たちは、潜んでいた助六を見つけて生け捕り、家康の待つ大津に連行した。

「この者は三成の近臣ゆえ、三成の行方をよく知っておるはずです」

　と家康に差し出した。

　家康は、よくやったとして、黄金二十枚をこの領民たちに与えた。

「三成はどこへ行った」

　と家康は庭に跪いた助六に問いただした。

「それがしは石田三成が家来、小幡助六と申す者です。確かに、三成様が今どこにおられるか、その居所をよく知っております。しかし、それがしがこれまで長年にわたり安楽に暮らしてこられましたのも、ことごとくみな主人、三成様の恩顧によるところです。しからば、今更その厚恩を忘れ、主人の在所を申し上げるのは勇士の本意ではありません。でありますから、この上は、どうぞ拷問を仰せ付けられ、その後、首を刎ねられよ」

　と臆することなく堂々と、また礼を尽くして話した。

再度、問いただしても居場所を言わなかった。

これに対し、家康は、

「この者、忠義と武勇を兼ね備えた士（さむらい）である。見上げた精兵というべきだ。この者は潜伏場所など決して口を割らないはずだ。拷問にかけても無駄であろう」

と言った。

「さすれば、いかがいたしましょう」

と家臣が聞いた。

「およそ大将を自任する者は、このような忠臣に情をかけるものだ。死刑に処するなど必要ない。早急にこの者の縄を解くがよい」

と家康は命じ、即刻、放免した。

自由の身となった助六は家康のもとを退出して、そのまま近所の寺院へ行き、住職に面会を求めて訴えた。

「それがしは石田殿の家人（けにん）、小幡助六と申す者なり。敵に生け捕られ、処刑されて当然のところ、思いがけず一命を助けられ、ここに来た。しかし、思うところあって、この場所にて腹を切りたいと思う。ついては死骸を処理していただきたい」

と願い出た。

住職は驚いて、

「しばらくはここに留まって過ごすがいい」

と切腹を止めようと説得した。

しかし、その説得もむなしく、助六は腹を切って自害した。

この住職は大津へ赴き、事の次第を家康に報告した。

家康はそれを聞いて、

「立派な男であった」

と惜しみつつ、助六を称えたという。

「家康公の大将ぶりといい、助六の忠臣ぶりといい、関ヶ原の戦いのかげにそのような武士道の裏話があったとはな……」

光之は感じ入っていた。


ところで、関ヶ原の戦いののち、捕らえられた三成は六条河原で斬首され、その首は晒された。

その処刑前、京都の町を引き回されているさなかに、喉の渇きを覚えた三成は警護の役人に、

「茶か湯を所望したい」

と頼んだ。

役人は、

「水や湯はない。だが、柿ならある」

とたまたま持っていた干し柿を差し出した。

だが、三成は、

「干し柿は痰の毒であるからいらない」

と断った。痰の毒は体液を濁らせ全身に悪さを働く。

役人は笑いながら、

「間もなく首を刎ねられる者が毒を気にして何になる」

と軽蔑した。

「そのほうらにはわかるまい。大義を思う者は最期の瞬間まで命を大事にするものだ。それは何としても本望を遂げたいからだ」

と三成は諭すように答えた。

「なるほど。それにしても、三成は最後の最後まで家康公を討つ望みを捨てていなかったようだな」

光之は言った。

「御意。執念と申しましょうか」

益軒は応じた。

「並の執念ではない。それにしても、茶を所望した三成は、自分が秀吉公に取り立てられた縁が茶だったことを思い出しただろうか」

光之は聞いた。

「さて、それは……」

確かに秀吉との縁は茶に始まって、三成は出世の糸口をつかんだ。点てて献じた三様の茶。そして、飲めなかった末期の茶。

——茶に始まり、茶に終わる。

「ところで、少し眠くなってきた。そろそろ寝所(しんじょ)にまいる」

益軒は三成の数奇な運命を茶の上に見た。

光之は睡魔に襲われた様子だった。

「それではこの続きは、よろしければ明晩にいたしましょう」

「そうしてくれ。今夜は楽しかった」

そう言って、藩主は寝所に向かった。

益軒は平伏(ひれふ)しつつ藩主を見送り、やがて部屋を辞した。

第十六夜　浅井長政　信義に殉じた敗将

この夜、筑前国福岡藩第三代藩主、黒田光之は福岡城内の一室に貝原益軒を呼んでいた。

「今日は家老との込み入った話が長引き、いつになく疲れてしまった」

「それでは、すぐお休みになりますか」

益軒は聞いた。

「いや、そのほうの話が聞きたい。今宵(こよい)も何か肩の凝らない面白い歴史話はないか」

「それでは、今夜は浅井長政(あざいながまさ)殿のお話をいたしましょう」

「北近江(きたおうみ)の武将だ。それは楽しみである。話してみよ」

光之は脇息(きょうそく)にもたれて益軒が語り始めるのを待った。

益軒はおもむろに話し始めた。

浅井長政は永禄十年（一五六七）、織田信長(おだのぶなが)の妹、お市の方を娶(めと)った。典型的な政略結婚だった。上洛(じょうらく)を目指す信長にすれば、入京のための経路が確保される。一方、長政のほうでも、尾張を平定し今川氏を討って急成長した信長と姻戚関係を持つことは、近江の支配に利すると考えた。

ところで長政は、これより前、十五歳で元服した永禄二年（一五五九）、父久政の勧めで六角義賢の重臣、平井定武の娘を娶っている。だが、長政にはつり合いのとれない不本意な婚姻でしかなく、娘をそのまま送り返したのだった。この一件で父子間に争いが生じ、長政は父親を隠居させ当主におさまった。やがて、それまでの「賢政」から、長政と名乗るようになった。

「長政殿の父、久政はさしたる人物ではなかったようだな」

それまで黙って益軒の話を聞いていた光之が感想をもらした。

「御意。江南を支配する六角氏と戦うことを避けていましたから、心ある家臣は切歯扼腕していたといいます」

益軒は言った。

長政はその後、大軍で攻めてきた六角軍を撃破し、勇将ぶりを示して家臣たちを安堵させた。

永禄十一年（一五六八）八月、長政は訪ねてきた信長と浅井領内の佐和山城で会った。信長は足利義昭を奉じて上洛するための支援を依頼し、長政は義兄の申し出を受諾した。

この後、信長は岐阜城に帰る途中、柏原（現、米原市柏原）の成菩提院に泊まった。そのとき、二百五十人ほどの供回りを連れているだけの手薄で無防備な態勢だった。妹婿を信じればこその無警戒といえた。

「信長を討つのは今です。これほどよい機会はもう二度と訪れません」

と進言したのは長政の家臣、遠藤直経だった。

信長を討ち取れば長政自身の上洛、さらには天下取りの目も出てくる。

「いわば本能寺の変のときと同じような様相を呈したのです」

益軒は言った。十四年後、明智光秀は無防備な信長を本能寺に襲った。

「だが、変は起こらなかった。長政殿に謀叛の気はなかったようだな」

光之は言った。

「ありません。信義を重んじるのが長政殿の生き方です。闇討ちに近い行為でたとえ一時的に勝利をおさめたとしても、末代まで不義理をいわれます。これは武士の名折れとなりましょう」

卑怯な手段は取りたくないというのが長政の本心だったと思われます、と益軒は言った。

元亀元年（一五七〇）四月二十日、信長は突然、三万の軍勢を率いて京都を出発した。織田家が何代にもわたり反目してきた宿敵、越前の朝倉氏攻略に乗り出したのである。

越前の敦賀に侵攻、快進撃を続け朝倉義景の本拠地、一乗谷に迫る勢いをみせた。

このとき、長政は苦渋の選択をせまられる。信長につけば、朝倉家との長年の盟友関係に反する。一方、義景に加担すれば、義兄という姻戚関係にひびがはいる。

長政にとって信長の出兵は寝耳に水だった。信長とは、お市の方を娶って同盟関係を結ぶに際し、信長が朝倉家を攻める場合は事前に知らせる旨の誓紙を受け取っていた。突然の出兵は明らかにこの誓約に違反している。

迷った末、長政は朝倉家についた。祖父の代以来の朝倉家との関係を重視したのだった。

「誓約違反は明らかなようだ。長政殿は筋を通したのだな」

光之は言った。

「御意。恩義を重視する律儀（りちぎ）な長政殿の性格を端的にあらわしています」

益軒はそう応じた。

長政は朝倉氏の加勢のために出馬した。

このとき、長政に嫁いだお市の方は兄と夫との戦いに困惑した。しかしながら、兄信長に夫の参戦をさりげなく伝えることにした。両端を縛った小豆枕を陣中の信長に送った。両方から攻められ、袋の鼠になる状況を暗示したのだった。

だが、時すでに遅し。朝倉と長政の軍に挟み撃ちされて窮地に陥った信長は、金ヶ崎（かねがさき）城（現、敦賀市金ヶ崎町）で防戦一方となり、恥も外聞もなくほうほうの態（てい）で京都に逃げ帰った。

この事態に殿軍（しんがり）の命を受けて、全軍の撤退を成功させたのが秀吉（ひでよし）である。「藤吉郎の金ヶ崎の退（の）き口（くち）」といわれる撤退戦で、秀吉への評価がさらに高まった。

「越前への双方の出兵は、長政殿にも、信長公にも、お互いに寝耳に水だったようだな」

光之は言った。

「御意にございます。信長公が命を落としてもおかしくない場面でしたが、運を味方につけ他日を期す機会が与えられました」

益軒は答えた。

その二カ月後の元亀元年（一五七〇）六月、信長は越前攻めの雪辱戦に臨み、徳川家康の援軍も得て、総勢二万五千の軍で姉川を挟んで朝倉軍と対峙した。

一方、長政は八千余の軍勢を整えた。だが、盟友朝倉義景の出陣はなく、甥の朝倉景健に一万の兵を率いて近江に出兵させた。

この軍には氣比神宮の神官と平泉寺の僧侶、合わせて三千人が加勢していた。

「神官と僧侶？」

光之はいぶかしそうに応じた。

「武士ではありませんが、神社と寺から、参戦したいというたっての願いがあって義景は許したといいます」

益軒は答えた。

六月二十八日の早朝、合戦の火蓋が切られた。左翼に浅井長政が、右翼に朝倉勢が布陣していた。浅井方は信長軍に猛攻をかけ、優位に戦いをすすめた。

一進一退の攻防が繰り広げられる中、戦局に変化が生じたのは、徳川家康方が朝倉勢を側面から攻撃したときだった。虚を衝かれ、朝倉勢は陣形が崩れて退却した。この状況に浅井方の陣も乱れ、浅井・朝倉ともに総崩れをきたして敗走した。

長政は居城小谷城に落ち延びた。これに対し、信長は兵士たちの疲労を見て深追いせず、京都に引き揚げた。

姉川の合戦の三年後、天正元年（一五七三）八月、信長は改めて越前に朝倉氏を攻め滅ぼし、その勢いでさらに長政の小谷城を攻めた。

小谷城を包囲した信長は不破河内守光治を使者にたて、降伏を求めた。

「城を明け渡して降伏するなら、大和一国を与えよう」

と条件を提示した。

だが、浅井長政は断った。

「なぜ断ったのだ。信長公としては自分の妹を嫁がせた相手だけに、最後に救命の機会を与えたのだろう」

光之は聞いた。

「ここでも、長政殿は朝倉への信義を重視して筋を通し、信念を貫いたと思われます」

益軒は言った。

長政はお市の方と三人の娘を信長陣営に託して切腹した。

のちに、長女茶々は豊臣秀吉の側室淀殿に、二女初は京極高次の正室に、三女小督（江）は徳川二代将軍秀忠の正室にと、それぞれの人生を歩んだ。

「して、姉川の戦いの折、朝倉義景殿が約束した出馬はどうなったのだ」

光之は聞いた。

「ありませんでした」

益軒は答えた。

光之は眉をひそめただけで何も言わなかった。

「なぜ、朝倉義景殿が出陣しなかったか。その理由(わけ)をお話ししましょうか」

「うむ、聞きたいところだが、少し眠くなってきた。そろそろ寝所(しんじょ)にまいる」

光之は睡魔に襲われた様子だった。

「それではこの続き、朝倉義景殿の話は、よろしければ明晩にいたしましょう」

「そうしてくれ。今夜は楽しかった」

そう言って、藩主は寝所に向かった。

益軒は平伏(ひれふ)しつつ藩主を見送り、やがて部屋を辞した。

第十七夜　朝倉義景

一乗谷、百年の栄華の終焉

この夜、筑前国福岡藩第三代藩主、黒田光之は福岡城内の一室に貝原益軒を呼んでいた。

「昨夜は浅井長政殿のお話をさせていただきました。今宵はいかがいたしましょうか」

益軒は聞いた。

「昨夜の続きが聞きたい」

「かしこまりました。お約束通り、朝倉義景殿のお話をいたしましょう」

「それは楽しみである。話してみよ」

光之は脇息にもたれて益軒が語り始めるのを待った。

益軒はおもむろに話し始めた。

朝倉義景の四代前の孝景（敏景）は、守護代から戦国大名に成り上がり、越前一乗谷に城下町を築いた。

家訓「朝倉孝景十七箇条」（「孝景条々」）を定めて中央集権体制を敷いたことで知られる。

その第一条——

「朝倉家に於ては宿老（重臣）を定むべからず。その身の器用忠節によりて申し付くべき事」

孝景は門閥を排し、実力主義を標榜した。応仁の乱のさなかに寝返って、元の領主、斯波氏に代わって越前の戦国大名にのし上がるという下剋上を地で行った孝景らしい条文である。

その一乗谷を「北陸の京都」といわしめるほどに発展させ、「朝倉王国」の黄金時代を築いたのは義景である。公家を招き、積極的に京文化の導入を図った。一乗谷は周囲を山に囲まれ、府中（現、武生市）、北ノ庄（現、福井市）、大野（現、大野市）に通じる道のある要衝の地だった。

永禄十年（一五六七）十一月、この一乗谷を足利義秋（のちの十五代将軍義昭）が訪ねてきた。義景は新たに御所を建てて歓待し、連日、歌舞音曲でもてなして祝宴を張った。

その義秋の思惑は、義景の強大な軍勢を頼んで幕府を再興するという野望にあった。

「将軍が空位の今、上洛すれば将軍になれる。軍を出してほしい」

と義秋は懇願した。

だが、義景に動く気配はなかった。

「どうして義景殿は京都に上らなかったのだ。天下取りの絶好の機会ではないのか」

光之は聞いた。

「御意。これは義景殿という人が詩歌や公家文化に長じた文の人で、戦いは好まなかったからと考えます。さらに、もし義秋公を奉じて上洛した場合、勢力を張っていた三好三人衆との戦いが待っていて、おそらく勝ち目はないと踏んだのでしょう」

「先祖にあった下剋上の牙は抜かれていたというのか」

「左様でございます」

益軒は答えた。


元亀元年（一五七〇）四月、信長は義景攻撃を開始し、敦賀に侵攻した。が、浅井長政の挙兵で挟み撃ちに遭い、命からがら逃げ延びた。

その二ヵ月後、信長は雪辱を期し、総勢二万五千の軍で姉川の戦いに臨んだ。

これに対し、浅井長政は盟友朝倉義景に飛脚を出して、

「信長は機敏に軍を動かす才知にかけては、まさに天賦の才がある。だが、貴方と我らの両旗で臨めば、彼を討ち破ることは掌のうちにある。急いで出馬をお願いしたい」

と援軍を求めた。

しかし、義景はどうした心づもりか、甥の朝倉景健に一万の兵を付けて近江に出陣させた。

このとき、氣比神宮の社人と平泉寺の衆徒が義景に訴え出た。

「豊原、敦賀両所の寺社領が長年にわたり、無事に治まっていますのは、じつに領主義景様の御恩徳であります」

今、この御恩に報いなければ、またいつ機会が訪れるかわかりません。もし、このたび浅井殿が滅亡すれば、当国の危難となります。お許しが出れば、近江に出向き忠戦を励みたいと思います。もとより、兵道は不案内ですが、戦場に屍をさらす覚悟、少しも武士に劣りません、と一同は訴え

た。

「命令なくして退却したなら、無間地獄（八大地獄の一つ）に沈むと牛王の札（厄除けの護符）に血書しました」

一同は、鎧の肩につけた牛王の札を見せ、覚悟のほどを示した。

この訴えに義景は、

「三千人を先鋒に列すべし」

と命じた。

このとき神官と僧侶が具足の肩につけた誓書は、越前にあって「一足無間の誓決」と呼ばれた。

こうして、朝倉景健は一万三千の兵を率いて、長政軍と姉川のほとりで合流した。

だが、戸惑ったのは長政だった。約束した義景自身の出馬はなく、武士でもない軍勢まで引き連れて来て、これでは戦にならないと不信感をつのらせた。

「ご不審はごもっともでござる。しかし、この戦いにおいて難儀の事態になれば、いつでも殿はご出馬します」

という景健の説明に長政は少し機嫌を直し、織田軍殲滅の作戦会議を開いた。

戦いは徳川家康の援軍を得た信長の勝利に帰した。敗走した浅井長政は小谷城に逃げ込んだが、織田軍は深追いしなかった。結局、朝倉義景は姉川に出陣しなかった。

「なぜ、義景殿は姉川に駆けつけなかったのだ。参戦する約束だったのではないか」

光之は詰問調だった。

「これは義景殿の側室だった小少将（こしょうしょう）を寵愛するあまりの不出馬だったようです」

益軒はそう説明した。

小少将は朝倉氏の家臣、斎藤兵部少輔（さいとうひょうぶしょうゆう）の娘。義景は小少将を寵愛し、その子愛王丸を溺愛して政務をおろそかにし、武辺（ぶへん）を忘れ遊興に耽（ふけ）ったともっぱらの噂（うわさ）であった。

「小少将というのはそれほどの美女だったのか」

光之は聞いた。

「御意。傾城（けいせい）とはまさに小少将を指すのではないかと思えるほどです」

美人が色香で国を傾け滅ぼすのが傾城の意だが、それが「北陸の京都」で起きていたようだ。

「出陣せず同盟者に不義理をした裏に女がいたのか」

「御意」

「戦ってこその戦国の世だ。朝倉文化もいいが、武をおろそかにする義景殿の態度は褒められた話ではないな」

「左様でございます」

益軒は自分のことのように恐縮して頭を下げた。

信長はその三年後の天正元年（一五七三）、浅井の居城、小谷城を猛攻撃した。浅井側の苦戦の報に義景が一万五千の軍勢で出馬した。

「ほう、今度は出陣したか」

光之は興味を示した。

「いくらなんでも何度も不義理をしては武門の名折れになります」

益軒は言った。

だが、信長の調略の手が伸びていて義景方は切り崩され、朝倉軍に往年の力はなかった。逆に織田軍に攻めたてられ、義景は本拠地、一乗谷に帰還するものの、一族の景鏡(かげあきら)の狡猾(こうかつ)な罠(わな)にはまり、大野の賢松寺で切腹する事態に追い込まれた。

一乗谷の朝倉氏五代百年にわたる栄華はここに終焉(しゅうえん)したのである。

「それにしても、義景殿は弱肉強食の戦国の世を生きるにはあまりにも文弱過ぎたようだな」

光之の感想だった。

「一乗谷に伝わる将棋があります」

益軒が言った。

「将棋?」

光之がいぶかしそうに問いかけた。

「朝倉将棋というもので、酔象駒(すいぞうこま)という特別の駒があります。歩が〝と金〟に成るように、酔象駒が敵陣に入ると〝太子〟に成ります。太子があれば、たとえ王将が詰んでも勝負は続行できるのです」

「なに。大将が討ち取られても、まだ負けではないというのか」

「御意。戦略を練るには恰好(かっこう)の盤上遊戯です」

「そんな練習材料があったのなら、義景殿はもっと活かせばよかったものを。さすれば、朝倉幕府ができて栄えていたかもしれない」

「まことに。しかし、ここに、朝倉将棋の精神を活かして敵に太子という駒を打った武将がいます」

「それは誰だ」

「朝倉義景殿の盟友、浅井長政殿です。長政殿の三女、小督（おごう）（江）は徳川秀忠（ひでただ）公の正室となっています」

「なるほど。浅井家は滅んだが、娘が太子として生きているというのか」

「私はそのように考えます」

「歴史の綾（あや）だな。ところで、少し眠くなってきた。そろそろ寝所（しんじょ）にまいる」

光之は睡魔に襲われた様子だった。

「それではこの続きは、よろしければ明晩にいたしましょう」

「そうしてくれ。今夜は楽しかった」

そう言って、藩主は寝所に向かった。

益軒は平伏（ひれふ）しつつ藩主を見送り、やがて部屋を辞した。

第十八夜　竹中半兵衛　天才軍師の稲葉山城乗っ取り

この夜、筑前国福岡藩第三代藩主、黒田光之は福岡城内の一室に貝原益軒を呼んでいた。

「今日は久しぶりに鷹狩に出かけて疲れてしまった」

「それでは、すぐお休みになりますか」

益軒は聞いた。

「いや、そのほうの話が聞きたい。今宵も何か肩の凝らない面白い歴史話はないか」

「それでは、今夜は竹中半兵衛殿のお話はいかがでしょう」

「おお、秀吉公の軍師だ。それは楽しみである。話してみよ」

光之は脇息にもたれて益軒が語り始めるのを待った。

益軒はおもむろに話し始めた。


竹中半兵衛重治は、はじめ美濃国主の斎藤龍興に仕えた。武道の研究以外はあまり関心を示さず、言動はおとなしく鷹揚だった。風貌も女性的で、斎藤家中でも目立たず頼りなげだった。主君の龍興はそうした半兵衛を侮り軽視した。それが家臣たちにも伝染し、半兵衛を愚弄（ぐろう）するのが常だった。

ある日、二十一歳の半兵衛が龍興の居城である稲葉山城（のちの岐阜城）から下城しようと矢倉の下を通りかかったとき、頭上から水のようなものが降ってきた。

何だろうと半兵衛が見上げると、石垣の上から家臣たちが小便を引っかけたのがわかった。主君の侮蔑が家臣たちをこのような行為に走らせたのだった。

半兵衛は恥辱と怒りをこらえながら居城、菩提山（ぼだいさん）城に戻った。

そして、舅（しゅうと）の安藤伊賀守守就（あんどういがのかみもりなり）に、

「私は城主に恨みがある。ついては城を襲撃しようと思う。どうか加勢してほしい」

と頼んだ。

守就は仰天して、

「愚かなことを考えるな。主君の城を攻めるやつがいるか。それにわれらの小勢で攻めたところで城を落とせるはずがない。断じてしてはならない」

と強く戒めた。

しかし、いかに鷹揚とはいえ怒りのおさまらない半兵衛は、密（ひそ）かに機略をめぐらせ、城を襲う作戦を練った。

そして、襲撃を実行する。

まず、かねてから人質として置かれていた弟の久作重矩（しげのり）に仮病を演じるように伝えた。その上で、弟の付き添いと医薬の持参と称して、侍六、七人を城中に送った。

さらに、その日の暮れ方に、半兵衛自身が家来十人ばかりに長持を持たせて門前に現れた。

「弟の見舞いに来た。この長持には皆さん方を饗応するための酒肴品が納められている」

と説明した。門番たちには誰にも不審がられず、難なく城内に入ることができた。実は長持には武具一切が隠されていたのである。

やがて半兵衛たちは城中深くで武具を身に着け、一斉に討って出た。この夜の城番に当たっていた侍大将の斎藤飛騨守を半兵衛が斬って捨てた。半兵衛たちは小勢だったが、城兵たちは不意打ちを食らい慌てふためくばかりで、次々に討ち取られ、城主龍興は命からがら城外に逃げ出したのであった。

「城襲撃の報を聞いて舅の安藤守就が城に駆けつけたときには、稲葉山城は落城していました」

益軒は言った。

「あれほど止めたのだから、守就もさぞかし驚いたであろう」

光之は感想をもらした。半兵衛の無謀は光之の驚きでもあったようだ。

「この挙に誰よりも驚いた人がいます」

と益軒は続けた。

「それは誰だ」

「信長公です」

「ほう、信長公が？」

「と申しますのも、信長公はこれまで数年もの月日を費やしながら稲葉山城を落とせなかったのです」

信長が難儀した城を、半兵衛はたかだか十六、七人で、それもたった数刻で落としてしまった。

「信長公には奇跡の機略と映ったのではないでしょうか」

益軒のいつわらざる印象だった。

稲葉山城を攻略した半兵衛に、織田信長は使いを送った。

「城をわがほうに渡せば、そのほうに美濃半国を与える」

と条件を提示した。

半兵衛は即座に拒否した。

「稲葉山城はこの国の城である。その城を他国の者に与えて所領をもらうなど、私の望むところではない」

使いは早々に帰って行った。

そして、一年を経てから、半兵衛は城を龍興に返還し、みずからは近江に隠棲した。

「なに。城を返したのか」

光之は驚きを口にした。

「左様（さよう）です」

益軒は答えた。

「半兵衛殿は家中で軽蔑されていたのを、みずからの機略で払拭（ふっしょく）した。してやったりのはずではないか。それなのに、なぜ城を返したのだ」

光之は解せない様子だった。

「半兵衛殿の目的は自分がこうむった愚弄の雪辱ではありませんでした。ともすれば都合のよい重臣を侍らすだけで、政務を顧みない暗愚な主君に喝を入れるためでした。それと、軍師としてのおのれの手腕と機略を世に示したいという願いもあったでしょう」

益軒の解釈だった。

「美濃に竹中半兵衛あり！　を印象づければそれで成功。軍師半兵衛の登場です。おのれが仕える主君に天下を取らせたいという人生観です」

「斬新な発想だな」

光之は感心した。

「御意」

益軒はさらに、半兵衛が美濃にいるうちは、信長公もあえて美濃を侵さなかったと付け加えた。

「ところで、信長公が稲葉山城へ送った使いがいましたが、その使いこそ、若き日の秀吉公でした。両人は交渉のさなかに気脈を通じたといわれます」

「そうか。まさに邂逅であったな」

光之は納得したようだった。

半兵衛はのちに秀吉に仕えて、天下取りの下準備にひと役買っている。

半兵衛は秀吉の軍師となってから、秀吉の命令がなくても、戦場での陣立てを自分の思い通りに変えていた。それを不快に思う武将もいた。

ある合戦のとき、武将の一人が、

「半兵衛が陣立てについて命令するが、こたびは何かいってきても引き受けないつもりだ」

と家老相手に話していた。

ちょうどその場に半兵衛が馬に乗って現れ、かなり離れた場所で下馬した。そして、武将のところに静かに歩み寄ってきて手をつくと、

「備えの場所、旗の色もよいと殿が褒めていた」

と言った。

これに件(くだん)の武将は大喜びし、

「殿によろしくお伝え願いたい」

とさっきまでの不快感は消し飛んだようだった。

すると、半兵衛はすかさず、

「秀吉公の思し召し(おぼしめし)には、この備えの足軽の配置、旗の立て所を変えて、かれこれに置かれれば、なおさらよいとのことである」

と申し伝えた。

「それは、もっともの御意である」

と武将は応じて、陣立てを変えた。

半兵衛が去ると、

「今のが半兵衛の指図とわかっていても、反対はできないものだ」

と武将は家老に言って笑った。

「人は一度心を許すと、その相手を攻撃したり、怒りをあらわにできないもののようです」

益軒は言った。

「半兵衛殿はよほど人情の機微に通じていたものとみえる」

光之は感じ入ったようだった。

「御意。されば、秀吉公の軍師となり得たと思われます」

おのれの軍略を実行するには、人間の心の動きの読みと操作が必須のようだと益軒は思った。


天正七年（一五七九）の春、秀吉を助け、播磨（はりま）三木城を攻めていたときに、半兵衛は体調不良に陥った。秀吉は治療の必要を感じ、半兵衛を京都に送った。

「病勢はすでに相当進んでいる。回復する見込みはないようだ」

と医者は診断を下した。

「ならば、軍中にて死のう。それが軍師たる者のとる道だ」

と半兵衛は決断して播磨に戻り、ふたたび采配を揮った。やがて、病はさらに悪化し、平井山の陣中（三木城の北東約二キロ）にて、六月十三日に死去した。

「半兵衛殿は死にどころを得たようだな」

光之は言った。

「御意。昔、楠木正成、今、竹中半兵衛と軍師としての評価は高まりました」

「だが、半兵衛殿は秀吉公の天下取りを実際には目にできなかったな」

「秀吉公はさぞかし残念だったと思われます。半兵衛殿が存命中は、何事にも世の中で難しいと思ったことはなかったと述懐されてもいます。正に懐刀です。半兵衛殿が目撃できなかった秀吉公の天下取りを、直に目にしたのは当家の黒田孝高様です」

秀吉の軍師として、智将黒田孝高（官兵衛）も知られている。半兵衛と官兵衛の軍師二人を、世の人々は「両兵衛」（または「二兵衛」）と呼びならわしている。

「そうであった。同じ軍師ながらたどった道は違ったようだな」

光之はしばし感慨に耽った。

「ところで、少し眠くなってきた。そろそろ寝所にまいる」

光之は睡魔に襲われた様子だった。

「それではこの続きは、よろしければ明晩にいたしましょう」

「そうしてくれ。今夜は楽しかった」

そう言って、藩主は寝所に向かった。

益軒は平伏しつつ藩主を見送り、やがて部屋を辞した。

第十九夜　尼子勝久　求心力を失った一族の末路

この夜、筑前国福岡藩第三代藩主、黒田光之は福岡城内の一室に貝原益軒を呼んでいた。

「今日は久しぶりに長時間、読書に耽って疲れてしまった」

「それでは、すぐお休みになりますか」

益軒は聞いた。

「いや、そのほうの話が聞きたい。今宵も何か肩の凝らない面白い歴史話はないか」

「それでは、今夜は尼子勝久殿のお話をいたしましょう」

「おお、山陰の武将だ。それは楽しみである。話してみよ」

光之は脇息にもたれて益軒が語り始めるのを待った。

益軒はおもむろに話し始めた。


尼子一族は近江京極氏の一族である京極高秀の子、高久が近江国甲良荘尼子郷（現、滋賀県犬上郡甲良町）を領して以来、尼子氏を名乗るようになった。明徳三年（一三九二）に尼子持久が出雲守護代に任じられて月山富田城（現、安来市）に入り、出雲尼子氏が起こった。

その後、持久の孫の経久（一四五八〜一五四一）の時代に隆盛を極めた。短期間に、出雲を含め、安芸、隠岐、石見、備前、備中、備後、播磨、美作、因幡、伯耆の十一カ国を領するまでに急成長したのだった。

急激に領土を拡大した経久は、新しく支配下に入った領民の怨念や失望をよく理解し、治世に心を砕いた。

経久は重臣たちを前に、常々、

「誇り高い参謀は格式高く扱い、武士は格式を重んじるよりも俸禄を多くして戦意を高めるのが肝要だ」

と強調していた。

この経久の登用法を伝え聞いた浪人たちは出雲を目指し、有能な人材が集まったという。

また、治世の要諦として、

「剛は柔の終わり、虚は実の本なり」

と繰りかえし述べた。東洋思想にもとづいた二元論的宇宙観である、剛と柔、虚と実、右と左、男と女、寒と熱など、対立概念を認識することを統治の基本としたという。

「尼子経久殿は智を備えた、まさに山陰の勇将といえましょう」

益軒は言った。

「徳も力もあったということか」

光之は聞いた。

「御意」

益軒はうなずいた。

だが、経久は不運にも、永正十五年（一五一八）九月の磨石城の戦いで子の政久を亡くし、天文六年（一五三七）に孫の晴久に家督を譲った。

その経久は天文十年（一五四一）十一月十三日に死去。尼子一族は求心力を失い衰退する。

その後、安芸の山間部から急速に台頭してきた毛利氏に領国を侵攻され、経久の曽孫、義久の代になると月山富田城は毛利軍に包囲された。永禄九年（一五六六）十一月、降伏開城。

「ここに尼子氏は滅びました」

益軒は言った。

「滅んでしまったのか。十一ヵ国を領するまでの勢力を張っていたのに」

光之は意外そうな顔を向け、

「だが、今夜は尼子勝久殿の話をするといったはずだった。滅んだなら話は終わりではないか」

と聞いた。

「いえ、一旦、滅んだのですが、お家再興に奔走した家臣がいます」

「誰だ」

「山中鹿之助や立原久綱らの忠臣たちです」

益軒は言った。

山中鹿之助（幸盛。一五四五〜一五七八）は、尼子氏の居城、月山富田城の麓にある新宮谷で生まれた。幼少時より偉丈夫で、武勲を挙げるべく、おのれを厳しく律して武術を鍛錬した。

月を仰ぎ見ては、

「願わくば我に艱難辛苦を与えたまえ」

と祈っていた。

永禄九年（一五六六）に月山富田城が落城すると、鹿之助は諸国を放浪する浪人生活を送ったが、やがて尼子氏再興のための挙兵の準備を始めた。

その際、頂点にいただく主君が必要となった。尼子氏を束ねる象徴である。

「それが尼子勝久殿でした」

益軒は言った。

「尼子氏は滅んだのではないのか」

光之は聞いた。

「尼子一族は死に体でした。しかし、唯一ともいえる生き残りが京都にいました」

「京都？」

「東福寺で僧侶をしていたのです」

「京都五山の僧か」

「そうです」

益軒は答えた。

尼子勝久（幼名、孫四郎）は山中鹿之助らの熱心な勧めに従い、還俗して尼子氏再興を目指す。十六歳だった。

勝久は旧臣たちの支援を受けて、念願の出雲国に入国。月山富田城の奪還を企て、永禄十二年（一五六九）に出雲で、天正二年（一五七四）に因幡で、毛利軍と二度にわたり戦うものの、失敗に終わった。

その後、織田信長の麾下に入り、天正五年（一五七七）、信長、秀吉の支援を得て、宇喜多直家の支城、播磨上月城を攻略したが、翌年、毛利軍に包囲された。秀吉が籠城中の勝久への支援を中止したため、孤立無援となり降伏し、勝久は七月三日に自刃。二十六歳だった。

「それにしても、隆盛を極めた尼子一族において、それほど熱烈にお家再興を企てる忠臣が数多くいたにもかかわらず、どうして滅亡という結果に終わってしまったのだ」

光之は聞いた。

「さて……。それはたいへん難しい問題です」

「難しいのはわかっておる。今はそのほうの考えが聞きたいのだ」

益軒はしばらく思案した。

「世に、勇将の下に弱卒なし、といいます。大将が強ければ、従う兵卒も強いものです。しかし、尼子氏においては勇将がいなかったのではないかと思われます」

益軒の推測だった。

「だが、経久の時代には十一ヵ国を領するまでに急成長したのではないのか」

「御意。確かに経久殿は山陰の勇将でした。しかし、その後継者たちは勇将ではなかったのではないかと思われます。さらに、内紛が尼子一族をして弱体化させたと思います」

「どういう意味だ」

「先ほど、勝久殿が東福寺で僧侶をしていたとお話ししましたが、これは尼子一族内で諍い(あらそ)があったからです」

天文二十三年(一五五四)、尼子氏内部で対立が発生。勝久の父の誠久(さねひさ)を含めた「新宮党」の主立った者が、晴久により粛清された。十一ヵ国を支配して隆盛を極めていたものの、この内部抗争が尼子一族を急速に弱体化させた。しかも、「新宮党」は軍事部門を受け持っていただけに、その痛手は甚大だった。

この粛清時、勝久だけは家臣の助けにより出雲を脱出し、のちに東福寺の僧となったのだった。

「やはり、僧侶として育っては勇将にはなれないか」

「そう思われます」

益軒は言った。

勝久が戦いに敗れ、毛利家に降伏し自刃する前、家臣たちに、

「法衣をまとって一生を送るはずであった自分を、一度は尼子の大将にしてくれたことに感謝する。

今後は命を大切にし、生き永らえるように」

と述べたという。

山中鹿之助らの主君を思う気持ち、さらに、主君の勝久が家臣を慮（おもんぱか）る心情は、どちらも誠意にあふれているといえよう。尼子氏ほど流転と興亡を繰りかえした一族もないだろう。

「この山中鹿之助らの忠臣ぶりを武士の鑑（かがみ）と褒めたたえた人物に、毛利元就（もうりもとなり）公がいます」

「宿敵ではないか」

光之は怪訝（けげん）そうに尋ねた。

「尼子氏の内部分裂と崩壊を見た元就公は、息子三人の融和と結束を家訓としてきつく命じました。その教えを守った毛利家は山陰山陽の覇者たることを維持しました」

「そうであったか……。三本の矢の話は有名だが、尼子一族の末路が毛利家の教えに生きていたとはな」

光之はしばし感慨に耽った。

「ところで、少し眠くなってきた。そろそろ寝所（しんじょ）にまいる」

光之は睡魔に襲われた様子だった。

「それではこの続きは、よろしければ明晩にいたしましょう」

「そうしてくれ。今夜は楽しかった」

そう言って、藩主は寝所に向かった。

益軒は平伏（ひれふ）しつつ藩主を見送り、やがて部屋を辞した。

第二十夜　大内義隆　軍事から目を背けた文化国家の崩壊

この夜、筑前国福岡藩第三代藩主、黒田光之は福岡城内の一室に貝原益軒を呼んでいた。

「今日は雑用に追われて疲れてしまった」

「さまざまなお勤めがおありでお疲れでしょう。それでは、すぐお休みになりますか」

益軒は聞いた。

「いや、そのほうの話が聞きたい。今宵も何か肩の凝らない面白い歴史話はないか」

「それでは、今夜は大内義隆殿のお話をいたしましょう」

「おお、周防の名門だ。どのような話か楽しみである。話してみよ」

光之は脇息にもたれて益軒が語り始めるのを待った。

益軒はおもむろに話し始めた。

大内氏は朝鮮・百済王の血をひくといわれる。確たる証拠はないものの、大内家に流れる貴族主義の伝統をみると、その淵源が国王の血にあるのではないかと思わせるのに十分である。

義隆は永正四年（一五〇七）十一月に、周防、長門、安芸、石見、筑前、豊前の六カ国の守護を兼ねる大内義興の嫡子として大内館で生まれた。

享禄元年（一五二八）十一月、父義興が安芸征伐の陣中に病み、五十二歳で没したため、義隆は二十二歳で家督を継いだ。

政治組織は義隆の居住する大内館を中心に、周防に陶氏、長門に内藤氏、豊前に杉氏をそれぞれ守護代に据えて領国を支配した。しかし、軍事面を守護代に一任していたために、義隆の威光が届かず、守護代の独立性の強化につながる弊があった。

そのころ、山陰では尼子一族が勢力を拡大しつつあった。

明徳三年（一三九二）に尼子持久が出雲守護代に任じられて月山富田城（現、安来市）に入り、出雲尼子氏が興った。その後、持久の孫の経久（一四五八〜一五四一）の時代に、出雲を含め、安芸、隠岐、石見、備前、備中、備後、播磨、美作、因幡、伯耆の十一カ国を領するまでに急成長を遂げた。

西国で領地を接した大内氏と尼子氏の両家の衝突は時間の問題となった。

天文九年（一五四〇）、義隆は養嗣子の晴持を伴い、尼子勢の征討のため防府・岩国に出陣した。翌年にかけて、陶隆房（のち晴賢）が毛利氏とともに尼子勢を撃退している。

さらに天文十一年（一五四二）一月、攻勢に出た義隆は出雲に向けて出陣し、月山富田城を攻囲する。しかし攻城戦は難航し、形勢を見た配下の国人衆の寝返りにも遭って、翌年五月、包囲を解いて帰国の途についた。この撤退の際に尼子軍の激しい追撃を受け、多大の損害をこうむり、長期に及ぶ遠征は大敗に終わった。

これ以後、義隆は政治的野心を喪失した。文治派の祐筆役、相良武任らを重用して、もっぱら文化国家の建設と充実に腐心するようになる。この文治派の登用に、武断派の陶隆房や内藤興盛などは一斉に反発を強めた。

それまで益軒の話を黙って聞いていた光之は、

「大敗したとはいえ、尼子勢に負けただけでやる気を失うとは戦国の世に生きる武将とは思えない。他日を期せばいいではないか」

と感想をもらした。

「御意。しかし、このとき、義隆殿を失意のどん底に陥らせる事故が起こったのです」

「事故とな」

「養嗣子の晴持を不慮の事故で亡くしてしまったのです」

「何があったのだ」

光之は尋ねた。

天文十二年（一五四三）五月、義隆率いる大内軍が潰走し、父と別れた晴持は揖屋浦から船に乗って逃れようとした。小船から大船に乗り移るとき、船が雑踏で傾いて沈没し、晴持は溺死したのである。

養嗣子を失った義隆は失意の底に沈み、父祖伝来の貴族趣味に拍車をかけるようになった。

公家、学者、文化人との交流を好み、三条西実隆をはじめ、金銭に糸目をつけずに京都から文化人を招いた。さらに、和歌、連歌、漢詩文、禅学、芸能、管弦、有職学などに深く肩入れする。京都を模して山口の町を条坊制に整え、束帯姿で牛車に乗って練り歩いては貴族趣味を満足させ、時代錯誤も厭わなかった。義隆の京都への憧憬は異常ともいえ、朝廷を山口に迎えようと考えたほどである。

こうした貴族趣味、復古主義は、それに要する費用も膨大で、武断派や領民から反感を買うに至ったのだった。

「義隆殿がまだ陶隆房を重用していたころの逸話が伝わっています」

益軒は言った。

義隆が馬を駆って五時間あまりかけて会いに行ったところ、隆房は熟睡していた。そこで、隆房を起こさず和歌を残してそのまま帰ったという。

「家臣への過剰な配慮といい、歌を詠んで帰還したことといい、義隆殿の性格と文人趣味を彷彿させる話です」

益軒は言った。

「しかし、義隆殿はその陶隆房に謀叛を起こされるのだな」

光之は聞いた。

「左様でございます。いわば飼犬に手を嚙まれるのですが、種を播いたのは義隆殿自身といえましょう」

義隆が持っていた生来の文治主義的性格が異常に肥大化したというのが益軒の考えだった。

「武断派は文治政策を苦々しく思っていたはずだ。反感は増幅し、武断派による謀叛の挙兵もありうると予想できたはずではないのか」

光之は聞いた。

「そうだと思います」

益軒はそう答えた。

実際、側近の冷泉隆豊(れいぜいたかとよ)らは武断派の討伐を進言したが、義隆は聞き流している。

「なぜなのだ。なぜ手を打たなかったのだ」

「そこです。これは、義隆殿の性癖と考えるしかありません」

武将としての素質より、文化人としての素養が勝っていたといえる。

そのためもあり、山口は「西の京」として繁栄した。朝倉義景(あさくらよしかげ)が越前に築いた「小京都」とならんで、戦国時代の「文化国家」を形成した。

「義隆殿は政治や軍事をないがしろにして文弱に溺れ、奢侈(しゃし)に流れたというが、どうしてそんなことが可能だったのだ。公家を京都から呼び寄せるにしても、裸で呼ぶわけにはいかないはずだ。先立つ物も必要だろう」

光之は聞いた。

「左様です。大内氏には西の京を支えるだけの財があったといえます。日明(にちみん)貿易の独占です」

大内氏は管領家(かんれいけ)の細川氏と争って、日明貿易(勘合(かんごう)貿易)を独占した経緯がある。中国の明や李氏朝鮮と交易して巨万の富を得た。

その日明貿易においても、義隆は渡明する使者の心得として、政治話を禁じたが、医学、儒学の勉学に関しては一切禁止しなかった。義隆の文化重視、学問奨励の精神がここにもうかがわれる。

天文二十年（一五五一）八月、陶隆房や杉重矩（すぎしげのり）、内藤興盛らの武断派は一斉に謀叛の烽火（のろし）をあげ、大内館に攻め込んだ。義隆に反撃の力はなく、兵士たちは逃亡。義隆もわずかな手勢とともに夜陰に乗じて逃亡を重ね、日本海側に至り、大内氏ゆかりの大寧寺（たいねいじ）にて自害して果てた。

辞世の歌――


討つ人も討たるゝ人も諸共（もろとも）に如露亦如電応作如是観（にょろやくにょでんおうさにょぜかん）

「如露亦如電、応作如是観」は仏教用語で、あらゆる事物は露（つゆ）や電光のようにはかないものと観ずべしの意。辞世の歌も仏教学に通じた義隆らしい文言だった。

「朝倉義景殿も大内義隆殿も文化国家を目指したが頓挫してしまった。下剋上（げこくじょう）の時代に京風文化に憂き身をやつし、学問、芸能にうつつを抜かしては統治など覚束（おぼつか）ないであろう」

光之は言った。

「御意。食うか食われるかの時代です」

「だが、主君を討って意気盛んなはずの陶隆房だったが、その陶の天下も長く続かなかったようだな」

「結局、毛利一族に滅ぼされます。毛利氏は大内氏の文治派と武断派の内紛を見ていますから、親兄弟の結束を重視しました。三本の矢の教えは下剋上の現実を乗り切った末の知恵なのでしょう」

「内紛といえば、尼子一族も内紛により自滅したな」

「御意。仲間割れが一家の崩壊につながるようです。山陰山陽は毛利一族の手に落ちました」

益軒は言った。

「戦国の世ばかりではない。今を生き抜くには一族が心を一つにするよう心せねばならない」

光之はしばし感慨に耽(ふけ)った。

「ところで、少し眠くなってきた。そろそろ寝所(しんじょ)にまいる」

光之は睡魔に襲われた様子だった。

「それではこの続きは、よろしければ明晩にいたしましょう」

「そうしてくれ。今夜は楽しかった」

そう言って、藩主は寝所に向かった。

益軒は平伏(ひれふ)しつつ藩主を見送り、やがて部屋を辞した。

第二十一夜　黒田官兵衛　吝嗇家だった名参謀

この夜、筑前国福岡藩第三代藩主、黒田光之は福岡城内の一室に貝原益軒を呼んでいた。

「今日は海岸まで遠出の視察で疲れてしまった」

「それはそれは、遠方までお出かけでした。お疲れになるのもごもっともかと思われます。すぐお休みになりますか」

益軒は聞いた。

「いや、そのほうの話を聞くと疲れもとれそうだ。今宵も何か肩の凝らない面白い歴史話はないか」

「それでは、今夜は黒田官兵衛様のお話をいたしましょう」

「なに、官兵衛とな。わが曽祖父だ」

「私は殿より『黒田家譜』編纂の命を受けている身で、すでに献上した分もございます。その後、さらに『家譜』の添削や増補が続いています。今夜は、私が興味を惹かれた話をお伝えさせていただきます」

「それはじつに楽しみである。話してみよ」

光之は脇息にもたれて益軒が語り始めるのを待った。

益軒はおもむろに話し始めた。


官兵衛は通称で、名は孝高、号は如水である。官兵衛の父、職隆は播磨の武将小寺家に養子に入り、小寺姓を名乗っていた。

官兵衛は御着城（現、姫路市御国野町）の城主、小寺政職に十六歳で仕え、父とともに小寺氏の重臣に列していた。

そのころ、織田信長の勢力が播磨に及んできて、小寺氏は西から勢力拡大を図る毛利氏との間の板挟みになる。このとき、官兵衛は信長こそが新時代の盟主にふさわしいと判断。優柔不断な小寺氏を説得して織田方につくに至った。

これが縁で官兵衛は信長と、またその家臣だった豊臣秀吉との関係が生まれ、秀吉の軍師となる道が拓けてくる。

「なぜ、曽祖父は信長公に肩入れしたのだ」

それまで聞いていた光之が問いかけた。

「それは、官兵衛様の人物鑑定の結果だろうと思います。これは特殊な感覚に裏打ちされた能力としかいいようがありません」

天下の形勢を観るに敏だったと益軒は言った。

「だが、それだけでは織田方につかないだろう」

光之は納得していなかった。

「私の考えますところ、信長公は一つの城に安住せず、居城を次々に移して、天下取りに向け着々と地歩を固めています。この構えに、虎変(こへん)の典型を見る思いがします」

「虎変とな」

「御意(ぎょい)。大人(たいじん)は虎変すと申します。将たる者は虎の毛の模様が美しく生え変わるように日々、大善に向けて人間が変化していきます。将は虎変することができる器か否かが問われると思います」

一方、小人(しょうじん)は面(おもて)を革(あらた)むといい、上役の顔色を見て上辺だけを取りつくろう態度をとる。人間の本質は何ら変わらず、進歩もないと益軒は自説を披露した。

「曽祖父は信長公に虎変を感じて帰属を決断したのか」

「左様に思います」

益軒は官兵衛が優れた軍師たりえたのは、その人物鑑定眼にあったと信じていた。


天正十年（一五八二）、秀吉は毛利勢の前線基地、備中(びっちゅう)高松城を攻めていた。このとき官兵衛は、土嚢(どのう)を積んだ船の底に穴を開けて沈め、足守川(あしもりがわ)を堰(せ)き止(と)める水攻めを献策した。さらに和睦交渉にも当たった。

その陣中に本能寺の変による信長横死の報が、信長の家臣、長谷川宗仁(はせがわそうにん)からの飛脚によってもたらされた。七十余里（約二百八十キロ）を一日半で駆けつけた。官兵衛は酒と食事を与えて休息させてから秀吉の前に導いた。

書状を読んだ秀吉は驚愕した。茫然自失して嗚咽するばかりだった。

官兵衛は悲嘆にくれるその秀吉の耳元で、

「あなた様が天下の実権を取る絶好の機会ではございませんか」

とささやいた。

秀吉は官兵衛を凝視しつつ、我に返った。同時に官兵衛の恐ろしさを身をもって感じたようだった。

気を取り直した秀吉は、まだ信長の死を知らない毛利方と急遽和睦し、「中国大返し」を敢行して、山崎の合戦で明智光秀を撃破した。この畿内への急反転、「中国大返し」の際に殿軍を務めたのが官兵衛だった。官兵衛は秀吉の天下取りを裏で支えたのである。


あるとき、豊臣秀吉が家臣たちを前にして、

「そのほうたち、わしが死んでのち、天下を取る者は誰だと思う」

と尋ねた。

家臣たちは、徳川家康や前田利家、毛利輝元、上杉景勝の名をあげた。

「まあ、そんなところだが、もう一人いるではないか」

と言った。

家臣たちは互いに顔を見合わせたが、もう一人の名前がなかなか出ない。

「黒田官兵衛だ」

と言った。

秀吉には信長横死の報がもたらされたときの官兵衛のささやきが忘れられなかったようだ。

この話を聞いた官兵衛は、自分が秀吉に恐れられているのを知って、天正十七年（一五八九）、隠居を願い出た。嫡男長政（ながまさ）に家督を譲って如水（じょすい）と号した。

「如水にはどんな意味が含まれているのだ」

光之が聞いた。

「水の低きに就（つ）くが如（ごと）し、ということわざがあります。水が低いほうに流れると同様、ごく自然に身を処したいという考えのあらわれではないでしょうか」

益軒の解釈だった。

隠居したはずの官兵衛だが、その後も小田原征伐や朝鮮出兵に従軍し、軍師として秀吉の軍略に関わった。


官兵衛は筑前において、大宰府の菅原道真（すがわらのみちざね）廟や筥崎（はこざき）、志賀の神宮が衰廃しているのを嘆じて再興した。明神を崇敬していたのである。

ある日、嫡男の長政に諭し聞かせた。

「天神の罰よりも主君の罰のほうを恐れるべきだろう。だが、主君の罰より臣下や百姓の罰を恐れるべきだ」

そのわけは、神の罰は祈れば免じてもらえる。主君の罰は詫びて赦しを受けられる。ただ、臣下や百姓に疎まれては、祈っても詫びても免じられない。必ず国家を失ってしまう。

「領民や臣下の罰こそ最も恐れるべきことなのだ」

と言い聞かせた。

文より武に優る長政。関ヶ原の戦いで徳川家康に味方して、筑前国五十二万三千余石を得て得意になっている慢心を戒めた。

政道にはおのれを律する必要がある。国は武のみでは治まらない。文武の両方を整えることこそが肝要だと強く言い聞かせたかったのである。

「曽祖父は吝嗇家だったと聞いている。どうなのだ」

光之は聞いた。

「御意。たいへんな吝嗇家といえましょう」

益軒はわずかに頬を緩めながら応じた。

官兵衛は自分が使用した羽織や袴、足袋など身のまわりの物をさして使わないうちに家臣に安く売っていた。

「与えてしまえばよいものを、なぜ売るのだ。まったく吝嗇の極みだな」

光之は眉を顰めた。

「これは吝嗇ではなく、公平を期すためです」

益軒は言った。

「どこが公平なのだ」

「たとえわずかな金でも買ったことに違いはありません。しかし、与えれば貰う人と貰えなかった人とに差が生まれます。不公平を助長しないようにという官兵衛様の気配りです」

「うーむ」

光之は唸った。

あるとき、百石取りの家臣が見事な鯛を白木の折箱に納めて贈り物として持参した。

「このような大鯛はそのほうの身代にしては贅が過ぎるのではないのか」

官兵衛は不機嫌そうだった。

「ご安心のほどを。この鯛は昵懇の商人から貰ったもので、決して贅沢や散財をしているわけではありません」

と家臣は力説した。

「では鯛はこの官兵衛が貰おう。だが、その白木の折箱はいらない。持ち帰って売り、そのほうの家計の足しにするがよい」

家臣はひたすら恐懼して部屋を下がった。

「主君が質素倹約に励んで範を示してこそ、領民も無益な出費を控えるようになります。一方で、官兵衛様が常々口にしていた言葉があります。金銀は用いるべき事に用いなければ、石瓦と同じである、と」

使うときに使ってこそ金銀も輝きを放つのではないでしょうか、と益軒は言った。

「なるほど。吝嗇で有名な曽祖父の言葉だけに含蓄があるというものだ」

光之は感心していた。

「官兵衛様の話はまだまだ尽きません。いかがいたしましょう。もう少し続けましょうか」

益軒は尋ねた。

「いや、少し眠くなってきた。そろそろ寝所(しんじょ)にまいる」

光之は睡魔に襲われた様子だった。

「それではこの続きは、よろしければまたの機会にいたしましょう」

「そうしてくれ。今夜は楽しかった」

そう言って、藩主は寝所に向かった。

益軒は平伏(ひれふ)しつつ藩主を見送り、やがて部屋を辞した。

第二十二夜　松永久秀　名器とともに散った梟雄

この夜、筑前国福岡藩第三代藩主、黒田光之は福岡城内の一室に貝原益軒を呼んでいた。

「今日は昼の祝宴でちと飲み過ぎてしまった」

「それはそれは……。道理で少し酔いのまわったお顔をされています。すぐお休みになりますか」

益軒は聞いた。

「いや、今夜はじつに良い気分だ。面白い歴史話を聞きたい」

「それでは、松永久秀のお話をいたしましょう」

「おお、下剋上の時代の典型といわれた武将だ。それは楽しみである。話してみよ」

光之は脇息にもたれて益軒が語り始めるのを待った。

益軒はおもむろに話し始めた。

松永久秀は京都を支配した三好長慶（一五二二〜一五六四）のもとで頭角を現した。長慶は将軍足利義晴・義輝父子や細川晴元らを京都から一掃して畿内を制圧した人物。その戦いで並み居る諸将を尻目に知略を発揮し、武勇を馳せたのが久秀だった。久秀は京都奉行として次第に力を拡大。さらに堺の代官も兼ねて、政治力と経済力を手に入れていった。

永禄三年（一五六〇）、弾正少弼に任ぜられ、翌年、将軍家の相伴衆の格に列せられて、主君の三好長慶と同列となる。その勢いで、多聞山城を本拠にして大和を平定した。多聞山城は先に築いた信貴山城とならび、のちの天守閣の原型をなす造りで、近世城郭建築のさきがけとなった。城門と長屋造の櫓を一体化させた山城は防御力に優れていて、久秀は城造りの名人と目されている。

軍事・政治面でさらに実力を発揮し、その権勢は下剋上でのし上がった三好長慶を凌ぐようになる。それを決定づけたのが、長慶周辺で相ついで起こったさまざまな事件である。弟義賢の戦死、嫡男義興の急死。さらに長慶は弟安宅冬康を謀叛の疑いで殺害した。そして長慶自身、永禄七年（一五六四）に四十三歳で病死してしまった。

「この嫡男義興の急死は松永久秀の毒殺によるものとの説が有力視されています」

益軒は言った。

「城造りの名人、久秀が梟雄と呼ばれるのはその辺に理由がありそうだな」

光之は感想を述べた。

下剋上時代の英雄ではなく、残忍で猛々しい武人呼ばわりされるのが松永久秀だった。奸雄、極悪非道人など、どこまでも汚名が付きまとう。

「松永久秀は養生に腐心し、名人の域に達した人物でもありました」

益軒は言った。

「梟雄が城造りばかりでなく、養生の名人でもあったというのか」

「御意」

たとえば、久秀は頭頂部にある経穴に灸を据えるのを日課にしていた。

「ツボの名は、百会といいます」

中風、気うつ、不眠、頭痛、鼻づまり、五臓六腑の不調などに効果があると益軒は説明した。百会の百はもろもろを意味し、多くの病が現れ、集まるところだった。このため、鍼灸師には応用無限の急所となる。

「そんなところの灸が中風に効くのか」

光之は信じられない様子だった。

「首から上の病には特に効果があります。中風の持病があった久秀がこのツボに毎日灸をしたのは大いに意味があったと考えられます」

「そうか。久秀を養生の名人と呼ぶのも、あながち見当はずれではないな」

「まさに病気の予防と治療のツボを心得た武人と申せましょう」

「鍼灸というものはそれほど効くものなのだな」

「古来から支持されてきた伝統医療です。ご所望でしたら、据えてみますか。私は鍼を苦手としますが、灸のほうは少しばかり使いますので」

益軒は養生のため日常的に灸を据えていた。

「いや。いずれということにしよう」

光之は気乗りしない様子だった。

「久秀に灸を教えた人物は曲直瀬道三(まなせどうさん)です」

曲直瀬道三（一五〇七～一五九四）は室町・安土桃山時代の名医。京都に日本初の民間医学校「啓迪院(けいてきいん)」を創建して八百人に及ぶ門人を育て、多数の医学書も残している。医道の一大山脈である道三流医学を定着させた人物で、天皇や武将から庶民まで差別なく診療したといわれている。

「道三は久秀に性の指南書を与えています」

「ほう、性の指南書を」

光之は灸を勧められたときとは明らかに違って、強い関心を示した。

指南書は『黄素妙論(こうそみょうろん)』という名の書物だった。

「久秀はおのれの養生のために、大いにこの書を活用したと思われます」

「性の指南書も養生と何か関連があるのか」

光之は合点がいかない様子だった。

「養生は飲食睡眠と男女交合が基本です。生活術と房中術といい換えられましょう」

両輪あいまって養生が実を結ぶ、と益軒は言った。

「交合の要諦(ようてい)を心得れば、男女とも百病たちまち消除(しょうじょ)す、と記されています。あらゆる病気は消えてなくなるというのです」

「まことか」

「交合法の一例をお示しすれば、八深六浅の房中術があります」

「それはいかなる術か」

「交合中に、男が深く挿し入れ八回呼吸し、浅く抜き出して六回呼吸することをいいます」

「面白い。そのほう、『黄素妙論』とかいう性の指南書を持っておるのか」

「ええ。持っております。ただ、本夜の主題でありませんので、ご所望なら後日改めて持参し、お話ししたいと思います」

「そうか。それは楽しみだ」

光之はほろ酔い気分のまま上機嫌で、ひどく心待ちの様子だった。


天正五年（一五七七）、久秀が安土城に参上して信長に挨拶した。そのとき、たまたま家康が三河から城に出向いていた。

信長は家康に久秀を紹介した。

「この者は常人がなしえないことを三度までなしている。将軍義輝公を殺し、大恩のある三好家を滅ぼし、奈良の大仏を焼いた」

信長が言い放ってから、家康は六十半ばを過ぎた高齢の武将をまじまじと見つめたという。家康はまだ三十半ばだった。

「信長公は久秀を悪者扱いするが、その信長公も主君筋にあたる人物を殺め、将軍義昭を追放し、比叡山を焼き討ちしている。久秀とじつによく似た所作に及んでいる」

「どちらも悪逆無道といえます」

益軒も同感だった。

「だが、信長公は英雄視されて、一方の久秀は梟雄とののしられている。この違いはどこから起こるのだ」

光之は問いかけた。

益軒はしばらく考えてから、

「これはおそらく領国をどう支配し、領民からどう思われていたかに起因するのではないかと思われます」

と言って続けた。

「久秀の聚斂は苛斂誅求を極めたといいます」

「しゅうれん、とな」

光之は問いかけた。

「御意。税金の取り立てが厳しいさまです」

久秀は和州（大和国）に城を構えて領民を貪った。たとえば、酒樽を通常より故意に背を高くして作らせ、これに柳樽と名付けた。使用後はこの柳樽を崩して、城の塀をおおう羽目板に使用したのである。また、串柿の串は半間（約九十センチ）と、長い串で納入させた。この串を城壁の補強に使うためだった。

久秀はここまで徹底して収奪した。その一方で、領民に何か不足、不満はないかと、次のような立札を建てて反応をうかがった。

「この城中に足らぬ物あらば、申し来り、又は、札を建て添えよ。褒美すべし」

というお触れだった。

その翌日、札が添えて建てられ、次のように記されていた。

「数年、民を貪りたまうゆえ、何を見ても沢山あるように見えたり。但し、松永家に事欠く物は、運と命なり。家中たちまち滅ぶべし」

領民の偽らざる本音だった。

その後、久秀は信長に滅ぼされた。すると、領民たちは蓑笠を売って酒を買い、「松永滅亡、天罰覿面」と祝宴をあげたという。

「領民たちの歓喜するさまは尋常ではなかったと伝えられています」

益軒は言った。

一方、信長は「楽市楽座」と称して、独占的販売の禁止、課税免除、自由通行など、自由を重んじる政策を実行した。おのれの才覚が発揮できる素地、環境をつくって領民に支持された。また「天下布武」を唱え、天下のこと、この国の行く末を考えていた。

天正五年（一五七七）、久秀は石山本願寺攻めに難航している信長に謀叛を起こした。信長が永禄十一年（一五六八）に足利義昭を奉じて入京したときは、信長に臣従した久秀だった。だが、相手の苦境を見て叛旗を翻したのである。信長は嫡男信忠を総大将として、大和信貴山城にたてこもる久秀を数万の兵で攻めさせた。

「「平蜘蛛（ひらぐも）の釜」を差し出せば許す」
というのが信長の条件だった。蜘蛛が地べたにへばりついたような平べったい奇形の釜だった。だが、降参したなら、以前に謀叛の前科がある自分は許されるはずはない。それに、あんな者に逸品の「平蜘蛛の釜」を渡したくはない。そう思った久秀は釜を叩（たた）き壊し、百会に灸を据えてから城に火を放って自害した。

「百会に灸を？」

光之は理解できない様子だった。

「持病の中風で自刃の際にしくじって醜態をさらしてはならないと考えたようです。武人としての矜持（きょうじ）と申せましょう」

「何やら、石田三成（いしだみつなり）の最期と似ている。水を所望して、干し柿を出されると断っている」

「行年は六十八でした。謀叛がなければ養生の甲斐あって、もう少し命を永らえたと思われます」

「しかし、それも無理な話であろう。奸計と陰謀とで下剋上の世に風雲を巻き起こしたのだ。名器とともに散るのも武将の末期にはふさわしいのかもしれない」

光之はしばし感慨に耽（ふけ）った。

「ところで、酔いもさめて少し眠くなってきた。そろそろ寝所（しんじょ）にまいる」

光之は睡魔に襲われた様子だった。

「それではこの続きは、よろしければ明晩にいたしましょう」

「そうしてくれ。今夜は楽しかった」

そう言って、藩主は寝所に向かった。
益軒は平伏しつつ藩主を見送り、やがて部屋を辞した。

第二十三夜　細川幽斎　当意即妙の歌才

この夜、筑前国福岡藩第三代藩主、黒田光之は、福岡城内の一室に貝原益軒を呼んでいた。

「今日は茶室で客人をもてなした。慣れぬことゆえ首と肩が固まってしまった」

「それはお困りですね。このままお休みになりますか」

益軒は聞いた。

「いや、そのほうの話が聞きたい。今宵も何か肩の凝らない面白い歴史話はないか」

「それでは、今夜は細川幽斎殿のお話をいたしましょう」

「おお、文人の武将だ。それは楽しみである。話してみよ」

光之は脇息にもたれて益軒が語り始めるのを待った。

益軒はおもむろに話し始めた。


細川幽斎（藤孝）ははじめ足利十三代将軍義輝に仕えた。だが、その義輝は永禄八年（一五六五）五月、足利義栄（義輝の従兄弟）を擁立して新将軍に就けようと図る松永久秀や三好三人衆

（三好長逸、三好政康、岩成友通）に、住んでいた二条御所を包囲された。火を放たれた中、奮戦むなしく落命した。享年三十。

そこで、幽斎は奈良の興福寺に幽閉されていた義輝の弟覚慶（のちの義昭）を救出し、近江の六角義賢や越前の朝倉義景を頼りつつ、将軍任官に動いた。やがて、明智光秀を通じて織田信長に接近。永禄十一年（一五六八）九月に、義昭を奉じて進軍する信長に従って京都に入った。

だが、信長と義昭の蜜月は長くは続かなかった。義昭は十五代将軍となるも、信長の傀儡でしかなく、その不満から諸国の有力武将を味方につけて信長包囲網を築いた。そして、元亀四年（一五七三）二月、軍勢を整え、反信長の旗を揚げた。両軍は京都を舞台に戦うこととなった。幽斎の兄の三淵藤英は義昭側に味方し、幽斎は信長方についた。

「幽斎殿は義昭、信長、どちらにつくか迷っただろう」

それまで黙って聞いていた光之が口を開いた。

「おそらく迷ったと思います」

益軒は言った。

「なぜ、信長公を選んだのだろうか」

「さて、それは……。大局観としかいいようがありません。将来を決する選択、人生の転機には違いなかったでしょう」

結局、義昭は「天下布武」を唱える信長の力に屈し、京都から追放された。その信長も本能寺で斃れ、出家した義昭は秀吉の御伽衆として晩年を京都で過ごした。慶長二年（一五九七）没。享年六十一。

将軍の地位を追われて無力だった義昭の葬儀を執り行おうとする者はいなかったので、幽斎が見かねて喪主となった。盛大というにはほど遠い葬儀であったが、幽斎の男気がなせる業だった。

天正十五年（一五八七）、豊臣秀吉が主催した北野大茶湯に幽斎も招かれた。そのとき、炒った豆に青海苔を付けた菓子が出された。

秀吉が豆を一口食べて、

「茶味に適す。いかがじゃ」

と幽斎に問いかけた。

幽斎は初めて目にする豆菓子に、

君が代は千代に八千代にさゞれ石のいはほとなりて苔のむす豆

と答えた。「苔のむす豆」とたとえたのである。幽斎の機転だった。

幽斎は秀吉の好む茶の湯や花見、能などの風流に付き合う機会が多かった。さらに、連歌にも興じた。

あるとき、里村紹巴ら文雅を解する人物たちが参加した連歌の興行に同席した。

会の途中、秀吉が、

「宇治川に花舟流す」

と詠んでから、何を思ったのか、

「宇治川にも花はあるだろうか」

と幽斎に問いかけた。

いきなり聞かれて幽斎も戸惑ったが、しばらく考えてから、

「ございます。収載された歌集の名は思い出せませんが」

と断って、

水上は桜谷にや続くらん花舟流す宇治の川をさ

の一首を紹介した。

秀吉は大いに喜び満足そうだった。

後日、里村紹巴が幽斎に会った際、

「いつぞや紹介された桜谷の歌ですが、その後いろいろ調べてみましたがわかりません。どこに収載されている歌でしょうか」

と尋ねた。

「わからないはずです。どこにも収載されていません」

幽斎は微笑みながら答えた。

「どういう意味ですか」

里村紹巴は怪訝そうだった。

「あの桜谷の歌は秀吉公の要望もあり、連歌の首尾を整えるためにも即興で作ったのです」

と言った。

当意即妙とはこういうことを指すのだと里村紹巴は感服した。この桜谷の話は、やがて天皇の耳にも入ったという。


慶長五年（一六〇〇）七月、関ヶ原の戦いの前、家康方に与する幽斎は丹後田辺城に入城した。すると、西軍諸将の率いる一万五千余の大軍がこの城を包囲した。幽斎の城内軍は千人にも満たなかった。幽斎が六十六の歳だった。

防戦一方の戦いの中で、朝廷や公家の歌の師範であり、歌道の国師である幽斎を救出しようとする動きが活発になった。

幽斎は『古今和歌集』の秘奥を伝える唯一の人物である、死なせてはならないというのである。『古今和歌集』の詠み方や解釈を伝授するのが「古今伝授」だが、幽斎は武士として初めて古今伝授の伝承者になっていた。

勅使が遣わされ講和を仲介しようとした。だが、幽斎はこれを拒否した。

「多勢に無勢は明らかだ。仲介を受けてもいいのではないのか」

光之が聞いた。

「御意。しかし、幽斎殿にも武将としての矜持があったと思われます」

幽斎には京都の町中で突進してきた牛の角を摑み、投げ倒した逸話も残っている。塚原卜伝から剣術も習っていた。単なる文弱の徒ではない。戦国の世を生き抜くたくましさを持っている。勇猛果敢で気骨もある。

仲介は続いたが、徹底抗戦という幽斎の方針は変わらない。

その間、幽斎は密かに城から使いを出し、八条宮智仁親王に「古今集証明状」と和歌を奉呈した。

そのときの歌——

いにしへも今もかはらぬ世の中にこころの種を残す言の葉

悠久の時の流れる中で、和歌は心の種を残していくという意味だった。

また、後陽成天皇には、『源氏抄』『二十一代和歌集』を献上した。

幽斎は籠城を貫いた。

一方で、朝廷は幽斎を救済しようと圧力を強め、西軍諸将に対し包囲を解くようにと勅命を発した。もし幽斎が命を落とすようなことになれば、古今伝授の伝統が途絶えてしまうと、天皇は危機感を抱いたのである。また、幽斎の文雅に秀でたその才が失われるのも惜しんだ。

そして、関ヶ原の戦いの二日前に講和が成り、幽斎は城を明け渡した。勅命の威力は絶大で、勇猛な西軍諸将といえども、無視できなかった。

「朝廷からの仲裁がなければ幽斎殿の命はなかったな」

光之は言った。

「御意。芸は身を助けるといいますが、幽斎殿においてはそれが顕著で、典雅の才と文名は天朝まで聞こえた器でした。稀代の才人といえるでしょう」

益軒はそう判断した。

「信長、秀吉、家康公の三人の英傑に仕えたのもさることながら、三英傑に取り立てられ重宝され、乱世を泳ぎきった読みと才覚は刮目に値する」

「まことに」

「して、的確な選択と判断を下す何か秘訣でもあったのか」

「秘訣かどうかはわかりませんが、幽斎殿においては種々の得がたい情報がもたらされていたことは確かだと思います」

「情報？　忍びか」

「いえ。連歌師です。幽斎殿が得意とした歌の世界の仲間たちです。連歌師は身分を越えて諸家、諸地に赴き、逗留しながら歌道を教えますから、自然と情報が得られるのです」

「そうか」

光之はうなずいた。

「幽斎殿にあっては、その点でも芸が身を助けていたと申せましょう」

「乱世に処世を誤らないための情報がもたらされていたようだな。ところで、少し眠くなってきた。そろそろ寝所にまいる」

光之は睡魔に襲われた様子だった。

「それではこの続きは、よろしければ明晩にいたしましょう」

「そうしてくれ。今夜は楽しかった」

そう言って、藩主は寝所に向かった。

益軒は平伏しつつ藩主を見送り、やがて部屋を辞した。

第二十四夜　伊達政宗　独眼龍が幕府宿老に挑んだ相撲

この夜、筑前国福岡藩第三代藩主、黒田光之は福岡城内の一室に貝原益軒を呼んでいた。

「今日は久しぶりに武芸を嗜(たしな)み、疲れてしまった。歳には勝てぬわ」

「まだそのようなお歳ではありません。しかし、お疲れならお休みになりますか」

益軒は聞いた。

「いや、そのほうの話が聞きたい。今宵(こよい)も何か肩の凝らない面白い歴史話はないか」

「それでは、今夜は伊達政宗(だてまさむね)殿のお話をいたしましょう」

「おお、奥州の雄だ。それは楽しみである。話してみよ」

光之は脇息(きょうそく)にもたれて益軒が語り始めるのを待った。

益軒はおもむろに話し始めた。

伊達政宗は梵天丸(ぼんてんまる)と名乗った幼少期に、疱瘡(とうそう)（天然痘）に罹(かか)って毒素が目に入り、右目の視力を失った。長じて「独眼龍(どくがんりゅう)」と呼ばれた。

実母義姫（最上義光の妹）は政宗の醜い顔貌を嫌い、次男の竺丸を寵愛し、伊達家の家督を継がせようと画策した。片方の目が見えず、ただでさえ劣等感に苦しんでいた政宗はさらに屈折したに違いなかった。

こうした内紛の空気を察した父輝宗は天正十二年（一五八四）、四十一歳で早々に政宗に家督を譲り、義姫と竺丸を連れて支城、小松城に移った。

その翌年、交戦していた隣国、二本松の城主畠山義継の奸計に遭い、父輝宗が身柄を拘束されてしまった。駆けつけた政宗は敵の領地目前で畠山軍に追いついた。だが、輝宗は人質となっている。

政宗は兵士たちに鉄砲を構えさせたまま迷っていた。父もろとも相手を撃ち殺すか。はたまた、父の命を救い相手の逃亡を許すか。

政宗は決断した。

「撃てーーっ」

政宗の命令が河川敷に響き渡り、鉄砲が火を吹いた。父の命は失われ、同時に、畠山義継も死亡した。政宗はその義継の死体を磔にしてさらしたといわれている。

父を失ってから五年後の天正十八年（一五九〇）三月、天下統一を目前にした秀吉は小田原の北条攻めを決意、二十二万の兵を動かし京都を出発した。政宗にも参陣を促してきた。実は、この二年前より、秀吉は政宗の上洛を求め、配下につくよう催促してきていたが、政宗は態度を明らかにしなかった。しかも、その前に秀吉側の蘆名氏を攻め滅ぼしている。秀吉の怒りは強まり、政宗への心証はひどく悪くなっていた。いつまでも両天秤にかけてはいられない。政宗は急遽、重臣会議を開いて協議した。

その結果、

「秀吉に臣従する」

と決めた。

しかし、出陣の前日、思わぬ謀略に見舞われる。母から毒殺を仕掛けられたのである。竺丸を城主にしたいという母の陰謀だった。政宗はかろうじて死を免れ、竺丸を斬って成敗した。母は実家（最上家）に逃亡した。

政宗は小田原で秀吉に謁見するにあたり、髪を水引で結び、鎧の上に白麻の陣羽織という死装束で臨んだ。臣従を躊躇していたことを詫びる決死の気持ちを衣装にあらわしたのである。政宗の芝居がかった演出だった。

秀吉は恭順と判断し、旧蘆名領を没収しただけで許した。

徳川の御世になって、江戸城に諸大名が揃っている席でのことだった。伊達政宗は宿老、酒井忠勝に向かい、

「酒井殿、相撲を一番お願いしたい」

と申し出た。

酒井忠勝は興を覚えたが、相手は二十歳も年上で、しかも還暦に近い。

「伊達殿は将軍様に用事があって御前を退いたばかり。お疲れでしょう」

と辞退した。

「いいや。かまわぬ」

とばかり、政宗はむずと酒井に組み付いた。

酒井も仕方なく相撲の戯れに応じた。

酒井家は家康（いえやす）以来の側近中の側近。他方、伊達家は外様の大大名。諸大名列座の前、江戸城大広間に、ともに武勇に聞こえた天下の重臣二人が勝負を争う一大物見となった。

このとき、急に井伊直孝（いいなおたか）が前に進み出て、

「もし、酒井様が負けたなら譜代の名折れになります。私が加勢して伊達殿を投げてみせましょう」

手間はとりませんと言った。

すると、酒井は、

「いやいや、それには及ばぬ」

と強く制した。

重臣二人は組み合って相撲をとった。

やがて、

「やーーっ」

とばかり、酒井が腰を使って政宗を投げ飛ばした。勝負は決まった。

政宗は負けて畳に転がったままだった。諸大名は息を呑んで事態を見守った。

間もなく、むくむくと起き上がると肩衣の皺になった箇所を直してから、酒井を指差し、その独眼で睨んだ。

大広間は一瞬、静寂に包まれた。

「酒井殿。そなた、思いのほか、相撲が上手であるな」

破顔一笑、政宗は相手を誉めたたえた。

すると、座が一気に和んだ。

「それにしても、なぜ政宗殿は酒井に相撲を持ちかけたのだ。何か目的があっての勝負なのか」

それまで静かに聞いていた光之が尋ねた。

「これは座興に過ぎないと思われます。広間は一時、何事かと緊迫したでしょうが、政宗殿の戯れだったようです」

益軒は言った。

「左様か。政宗殿は無骨一辺倒ではなく、諧謔精神も旺盛だったのだな」

光之は感心の態だった。

政宗は出羽に生まれて、よろずの事に無骨な傾向があったが、和歌、茶道、能楽などを趣味としていた。いささか文学を好み、詩歌にも心を寄せていた。

「関路の雪」という題で、次のような歌を詠んでいる。

　さゝずとも誰かは越えん逢坂の関の戸埋む夜半の白雪

漢詩も詠んでいる。

　馬上少年過　　馬上　少年過ぐ
　世平白髪多　　世平らかにして白髪多し
　残軀天所赦　　残軀　天の赦すところ
　不楽是如何

若いころは馬に乗って戦ってきたが、世の中が平和になって白髪が増えた。天から与えられた余生は残っている。

漢詩の結句は、「不楽是如何」で結ばれている。この箇所をどう読むかである。

「楽しまざるこれ如何せん」――楽しいと思えないのはどうしたことなのか。晩年の戸惑いと読むか……。「楽しまずんばこれ如何」――楽しまずしてどうしようか。解放感に浸っている状況と読むか……。

「どちらにも読めるのです。殿はどちらとお考えですか」

と益軒は聞いた。

「さて、わしは……。まだ枯れておらんから。ただ、晩年は楽しんで過ごしたいものだ」

光之の願望だった。

「政宗殿は乱世を生きた武将ながら、料理にも関心を示す趣味人でした。馳走とは何かと定義しています」

益軒は言った。

「ほう、どんな定義だ」

「旬の品をさり気なく出し、主人みずから調理してもてなすことである、といっています」

「なるほど。みずからも調理するのか。一度もてなしを受けてみたかったものだ」

光之は叶わぬ夢を口にした。


政宗はキリスト教に興味を示し、慶長十八年（一六一三）九月に、家臣支倉常長をヨーロッパに派遣して、ローマ法王に「奥州王政宗」の親書を呈している。宣教師の派遣と通商を求めた。

「政宗殿は不幸にも片目の光を失ったが、その目は日本の天下ばかりか世界にも向いていたようだな」

遣欧使節団の発想は光之にとっても驚きだったようだ。

「御意」

「世にも稀なる大眼力だが、どこで培われたのだ」

「持って生まれた資質とは思いますが、幼少期に片目を失明したその不幸な境遇が人間を鍛えたといえます。独眼だからこそ、視野が広がったのではないでしょうか」

不遇を夢につなげる天与の才覚もあった、と益軒は思った。

「ところで、実の母から命を狙われたにもかかわらず、政宗殿は生き残った。なぜなのだ」

幸運の一言では片付けられない、と光之は聞いた。

「これは、片倉小十郎（景綱）という養育係が絶えず激励して教育したためのようです。さらに、父輝宗の配慮もあったといえます。長子政宗の眼病を不憫に思い、一方で、聡明で武芸にも秀でた力量に期待したのでしょう。伊達家を護り、発展させるのはこの子しかないと確信したはずです。ですから政宗殿が危害に遭わぬよう早めに家督を譲りました」

その政宗は長命を保ち、七十歳の天寿を全うした。

辞世の歌――

曇りなき心の月をさき立てて浮世の闇を照らしてぞ行く

「ほう。死んでまで、この世の闇を照らそうというのは、気宇壮大であるな」

光之の感想だった。

「御意。大器の人でした」

世界に目を向ける政宗はキリシタンのもたらす新技術をはじめ、海外の文物、産業などを積極的った。

に導入している。それを領内の新田開発、産金、製鉄、畜産などに活かし、経済的基盤の充実を図

「進取の精神を持つというのは人をして器を大きくするものなのだな。ところで、少し眠くなってきた。そろそろ寝所(しんじょ)にまいる」

光之は睡魔に襲われた様子だった。

「それではこの続きは、よろしければ明晩にいたしましょう」

「そうしてくれ。今夜は楽しかった」

そう言って、藩主は寝所に向かった。

益軒は平伏(ひれふ)しつつ藩主を見送り、やがて部屋を辞した。

第二十五夜　前田利家

右手(めて)に槍、左手(ゆんで)に算盤

この夜、筑前国福岡藩第三代藩主、黒田光之は福岡城内の一室に貝原益軒を呼んでいた。

「今日は領民たちの声を聞いていていて、気が滅入ってしまった」

「それでは、何か気分がほぐれるお話をいたしましょうか」

益軒は聞いた。

「おお、それは助かる。何か楽しくなる歴史話を聞かせてくれ」

「それでは、今夜は前田利家(まえだとしいえ)殿のお話をいたしましょう」

「おお、加賀百万石の藩祖だ。それは楽しめそうだ。話してみよ」

光之は脇息(きょうそく)にもたれて益軒が語り始めるのを待った。

益軒はおもむろに話し始めた。

前田利家は天文二十年（一五五一）、十四歳のとき、尾張那古野(なごや)城主、織田信長(おだのぶなが)に仕えて五十貫を与えられ、この年に元服した。

永禄二年（一五五九）、利家が二十二歳のとき、信長の同朋衆、拾阿弥が利家の刀の笄を盗んだ。利家がそれを咎めたものの、拾阿弥に反省の色はなかった。利家は笑いものにしたとして斬り殺した。信長は怒って出仕停止とし、利家は浪人生活を余儀なくされた。妻子をかかえ苦しい日々が続いた。

その翌年に桶狭間の戦いが起こり、利家は密かに飛び入りで参陣し手柄を立てたが、信長の許しは得られなかった。さらに、その翌年の永禄四年（一五六一）、美濃森部の戦いにふたたび参陣して戦功あって、ようやく信長の勘気が解け、三百貫の知行で再出仕するようになった。利家は信長の家来に返り咲いたのである。

永禄十二年（一五六九）、利家が三十二歳のとき、前田家内で相続の問題が持ち上がった。長兄の利久には子どもがなく、利太という養子を他家から迎えようとした。

それを知った主君信長は、

「養子を迎えずとも、前田家には又左衛門（利家）がいるではないか。これに家督を継がせればよい」

と下知。この強引な鶴の一声で家督は四男の利家が相続した。

織田家の重臣、柴田勝家、森可成、佐々成政などが次々に利家を祝いに訪れた。

「信長様は人を見る目がある。無能な利久では前田家は維持できない」

と長兄をけなし、利家を持ち上げた。確かに長兄の利久は病弱な上、無能だった。

だが、利家は次第に不愉快になり、

「兄の力量不足は誰よりもわかっている。だからといって、身内をけなされてうれしいはずはない。兄を貶めるのはやめよ」

と諸将を強く諫めた。

それを聞いた信長は、

「道理に合わぬこと、おのれの意に沿わぬことがあれば、たとえ上級者であろうとも諫止せねばならぬ。利家はできた男だ」

と感心の態だった。

永禄十一年（一五六八）、信長は足利義昭を奉じて上洛した。利家はその「天下布武」の進撃に同道して参戦した。

信長の天下統一の事業を阻む浅井氏、朝倉氏、三好三人衆、さらには一向一揆勢力に対し、利家は信長の家臣として数々の武勲を立てた。

こうした戦いで負傷しながらも、槍の使い手として武勇を馳せ、「槍の又左衛門」との異名を取った。六尺（約百八十二センチ）の長身を活かした槍だった。

天正三年（一五七五）、長篠の戦いでの戦功により越前府中城主、ついで天正九年（一五八一）、能登一国二十三万石を与えられて七尾城主となった。信長のもと、北国衆の一員として利家は着実に地位と勢力を固めていった。

天正十年（一五八二）六月、信長は本能寺で横死した。利家は主君を失った。本能寺の変後、豊臣秀吉が明智光秀を討つと、秀吉と柴田勝家との間で主導権をめぐる抗争が始まった。両者は天正十一年（一五八三）に近江賤ヶ岳で雌雄を決することになった。

利家は秀吉と勝家の双方と親しかった。秀吉には四女豪を養女に出しているほど親密で、勝家とはこれまで北国の諸戦で行動をともにしてきている戦友だった。

利家は迷った。どちらにも与したくないのが本音だった。そして迷った末、北国衆の一員で、領地も接している勝家の側につくことにして陣を敷いた。だが、さして戦わずに越前府中に引き上げてしまった。

戦いは秀吉の勝利に帰した。利家の早々の退却は秀吉に有利に働いた。合戦後、秀吉から領地を安堵されたばかりか、加賀尾山の金沢城を与えられ、加賀百万石の基礎を固めた。

利家は算用上手で常に具足櫃に算盤を忍ばせていて、兵隊数や兵糧など、事あるごとに算盤の珠をはじいた。

家臣にも、

「金持てば、人も世上（世間）も恐ろしく思わないものなり」

と説いていた。

財力を持てば、人や世間に対しても気後れする必要はなくなり、思う存分実力が発揮できると強調していた。

鉱山開発に力を入れ、藩財政を潤わせた。宝達金山（現、石川県羽咋郡宝達志水町）、倉谷鉱山（現、金沢市）などを開発した。

それまで光之は益軒の話に時折うなずきながら聞いていたが、

「合戦に明け暮れていた槍使いの名人、利家殿は数理にも明るかったようだな」

と感想をもらした。

「御意。いわば、右手に槍、左手に算盤を持った武将だったといえましょう」

益軒は答えた。

「されば、加賀百万石の祖となり得たのだろう」

光之は納得したようだった。

利家は妻のまつから、吝嗇家と評されたこともある。こと金銭については厳密に対応した武将だった。

しかし一方では、北条家が滅亡して家来を養えずに汲々としている領主に金を貸して救っている。

また遺言において、嗣子利長に、

「決して借金返済の催促をしてはならない。返金できない相手には借金がなかったことにして応対せよ」

とも伝えている。

利家は臨終の床で、藩の重要書類を部屋に運んでくるように命じた。

「御家騒動が起こるのは決まって藩主の不始末が原因となっている。わしの死後、重責を担っている奉行たちにあらぬ疑いがかけられては気の毒だ。わが藩の将来も危うくなる」

そう言って、利家は書類を点検し花押を署した。多数ある書類のうち、一部は作り直させ、一部は焼却させた。このため利家の死後、後継争いはなく、金銭にまつわるいざこざは一切起こらなかった。

利家に臨終が迫ったとき、まつ夫人が、

「あなたは若いころから数々の合戦をし、多くの人を殺しています。その罪業が恐ろしくてなりません。どうぞ、経帷子を着てください」

と頼んだ。

利家は二十一歳のとき、従妹で十二歳だったまつと結婚している。

利家は病床にあって、

「その必要はない」

と首を横に振った。

「地獄に落ちるのを看過するは忍びません」

まつはなおも経帷子を勧めた。

「いや。わしは地獄に落ちたりはしない。戦場では正義の戦いで命のやり取りをした。理由なく殺生に臨んだことは一度もない」

「そうは申しましても……」

「もし、あの世で閻魔大王が理不尽を働くなら、一戦交えて閻魔を退治してみせようぞ」

利家はまつを安心させるように微笑んで見せた。

それから真顔になって、

「それより心残りは秀頼様のことだ。せめてあと五、六年の命があれば、秀頼様の天下を見られたものを」

残念だ、と利家は新藤五国光の脇差を鞘のまま腹に当てて息絶えた。このとき秀頼は七歳、利家は六十二歳だった。

利家の臨終のやり取りを聞いて光之が尋ねた。

「利家殿は信長公や秀吉公に対して、一時期、意に沿わぬ行動をとっている。主君からの離反は明らかである。戦国の世にあってみれば、怒りを買って命を取られても不思議はない。にもかかわらず、生き残るばかりか赦され、信任されている。どうしたわけだ」

「それは……。運もありましたが、人望としか申せません。いわゆる大人の風が具わっていて、諸将が部屋に揃っているとき、利家殿がその中にいるだけで座が落ち着いたといいます」

益軒は言った。

「左様か。利家殿が死に臨んで話したように、もう少し長生きすれば豊臣の重鎮として豊臣家の繁栄をもたらしたであろう」

「御意」

「ところで、少し眠くなってきた。そろそろ寝所(しんじょ)にまいる」

光之は睡魔に襲われた様子だった。

「それではこの続きは、よろしければ明晩にいたしましょう」

「そうしてくれ。今夜は楽しかった」

そう言って、藩主は寝所に向かった。

益軒は平伏(ひれふ)しつつ藩主を見送り、やがて部屋を辞した。

第二十六夜　福島正則　側室の遺書に落涙した猛将

この夜、筑前国福岡藩第三代藩主、黒田光之は福岡城内の一室に貝原益軒を呼んでいた。

「今日は武芸の稽古が過ぎたようだ」

「何をなさったのですか」

益軒は尋ねた。

「弓の稽古をしたが、あまりうまく射ることができなかった」

「いやいや、私は不案内ですが、毎日の積み重ねが大切なのではないでしょうか。ところで、今宵(こよい)はいかがいたしましょう」

「そのほうの話が聞きたい。何か肩の凝らない面白い歴史話はないか」

「それでは、今夜は福島正則(ふくしままさのり)殿のお話をいたしましょう」

「おお、名だたる猛将だ。それは楽しみである。話してみよ」

光之は脇息(きょうそく)にもたれて益軒が語り始めるのを待った。

益軒はおもむろに話し始めた。

福島正則は永禄四年（一五六一）に尾張海東郡に生まれている。母は豊臣秀吉の生母大政所の姉といわれる。同じく、大政所の別の姉を母に持つ加藤清正とともに幼少時から秀吉夫婦のもとで育てられた「秀吉子飼いの武将」だった。

天正六年（一五七八）、十八歳のとき、播磨三木城攻めで初陣を飾った。さらに鳥取城攻め、山崎の戦いに従軍、天正十一年（一五八三）の賤ヶ岳の戦いで、いわゆる「賤ヶ岳の七本槍」の殊勲を立てて武勇の誉れを不動のものとし、他の武将が三千石をあてがわれる中、ただ一人五千石を拝領した。

その後も秀吉の意を受けて各地を転戦し、天正十五年（一五八七）、伊予今治で十一万石を領した。文禄の朝鮮出兵に際しての功により、尾張清洲二十四万石の大名となる。

秀吉のもと、みずからの武勇と功績で順風満帆に加増されてきた。その秀吉が慶長三年（一五九八）八月、死去した。育ての親を失ったのだった。正則は秀吉亡きあとの権力闘争に否応なく巻き込まれる。

慶長五年（一六〇〇）、正則は家康の上杉景勝討伐軍に従い下野小山に下った。そこに石田三成挙兵の急報が届いた。

家康は並み居る武将たちを前に軍議を開き、

「諸公は妻子を大坂に置いてきている。気がかりであろう。去就は意のままにされよ。大坂へ引き返しても恨みには思わぬ」

と態度を自由意志に任せた。

諸公が押し黙って気配をうかがう中、正則は、

「挙兵は石田三成の謀に相違ない。わしは徳川殿に味方して戦う所存だ」

と言って、家康の秀頼への異心なきことを条件に、先陣をきって戦う強い意欲を示した。

この正則の決意表明に、諸将は雪崩を打って家康に味方する旨、誓約した。

福島正則や加藤清正らの武断派は、朝鮮出兵をめぐる石田三成ら文治派による秀吉への讒言に業を煮やしていたので、「三成を討て」の狼煙は一気にあがった。

猛将正則が家康に味方したこの瞬間、天下分け目の関ヶ原の戦いにおける雌雄は決したと言っても過言ではない。

関ヶ原の戦いで正則は先鋒を務め、東軍を勝利に導いた。その戦功で安芸、備後の二国、四十九万八千二百石の大大名となり、広島城に入った。


慶長十九年（一六一四）、大坂冬の陣のとき、福島正則は江戸城に留め置かれた。正則の変心を恐れての家康の深謀である。

正則の江戸残留を知った国元では、家臣の福島丹波（治重）が尾関石見（正勝）に使いを送り、書状を寄せた。

「我らは太閤の恩深き事、間違いなし。我ら両人は嫡男忠勝様の武将としての栄誉のためなら覚悟

はできている。我らを捨て殺しても悔いはなし。これ本望なり」

　そして両人は忠勝のもとを訪ね、まず福島治重が訴えた。

「今度の大坂の陣で我らが大坂方に味方すれば、その勢いを知って秀頼公に帰服する者が多く出てくるでしょう。もし大坂方が滅んだとしても、武名は後代に残ります。加勢すれば、豊臣家の恩顧をないがしろにしたという、これまで流布された誹謗中傷も撤回させられます」

　一方、尾関正勝は、

「福島がいま申すところはもっともです。しかし豊臣方に味方すれば、江戸に留め置かれた御父正則公を捨て殺すことになり、これは人情において忍びません。戦いの趨勢を見ますに、大坂方の勝利は千に一もありません。ここは情勢を読み、福島家の将来を見通すのが賢明かと存じます」

　と論じた。

　嫡男忠勝は深く考慮の末、尾関正勝の意見に従い徳川方に与した。


　福島正則は酒豪ながら、酒癖が悪かった。

　ある酒席で、正則はなみなみと酒が注がれた大盃を示し、

「母里殿。どうだ、この酒を飲み干したなら好きな褒美をとらせるが、飲めるか」

　と盃を差し出した。

　それまで益軒の話に聞き入っていた光之が、

「母里？　わが黒田家の家臣、母里友信のことか」

と尋ねた。

「左様(さよう)です」

益軒はうなずいた。

「そうか。して、母里はどうした」

光之は膝を乗り出した。

大盃を勧められた母里は、

「遠慮させていただきます」

と控え目に拒否した。

「飲めないとな。これしきの酒に恐れをなすとは、どうも黒田家の武士というのはからきし意気地のないことよ」

正則は鼻で笑った。

事ここに至り、家名を貶(おとし)められたと感じた母里は聞いた。

「もし飲み干したなら槍の「日本号」をいただきたく存じますが、よろしゅうございますか」

日本号は正親町(おおぎまち)天皇から十五代将軍足利義昭(あしかがよしあき)に下賜された名槍で、十尺（約三メートル）ほどある大槍だった。信長(のぶなが)、秀吉を経て正則が所有していた。

「ああ。構わぬ」

正則は上機嫌で答えた。

「それでは……」

と母里は両手で受け取った大盃を口につけるなり、頭を徐々に後ろに反らし、そのまま大盃の酒を飲み干した。

「見事であった。母里殿」

正則は手を打って誉めたたえた。

そして、天下の名槍「日本号」は母里友信の手に渡った。

光之はさも楽しそうに、

「賤ヶ岳の七本槍で武勇を馳せた正則殿が、当家の家臣に槍を飲み取られてしまったというのだな」

と言った。

「左様です」

「一本決まったな」

「御意（ぎょい）にございます」

益軒も頬を緩ませながら一礼した。

元和五年（一六一九）、正則は水害後に施した広島城の石垣の修理を無断修築と咎（とが）められ、謀叛（むほん）の意ありといいがかりをつけられた。老中本多正純（ほんだまさずみ）からの「少しばかりの修築ならよし」という口約束を真に受けたのが禍（わざわい）した。二代将軍秀忠（ひでただ）は安芸、備後を没収し、信州川中島と越後魚沼郡の四万五千石に改易した。

「理不尽な仕打ちは明らか。正則殿の怒りはなかったのか。家臣たちは動かなかったのか」

光之は聞いた。

「動く気配を見せました。しかし、正則殿は家臣をなだめ、これが先代なら反論もしよう、だが当代にはいうことは何もない。従うだけだと配流を甘んじて受けたようです」

益軒は続けた。

「ところで、正則殿には西条の御前という側室がいました」

伯州（伯耆国）の南条伯耆守の娘で、名だたる美女だった。正則は寵愛したものの、あるとき機嫌を損ねる振る舞いがあって、正則は安芸の西条に館を造り、侍女四、五人をつけて侘び住まいをさせた。それから数年後に正則は領地を没収され配流となった。

「正則殿は配流地の信州川中島より、かの女性に金子五千両を与えて京へ送るべし、と命じて情けをかけました」

そこで西条の御前は安芸の港から渡海の船に乗った。ところが、広島の前を過ぎるころ、御前はいきなり自害して果てた。

「なに、自害とな」

驚きが光之の口をついて出た。

「遺書には正則殿の恩義への感謝が綴られていました」

数多の金子を給はりて京へ上り、もししれたる（名だたる）男どもにそそのかされ、浮名の立ことあらば、君の御恩をいたづらになし（無駄にすることになり）、父の名までけがすべし。広島の城を君になぞらへ、御目の前にて身まかり候ひぬ。

「そして詠んだ歌が――「ながらへばうき名やたたんけふまでもわれと心のたのまれぬよに」」と伝えられています、と益軒は言った。

この書を川中島へ送ったところ、猛将で聞こえた正則も、この書を繰りかえし繰りかえし読んで落涙したという。

「配流、減封の悲劇の陰にそうした悲話も伝わっていたのか」

光之は今更のように口にした。

「御意」

益軒は深くお辞儀した。

「蟄居の身の正則殿も側室の報恩にさぞや癒やされたであろう。ところで、少し眠くなってきた。そろそろ寝所にまいる」

光之は睡魔に襲われた様子だった。

「それではこの続きは、よろしければ明晩にいたしましょう」

「そうしてくれ。今夜は楽しかった」

そう言って、藩主は寝所に向かった。

益軒は平伏しつつ藩主を見送り、やがて部屋を辞した。

第二十七夜　真田幸村　「日本一のつわもの」報恩の戦い

この夜、筑前国福岡藩第三代藩主、黒田光之は福岡城内の一室に貝原益軒を呼んでいた。

「今日は立て続けに能を鑑賞した」

「それは楽しまれたことでしょう」

益軒は言った。

「だが少し長過ぎたようだ。過ぎたるは何とやらだな」

「それでは、お休みになりますか」

益軒は聞いた。

「いや、そのほうの話が聞きたい。今宵も何か肩の凝らない面白い歴史話はないか」

「それでは、今夜は真田幸村殿のお話をいたしましょう」

「おお、名だたる勇将だ。それは楽しみである。話してみよ」

光之は脇息にもたれて益軒が語り始めるのを待った。

益軒はおもむろに話し始めた。

幸村は通称で、その本名は真田信繁である。真田昌幸の次男。

慶長五年（一六〇〇）、関ヶ原の戦いで幸村は父とともに西軍に加勢して、居城の信濃上田城に立て籠もった。このとき、関ヶ原に向かう秀忠率いる徳川軍は真田方を叩こうと、上田城に大軍をもって攻め寄せた。だが猛攻むなしく、結局、秀忠は上田城を落とすことができなかった。と同時に、関ヶ原の戦いに遅参するという失態を招き、家康の怒りを買った。

一方、幸村の兄信之は東軍に与して、秀忠軍に随行していた。真田家は父子兄弟が敵味方に分かれて関ヶ原の戦いに臨んだのである。

西軍の敗北で昌幸・幸村父子は蟄居を命じられ、上田城を退き、高野山麓の九度山村（現、和歌山県九度山町）に配流された。本来なら父子ともども切腹であるが、信之の必死の助命嘆願と、信之の義父の本多忠勝の取り成しで二人は死を免れたのである。上田城は翌年、破却された。

幸村は九度山村で三十四歳から四十八歳まで、十四年間にわたり暮らした。

「十四年間とは、また長い幽閉生活であったな」

益軒の話に静かに聞き入っていた光之が言った。

「御意。幸村殿には途方もない時間だったと思われます」

益軒は答えた。

「父上の昌幸殿はどうされたのだ」

「蟄居から十年後に亡くなっています」

享年六十五であった。

「さぞかしご苦労も多かったであろう」

光之は同情を示した。

「生活は貧窮を極め、一族からの援助で辛うじて生活を支えました。妻らが織った真田紐を旧臣たちが売り歩いて口に糊したとも伝えられています」

益軒は昌幸の窮状をしんみりと語った。


慶長十九年（一六一四）、くすぶっていた幸村の心に火が付いた。挙兵した豊臣秀頼から黄金二百枚、銀三十貫にて大坂城への入城を乞う誘いが届いたのである。感激した幸村は家族や家臣を伴って、十月、大坂城に入った。

大坂城の軍議で幸村は場外での戦闘を提案したものの、淀殿や重臣に退けられ籠城が決まった。

幸村は大坂城の南方、玉造口外に「真田丸」と呼ばれる出丸を設けた。この場所が手薄と判断したからである。

戦いが始まり、激戦が繰り広げられた。幸村は相手をおびき寄せておいて叩く戦法をとり、徳川軍を一歩も中に入れず、敵に多大な損害を与えて勝利した。これは上田城で秀忠軍相手にとった戦術でもあった。

戦いののち、和睦が決まり、大坂城の堀は埋め立てられた。真田丸も跡形なく壊された。

幸村の奮戦は家康の耳にも届いていた。勇猛な武将と評価した家康は、幸村を味方につけようと画策した。

「城を出てわがほうにつけば、十万石を与えよう」

と誘った。

だが、幸村は断った。

次に家康は、

「信濃一国を与えよう」

と提示した。家康は今後も続く戦いで幸村をみすみす死なせるのは惜しいと考えたのである。

だが、幸村の返事は、

「この幸村、十万石では不忠者にならぬが、信濃一国なら不忠者になるとお考えか」

と怒りをあらわにしながら拒絶した。

翌慶長二十年（一六一五）五月、大坂夏の陣が始まった。豊臣軍五万に対し、徳川軍は十五万。多勢に無勢の上に、浪人のにわか集団と統制のとれた組織兵の戦いである。さらに、大坂城の外堀はすでに埋められている。豊臣方の負けは目に見えていた。

幸村はおのれの戦いに決心が鈍ってはならぬと思い、息子の大助に対し大坂城に入城するように命じた。

ところが、十代半ばの大助は、

「父上は今日の戦いに御討死（おうちじに）の御覚悟とお見受けしました。それがしは生まれて長ずるまで、父母の元で育てていただきました。母上とはこの城に入るときに別れましたが、手紙では、父の御最期を見捨ててまで生きて戻るべからず。同じ枕に討死して、真田の名を挙げよとありました。ここで父上と別れて城に入ることなど思いもよりません。共に討死仕(つかまつ)らん」

と言って鎧(よろい)の袖に取り付き、泣きながら引き下がらなかった。

幸村は涙を拭いながら、大助を見つめ、

「武士の家に生まれた者は、忠義をもっぱらにするものだ。父母を忘れ城に入れと命じるのも、秀頼公の御最期のお供をさせるためだ。いずれ冥途にて巡り合おうではないか。今ここでしばしの別れを悲しむのは未練の至りである。早く城に入れ」

とすがる手を引き離した。

大助は名残惜しそうに父を見つめ、

「しからば、城へ参ります。来世にて必ずお会いしたいと思います」

と別れた。

幸村は冬の陣で家康が陣地とした茶臼山(ちゃうすやま)に陣取り、六連銭の旗を翻し、赤一色の装束で徳川軍と対峙(たいじ)した。

真田勢は一丸となって進撃し、家康本陣に斬り込んだ。その勢いはすさまじく、家康方の陣は崩れ、旗本までも逃げまどう有りさまだった。「家康、危うし」――。真田勢は家康にあと一歩のところまで肉薄したのである。

しかし、奮戦むなしく幸村は全身に傷を負って斃(たお)れた。

一方、父幸村の消息が気になった大助は、城に逃れてきた人々に、

「わが父、幸村はどんな成り行きだったでしょうか」

と尋ねた。

ある者が、

「真田殿は大勢の敵に駆け入り、討死されました」

と密かに言った。

大助は涙を拭い、最期のときはこれを持って討死せよと母から与えられた水晶の数珠を鎧の引合より取り出して念仏を唱え、秀頼の成り行きを待った。

そのとき、かたわらにいた速水甲斐守は年若い大助を不憫に思い、

「貴殿は一昨日戦って傷を負っている。痛むだろう。秀頼公もいずれ御和談になって、城を出るはずである。であるから、貴殿も立ち退かれるのがよかろう。部下に頼んで、真田河内守（信之の長男、信吉）方まで送り届けることにしよう」

と勧めた。

しかし大助は何も答えず、秀頼にお供していた三人の小姓とともに小声で念仏を唱えるばかりだった。一同は、秀頼と淀殿とともに大坂城の山里丸の朱三櫓を守っていた。

もはや落城というとき、秀頼は、

「加藤弥平太、介錯してとらせよ」

と命じた。

三人の小姓と真田大助はいずれも物の具を脱ぎ捨てて、西向きに並び手を合わせ念仏を唱えた。四人は雪のように白い肌を見せ、一度に声をかけ、いさぎよく切腹した。加藤は介錯して、太刀を投げ捨て涙にむせんだという。

秀頼と淀君も自刃して、ここに豊臣家は滅びた。

ところで、幸村の首は越前の御家人、西尾仁左衛門（にしおにざえもん）が討ち取っていたが、誰の首ともわからずにいた。

そのとき、通りかかった武将が、

「その冑（かぶと）を見よ」

と鹿の角のついた冑を指差した。

「鹿の角をつけている冑は真田家の印だ。それは幸村の首に違いない。もし、向歯（むかば）が二枚抜けていれば、間違いなく幸村の首だ」

と言った。

向歯とは上顎の前歯のことで、幸村は二本欠けていたという。実際、この首級（しゅきゅう）は前歯が欠けていて、幸村のものに間違いなかった。

やがて、幸村の首級は家康によって検分された。

「皆も幸村にあやかれよ」

と家康は武勇を偲（しの）ぶかのように口にし、

「髪の毛を取っておけ」

と武将たちに命じて、幸村の髪を一本ずつ取るように指示した。

こうした益軒の話に、光之は座りなおすと、

「負けとわかっていて幸村殿は戦ったのか」

と聞いた。

「左様（さよう）でございます」

益軒は答えた。

「無謀だな」

「確かに。しかし、本人の信念が固く、さらに相手に不足がない場合、――この場合、敵は徳川家康です。武士の体面は守られると考えられます」

「死に花を咲かせたというのか」

「御意。若いころ、秀吉公に近侍したときの恩を忘れていなかったという証（あかし）でもあります。大坂の陣は幸村殿にとって報恩の戦いだったのです。かくして真田幸村は、日本一（ひのもといち）のつわものとの評判を勝ち得て、その名は未来も語り継がれていくでしょう」

「左様か。死して名を残す人物はそうそういるものではない。真田幸村という武将、なかなかの人物であった。ところで、少し眠くなってきた。そろそろ寝所（しんじょ）にまいる」

光之は睡魔に襲われた様子だった。

「それではこの続きは、よろしければ明晩にいたしましょう」

「そうしてくれ。今夜は楽しかった」

そう言って、藩主は寝所に向かった。

益軒は平伏しつつ藩主を見送り、やがて部屋を辞した。

第二十八夜　柴田勝家　軍師なき勇将の悲劇

この夜、筑前国福岡藩第三代藩主、黒田光之は福岡城内の一室に貝原益軒を呼んでいた。

「今日は昨日からの寝不足がたたったのか疲れが抜けきらぬ」

「それでは、すぐお休みになりますか」

益軒は聞いた。

「いや、そのほうの話が聞きたい。今宵も何か肩の凝らない面白い歴史話はないか」

「それでは、今夜は柴田勝家殿のお話をいたしましょう」

「おお、信長公の宿将だ。それは楽しみである。話してみよ」

光之は脇息にもたれて益軒が語り始めるのを待った。

益軒はおもむろに話し始めた。

柴田家は代々織田家の家老の家柄だった。勝家は重臣筆頭として重きをなしていた。天文二十年（一五五一）、当主織田信秀が死去すると、子の信行の家老として仕えた。

信秀の嫡子は信長だったが、勝家は信長の大うつけぶりを見て、後継者に弟の信行を推す勢力に与した。弘治二年（一五五六）八月、信長軍と戦って敗れた勝家は降伏し、ただちに剃髪して許しを乞うた。

しかしその後、勝家の諫言にもかかわらず、信行の謀叛の企てが止まなかったため、勝家は無二の忠誠を誓って信長に内通した。

その密告を得た信長は、重病を装って信行を呼び出し、見舞いに来たところを清洲城で殺害した。兄弟で殺し合うという、まさに戦国時代の非情を絵に描いたような内紛だった。

「信長公は気性の激しい人と聞いている」

と光之はおもむろに口を開いた。

「ところが、信長公を亡き者にしようとする謀叛に加担した勝家殿を許している。剃髪して恭順の意を示したからというのは、あまりにも信長公は寛容過ぎる」

「御意。このとき、信長公は二十三歳でした。自分を理解してくれていた父の信秀を十八歳で亡くし、さらに守役の平手政秀を二十歳のとき切腹で失っています。母も信行のほうをかわいがっていましたから、信長公は嫡子ながら、織田家内で孤立していたといえましょう」

益軒は言った。

「苦難のときだったか。そのとき信頼できる人物として、織田家に深い縁のある勝家殿が現れたのだな」

「左様に考えます。その誠実さと勇猛さを信長公は見抜いたのでしょう。実際、信長公が本能寺の変で横死するまで、勝家殿は数々の戦功を挙げ、二十五年の長期にわたり一心に仕えています」

「なくてはならない人材だったのだな」

光之は胸におさめた。


後世、信長の並み居る家臣たちの中で、特に優れた四将のことが俗謡に次のように歌われていたものである。

「木綿藤吉、米五郎左、かかれ柴田に、のき佐久間」

木綿は普段着としてなくてはならないもの。木下藤吉郎（豊臣秀吉）は同様に、信長になくてはならない側近だった。五郎左は丹羽長秀を指す。生きるために米が必要なように、なくてはならない人物。柴田勝家は戦闘時に先陣を切ってかかっていく強者。「のき佐久間」は信盛をいう。退口（退却戦）上手で、逃げ足は速かった。

信長には個性的で有能な家臣たちが揃っていた。


元亀元年（一五七〇）六月、勝家は近江長光寺城に籠城した。信長が朝倉義景と浅井長政の討伐に手間取っている時期だった。

このとき、近江の六角義賢が朝倉・浅井に肩入れして、琵琶湖の南岸に再度兵を進め、岐阜から京都への道を断っていた。上洛への道が塞がれては、信長にとって目障りでしかない。

長光寺城に籠城する勝家の兵は小勢で、攻め立てられて残るは本丸ばかりと苦戦していた。

さらに、六角方は近江の百姓たちから、

「この長光寺城には水がない。城外から樋（とい）を引いて水を調達している状態です。水を断てば必ず落城するでしょう」

との話を聞いた。

六角義賢はこの報に喜び、城の周りを掘り起こして樋を塞ぎ、水路を断った。

数日後、義賢は降伏を促す使者を勝家に送った。

「このまま城を渡されれば、そのほうたちの無事は保障する。すみやかに退（の）くがよかろう」

との口上に、勝家は翌日の返事を約束した。

このとき使者が便所への案内を乞うた。案内係は大量の手水（ちょうず）を用意し、終わってのち残った水を庭に撒いて捨てた。水不足は念頭にないことを示すためだった。

使者が帰ったあと、勝家が城内の水を点検させると、二石入りの瓶（かめ）三つに水があるばかりである。

勝家は兵士を集めて、

「残る水はこの瓶三つである。心して飲むがいい」

と兵士ばかりか馬にも与えた。

そして、皆の目の前で長刀（なぎなた）を取って、その石突（いしづき）で三つの瓶を打ち割った。

「水のたくわえ、これまでなり」

と、このままでは渇死は必定（ひつじょう）であることを示した。

六月四日の暁、松明（たいまつ）を灯（とも）して勝家方は全軍一丸となって敵陣に攻め入った。突然の攻撃に六角方は雪崩をうって崩れ、義賢はほうほうの態で自陣の城に逃げ帰った。

その勇猛果敢な戦いぶりから、後世、「瓶割柴田」の異名を取った。俗謡の「かかれ柴田」の面目躍如の戦闘だった。

報告を受けた信長は大いに感じ入り、

「このような戦いは柴田にとって今に初めてではないが、こたびは殊にすぐれたり」

と褒めたたえ、感状に添えて三万貫の加増地を与えた。その感状に「瓶破柴田殿へ」と書き記した。

「これは背水の陣の好個の例と考えます」

と益軒は言った。

光之は黙ってうなずいた。


天正十年（一五八二）六月二日早朝、明智光秀は本能寺に信長を急襲した。本能寺の変である。

信長は相手が光秀と聞いて、

「是非に及ばず」

と一言口にしただけだった。仕方がないと言ったのみで、立ちどころに死を覚悟したようだ。

その光秀は十三日、備中高松城から電撃的な反転、いわゆる「中国大返し」を敢行した秀吉と山城の山崎で戦って敗北。敗走中に郷民の槍に刺されて深手を負い、自刃したという。光秀の十一日間の「三日天下」はここに終わった。

信長亡きあと、織田家の重臣たちは尾張清洲城に集まり、信長の後嗣を決める、世にいう「清洲会議」を開いた。勝家は信長の三男で二十五歳の信孝を推した。だが、秀吉は三歳の三法師（のちの秀信）を推して、二人は対立した。三法師は本能寺の変で信長とともに斃れた嫡子、信忠の遺児だった。信長は七年前に形式的ながら信忠に家督を譲っていた。

秀吉が三法師を後嗣に推すのは、相続の点からみれば正論だったが、信孝より与しやすい幼児を擁立したのは歴然だった。秀吉は宿老丹羽長秀を味方につけていて、勝家は会議で孤立した。

さらに、逆賊光秀を討った秀吉の戦功は揺るがず、終始、秀吉のペースで会議は進行して終わった。代々織田家の家老の家柄だった勝家と秀吉の立場は逆転してしまい、秀吉の勢力が急速に膨らんだ。遺領分配でも勝家は不満が残り、秀吉への敵愾心はつのるばかりだった。

両雄並び立たずの言葉通り、天正十一年（一五八三）三月、琵琶湖の北の賤ヶ岳の戦いで、勝家と秀吉は雌雄を決することとなる。

緒戦では勝家方の佐久間盛政が勝利したものの、勝家によるひとまず撤退の指示に従わず、前線にとどまり続けたために、秀吉の精鋭隊に撃破された。このとき名を馳せたのが、加藤清正や福島正則らの、いわゆる「七本槍」の武将たちだった。勝家は敗走して、居城の北ノ庄城（現、福井市）に逃げ帰った。追走する秀吉軍は四月二十三日、城を包囲した。

その夜、勝家はわずかな手勢、八十余名とともに宴を開いた。

「敵にわが首を斬られ、一族が侮辱を受くることは、わが柴田の名と家の永久の不名誉である」

と自決を宣した。そして、お市の方には城を出て生き延びるよう説得したが、聞き入れられなかった。

翌朝、まどろむ二人に郭公（ほととぎす）の鳴き声が聞こえた。このとき勝家は六十二歳。わずか七ヵ月前に結婚したお市の方は三十六歳だった。お市の方の前夫は浅井長政。長政を討ったのは、実兄の信長だった。運命に翻弄された女性の死が近づいていた。

お市の方は、

さらぬだに打（うち）ぬる程も夏の夜の別れをさそふ郭公かな

勝家は、

夏の夜の夢路はかなき跡の名を雲井にあげよ山郭公

と、それぞれ辞世を詠んだ。

勝家は城内に火を放ち、お市の方の胸を突き、みずからも腹を切って果てた。家臣たちも主人に続いて自刃した。

「なぜそのように勝家殿らの最期が克明にわかるのだ」

光之は聞いた。

「これは老女にいい含めて一族の最期を見届けさせ、後世に伝えようとした勝家殿の配慮です」

益軒は説明した。

「勇将勝家殿の生涯をたどりますと、秀吉公にあって、勝家殿にないものがありました」

「それは何だ」

光之は尋ねる。

「軍師です。秀吉公には官兵衛様という、わが藩の祖であり殿の曽祖父にあたる方が側近として仕えておりました。勇猛果敢だけでは戦国の世は渡って行けません。知略こそ求められるのではないでしょうか」

「本能寺の変のとき、秀吉公はわが曽祖父の助言で中国大返しを敢行した。勝家殿にはできなかったのか」

「勝家殿は越中松倉城を攻めていました。反転すれば、上杉景勝に背後を突かれる恐れがありました。しかし何よりも、勝家殿には天下取りの好機ととらえる発想がありませんでした。さらに軍師もいませんでした」

「そうか。紙一重であったな。ところで、少し眠くなってきた。そろそろ寝所にまいる」

光之は睡魔に襲われた様子だった。

「それではこの続きは、よろしければ明晩にいたしましょう」

「そうしてくれ。今夜は楽しかった」

そう言って、藩主は寝所に向かった。

益軒は平伏しつつ藩主を見送り、やがて部屋を辞した。

第二十九夜　龍造寺隆信　僧籍あがりの肥前の熊

この夜、筑前国福岡藩第三代藩主、黒田光之は福岡城内の一室に貝原益軒を呼んでいた。

「今日は武芸に励み過ぎてしまった」

「そういえば、道場のほうから殿の掛け声が聞こえてまいりました」

益軒は言った。

「武術はなかなか難しいものだ」

「それでは、すぐお休みになりますか」

益軒は聞いた。

「いや、そのほうの話が聞きたい。今宵（こよい）も何か肩の凝らない面白い歴史話はないか」

「それでは、今夜は龍造寺隆信（りゅうぞうじたかのぶ）のお話をいたしましょう」

「おお、肥前の大名だ。それは楽しみである。話してみよ」

光之は脇息（きょうそく）にもたれて益軒が語り始めるのを待った。

益軒はおもむろに話し始めた。

龍造寺隆信は肥前の龍造寺家の分家筋にあたる水ヶ江龍造寺家の出である。七歳で出家させられたが、天文十五年（一五四六）十八歳のとき還俗した。これは父をはじめ一族の重鎮が殺害されたり死去したため、隆信への期待が集まったからである。

二年後の天文十七年（一五四八）に本家の龍造寺（村中）胤栄が二十四歳で病死した。このとき後継者をめぐって、龍造寺家中で胤栄の弟の家就派と隆信派の激しい争いが起こった。結局、話し合いでは収拾がつかず、二人がくじを引いて隆信と決まった。隆信は胤栄の未亡人を妻に迎えて本家を継いだ。相続は当初から波乱含みだった。

この二年後、隆信は同盟関係を結んだ中国地方の雄、大内義隆から一字をもらい、隆信と名乗るようになった。それまでは胤信と称していた。

ところが、その大内義隆が家臣の陶隆房（のち晴賢）の謀叛により自害させられてしまう。同様に、隆信も家臣の下剋上に遭い、肥前を追われることとなった。

しかし、二年の雌伏を経て、佐嘉（佐賀）城を奪還した。

その後、領土拡大を図る豊後の大友宗麟（義鎮）との戦いが始まる。永禄十二年（一五六九）と翌元亀元年（一五七〇）には二度にわたって肥前への侵攻を許したものの、家臣の鍋島直茂の戦功もあって退けることができた。やがて肥前一国を平定した隆信は、さらに筑前、筑後、肥後、豊前にも進出し、「肥前の熊」の異名をとり、豊後の大友氏、薩摩の島津氏とともに九州を三分する勢力を築いた。

天正八年（一五八〇）、大友方の立花道雪との和議が成立したとき、隆信はその使者を迎えた。

使者は、

「和平の印にこれを」

と酒を差し出した。

食事中だった隆信は、

「おお、それはちょうどよい」

と盃を用意するよう命じた。

だが、側近は、

「毒酒かも知れませぬ」

と注意を促した。

しかし、隆信は、

「道雪は立派な武人である。正々堂々戦うことはあっても、酒に毒を盛ったりする卑怯な人物ではない」

と側近たちが心配して見守る中、盃三杯を立て続けに空けたという。「肥前の熊」らしい豪胆さを示した。

天正十二年（一五八四）三月、隆信は、薩摩の島津家久と肥前の有馬晴信の連合軍との戦いに臨んだ。

隆信は軍を率いて島原半島にある有馬の城、森岳城を目指した。先陣は太田兵衛尉で、その軍勢千余騎。続いて龍造寺隆平の五百余騎。その次が大将隆信の旗本千五百余騎だった。そのあとに約三万の軍勢が、二、三里（約八〜十二キロ）の間に連なった。

右手は温泉が岳（現、雲仙岳）、左手は蒼海（島原湾）。西は山路なので、渚に沿って南に進むと、やがて十文字の旗が朝風になびいているのが眺められた。

先陣の太田兵衛尉はこれを見て、隆信に使いを送り、

「十町余（約一・一キロ）南の方角に十文字の旗が見えます。これは島津方から有馬軍への加勢に違いありません」

と伝えた。

すると、隆信は、

「もっけの幸い。願ってもないところだ。そのまま攻め込み勝負を決せよ」

と返答した。

そのとき、賀口因幡守という士大将が進み出て、

「兵の数を整え、後方の軍勢を先に繰り出してはいかがでしょうか」

と進言した。

この言に隆信は打ち笑って、

「島津からの援兵が来たといっても何も恐れるにあたらない。来らば人間、乗らば馬、斬らば刀、

突かば槍だ。弓を射よ、鉄砲を打て。騒ぐな。ただ槍を入れて突きかかれ」

と命令して、馬足を速めた。

旗本の兵たちも早足で勇み進んだ。

太田兵衛尉は一の先手なので真っ先にかかり、鉄砲の攻め合いを始めた。

迎え撃つ島津家久は故意に攻め込ませておいて、やがて一斉に鉄砲を放って撃ちかかった。双方の距離は十四、五間（二五〜二七メートル）ほどだった。

一気に攻め込んだ島津方に無駄な矢はほとんどなく、たちまち太田の兵八十余騎は、左右から攻めたてた島津方に打ち伏せられてしまった。

さらに島津家久は鉄砲隊を構えさせ、撃てと命じた。この鉄砲玉が太田兵衛尉の眉間を撃ち抜き、太田はたまらず馬より逆さまに転落して即死した。

島津家久はこの機に乗じて采配を打ち振るい、太鼓を打ち鳴らしながら千五百余騎で競いかかると、太田の備えは八方に散乱してしまった。その勢いのまま龍造寺隆平の備えにも攻め込み、打ち破った。

隆信これを見て大いに怒り、

「だらしのない者どもだ。敵は大勢とも思えぬ。攻めて討ち取れ」

と言って、なおも馬を進めた。

このとき、まわりの家臣の多くが、

「少し引き下がり、後陣を先へ繰り進めたらいかがでしょうか」

と諫(いさ)めた。

だが、隆信はまったく聞き入れず、先手が崩れたのもかまわず勢いをつけて馬を走らせたので、島津家久の旗と隆信の旗馬印(はたうまじるし)とが触れ合うほどに接近した。

両軍の突き合い、斬り合い、火花を散らす戦いが始まった。九州の北と南の大名の激突だった。

やがて、戦いの旗色は鮮明になった。総勢六千余の島津・有馬の連合軍が優勢に戦いを進めていた。

それまで黙って話を聞いていた光之が口を開いた。

「龍造寺隆信は軍を総動員して戦いに臨んだのだろう」

「御意(ぎょい)。一説に六万にも及ぶ大軍を繰り出したといわれています」

益軒は答えた。

「隆信は敵方の領地で戦っているとはいえ、相手の軍勢は少数だ。なぜ苦戦したのだ」

「これには島津・有馬方の作戦があります」

おびき寄せたのです、と益軒は言った。

両軍が激突した場所は沖田畷(おきたなわて)と呼ばれる泥濘(ぬかるみ)の多い土地だった。道は細い畦道(あぜみち)しか通っていなかった。

「いかなる大軍で押し寄せたとしても、進軍するには二、三人の列でしか通れません」

そこを島津・有馬方は左右の側面から鉄砲と矢を放った。たちまち隆信軍は総崩れとなった。

「今川と織田の、あの桶狭間(おけはざま)の戦いに酷似しているな」

光之は感想をもらした。

敗色濃厚となった沖田畷で、総大将の龍造寺隆信は馬を駆って細い道を引き返そうとしていた。そのとき、島津方の川上助七（忠堅）が、良馬に乗って鎧の金物が光り渡っている武将に気がついた。誰だろうとよく見ると、矢は負いながら弓は持っていない。隆信は出陣に際し、矢を負うものの弓は持たないと、以前から聞いていた川上助七は、

「ならば龍造寺隆信に違いない」

と、徒歩ながらあとを付けて行った。

馬上の隆信は百姓屋敷の行き詰まりの、道なき場所に乗り込んでしまった。

川上は追いつき、

「敵に押付（鎧の背中）を見せるとは恥さらしなり。もう逃がしはしない」

と近寄った。

隆信は返答もせず手綱を離し、太刀の柄に手をかけ、馬の右へ降りようとした。そこへ左から川上が素早く斬りかかった。

「大将が敵に斬られて、馬から落ちるとき、馬を盾にしたといわれるのも無念だ」

と隆信はまた乗り直り、左に降りようとしたが、力なくそのまま落馬した。

川上が駆け寄り、隆信の首を取ろうとしたときの辞世の言葉が伝わっている。

「紅炉上、一点の雪」

熱い炉の上で雪がたちまち融けるように命を終える、と達観した境地に至ったようだった。

「それにしても、肥前の熊の異名をとった勇ましい武将が、何ゆえそんなにもろく滅んだのだ」

光之は聞いた。

「大軍を擁した油断と、側近の諫言を無視した無謀な進軍による失敗であることは否めません。さらに、隆信が晩年に嫡男政家に家督を譲ってから、酒食に溺れ、領民を顧みなくなっていたからだと思えます。飽食による肥満で、移動は六人がかりの戸板か駕籠を使ったともいわれています」

益軒は答えた。

「飽食か。ここでも公家風を好んだ今川義元公を思い出させるな」

「御意。たとえ戦国の世でなくとも、酒食に溺れたなら身を滅ぼすことになるでしょう」

「道理である。身を慎まねばならぬな。ところで、少し眠くなってきた。そろそろ寝所にまいる」

光之は睡魔に襲われた様子だった。

「それではこの続きは、よろしければ明晩にいたしましょう」

「そうしてくれ。今夜は楽しかった」

そう言って、藩主は寝所に向かった。

益軒は平伏しつつ藩主を見送り、やがて部屋を辞した。

第三十夜　井伊直政

赤備えの鬼軍団

この夜、筑前国福岡藩第三代藩主、黒田光之は福岡城内の一室に貝原益軒を呼んでいた。

「今日は部屋に籠もって、文書の点検に追われて疲れてしまった」

「それでは、すぐお休みになりますか」

益軒は聞いた。

「いや、そのほうの話が聞きたい。今宵（こよい）も何か肩の凝らない面白い歴史話はないか」

「では、今夜は井伊直政（いいなおまさ）殿のお話をいたしましょう」

「おお、徳川四天王の一人だ。それは楽しみである。話してみよ」

光之は脇息（きょうそく）にもたれて益軒が語り始めるのを待った。

益軒はおもむろに話し始めた。

天正三年（一五七五）、十五歳の井伊直政はこのころ浜松城下に住んでおり、法蔵寺に手習いに通っていた。文箱（ふばこ）を持って寺に向かう直政を、鷹狩（たかがり）に出かける途中の家康がたまたま見かけた。

その容貌が優形で見るからに利発そうだったので、家康は供の者に、

「何者の子であるか」

と尋ねた。

供の者は、

「松下源太郎の妻の連れ子で、実は井伊直親の遺児です」

と答えた。

「そうか。では、召し抱えよ」

と命じた。

直政は家康の家臣に取り立てられたのである。

「見ただけで、人物を判断したのか」

光之は聞いた。

「見立てと、その名前によると思われます」

益軒は答えた。

「名前とな」

「御意」

井伊家はそれまで代々、遠江の井伊谷に住み、今川家に属していた。だが桶狭間の戦いののち、父の直親は、松平家と内通しているという家臣の讒言により、主君の今川氏真に疑われて攻められ、二十八歳で戦死した。幸いに直政は逃れたが、流浪の生活を余儀なくされた。

「松平家と内通したというその相手が、実は松平元康、のちの家康公でした」

益軒は言った。

「そうであったか。奇なる出会いであったな」

光之はうなずいた。

直政はその翌年の天正四年（一五七六）、遠江の芝原において武田勝頼との戦いで初陣を飾った。

天正十年（一五八二）三月、天目山で武田勝頼が自刃し、武田氏は滅亡した。このとき、家康は武田の遺臣をほとんどそのまま吸収した。

武田二十四将の一人である山県昌景は、冑から鎧具足、旗指物、馬具に至るまでの装備品を赤一色に統一していた。武田の「赤備え」と呼ばれ、勇猛の印であり、先鋒隊として目立つ存在だった。家康はこれをそっくり直政に引き継がせた。ここに「井伊の赤備え」と呼ばれる精鋭軍団が誕生したのである。

「井伊の赤備え」の初陣は天正十二年（一五八四）、小牧・長久手の戦いだった。秀吉軍十万に対し、家康軍は戦力的に劣勢ながら、勇猛果敢に戦う赤備えの活躍もあり、結果的には痛み分けの和議に至った。負けではなかった。

このときの、長槍で戦う直政の奮戦ぶりは敵の恐れるところとなり、「井伊の赤鬼」と呼ばれるようになった。赤備えの直政は家康の期待に応えたのだった。

小牧・長久手の戦いで和議が成った二年後の天正十四年（一五八六）、秀吉は家康との和睦の証に、秀吉の母、大政所を人質として岡崎に遣わした。そこまでするのか、と思いながら家康は上洛して秀吉と会見した。会見後、大政所を送り返す運びになった。

このとき二十六歳の直政が付き添い役となり、大坂に赴いた。秀吉は長旅と護衛をねぎらい、また「井伊の赤鬼」の武勇をたたえ、上機嫌で饗応の席を設けた。

その席に、

「そのほうのかつての傍輩であるから」

と石川数正を相伴させた。

直政は急に不愉快な表情を浮かべ、

「ここにいる石川数正は三河時代から徳川の譜代であった老臣ながら、主君にそむき大坂に走った不届き者である。武士の風上にも置けない臆病者でもあります。そんな不忠義者と同席するのはご免こうむります」

と言い放った。

その激しさに、居並ぶ家臣たちは顔を見合わせたという。

「ずいぶん辛辣な言葉で罵倒したものだな」

光之は言った。

「まさしく。これ以上の罵倒の言葉はありません」

益軒はうなずいたものの、ひと呼吸置いて、

「しかしこれは一方で、もしかすると芝居ではないかという説があります」

「芝居？」

「確かに、石川数正は家康公を裏切って秀吉公に走ったといわれています。しかしそれは表向きで、本当は間者(かんじゃ)となって大坂方に潜入したという説もあるのです」

「そうか。もしそれが本当だとすると、その事情を知っていながら饗応の席で罵倒劇をみせた井伊直政という武将は大した役者であるな」

光之は感心の態(てい)だった。

「御意にございます」

益軒は大きくうなずいた。

天正十八年（一五九〇）三月、北条攻めを本格化させた小田原城攻囲戦のとき、秀吉は総勢二十二万の大軍を率いていた。対する北条は急遽(きゅうきょ)、大動員をかけたものの五万余ほど。勝敗の決着は時間の問題だった。

こうした圧倒的に有利な情勢のもとで、秀吉は陣中では少数の手勢(てぜい)を護衛につけているだけだった。

これを見た直政は家康に、

「殿、今が天下取りの好機にございます」

とささやいた。油断している秀吉を討つのはたやすいと判断しての策だった。

「何やら、本能寺の変の知らせが届いた直後、官兵衛が秀吉公に耳打ちした例を思い出すな」

光之の感想だった。

織田信長が本能寺に斃れてから八年しか経っていなかった。

そのとき家康は、

「今は北条を討つのが天の流れ。流れに逆らって事に及んでも成功は覚束ない」

と直政をきつく戒めた。

直政はこのとき、天下の動きには時の流れがあることを学んだのだった。

天正十八年（一五九〇）八月、家康は所領二百五十万石で関東に転封となった。

そのとき、徳川四天王の本多忠勝には上総大多喜十万石が与えられた。榊原康政には上野館林十万石。酒井忠次の子、家次には下総臼井三万石。ところが、井伊直政は上野箕輪十二万石で、徳川家臣団の中で最高の俸禄が与えられた。まだ三十歳の年回りで、徳川家にとっては新参の譜代ながら、別格ともいえる処遇だった。

家康の直政への評価は高かった。その信頼に応えるべく忠実に仕え、徳川家譜代の中での地位を高めていった。三河以来の宿老たちの羨望と嫉妬は高まっていったが、直政はあまり意に介さなかった。

慶長五年（一六〇〇）、関ヶ原の戦いのとき、直政は本多忠勝とともに東軍の軍監という要職に就き、併せて家康の四男、忠吉の初陣の後見役を務めた。

この合戦で、先鋒は福島正則と決められていたにもかかわらず、勇猛を地で行く直政は黙っていられず、出し抜いて敵陣に突入した。軍令違反の先駆けだった。

戦いの流れは小早川秀秋の裏切りにより一気に東軍に傾き、勝負は短時間で決した。

西軍が総崩れとなる中、突然、島津義弘軍の五百余騎が戦場から離脱するために敵陣内の中央突破を図った。それを直政の井伊勢が追撃した。義弘の甥、豊久を討ち取るものの、先頭をきっていた直政は島津軍の放った銃弾に当たって右腕を負傷、そのまま落馬した。

合戦後、直政は石田三成の旧領である近江十八万石、佐和山城主として遇せられた。家康側近として政治力、外交手腕を発揮して家康の信頼に応え、その統治を支えた。

そして慶長七年（一六〇二）二月、関ヶ原の合戦の一年半後、戦のさなかに負った鉄砲傷がもとで死去した。合戦からさほど年月が経っていない時期の死に、地元では石田三成の祟りが死を招いたとの噂がたった。それを聞きつけた家康は、城もろとも三成にまつわるすべてを破却した。

「結局、直政殿は江戸幕府の開府を見ずしてこの世を去ったのだな」

光之は感想をもらした。

「左様です」

益軒は答えた。

「それだけ尽くしたのだ。家康公の幕府に列したかっただろうな」

「まったくです」

「それにしても、家康公は井伊直政殿に執心である。何ゆえそれほど直政殿を買っていたのだ」

光之は聞いた。

「そこです。おそらく、家康公好みの忠誠心、勇猛果敢、頭脳明晰の三拍子が揃っていたためと思われます」

益軒は答えた。

「左様か。家康公は人物鑑定において心眼を持っていたようだな。ところで、少し眠くなってきた。そろそろ寝所（しんじょ）にまいる」

光之は睡魔に襲われた様子だった。

「それではこの続きは、よろしければ明晩にいたしましょう」

「そうしてくれ。今夜は楽しかった」

そう言って、藩主は寝所に向かった。

益軒は平伏（ひれふ）しつつ藩主を見送り、やがて部屋を辞した。

第三十一夜　直江兼続

主家を支えた名臣の豪胆

この夜、筑前国福岡藩第三代藩主、黒田光之は福岡城内の一室に貝原益軒を呼んでいた。

「今日は雑事に追われて疲れてしまった。雑事というのは尽きないものだ」

「家臣にゆだねてはいかがでしょうか」

益軒は言った。

「そうもいかないものなのだ」

「左様でございますか。それでは、すぐお休みになりますか」

益軒は聞いた。

「いや、そのほうの話が聞きたい。今宵も何か肩の凝らない面白い歴史話はないか」

「では、今夜は直江兼続殿のお話をいたしましょう」

「おお、上杉家の名将だ。それは楽しみである。話してみよ」

光之は脇息にもたれて益軒が語り始めるのを待った。

益軒はおもむろに話し始めた。

直江兼続は永禄三年（一五六〇）、樋口兼豊の長男として坂戸城下（現、南魚沼市）に生まれた。幼名を与六といった。幼時より聡明で、上杉謙信の近習に取り立てられて春日山城（現、上越市）に入り、上杉景勝に仕えつつともに育った。

天正六年（一五七八）に謙信が急逝すると、後継者をめぐって景勝と景虎（北条氏康の七男）との両養子が争った。いわゆる「御館の乱」である。兼続は父親とともに景勝側について戦い、景勝を勝利に導く働きをした。知略にたけ、豪胆な野心家だった。

天正九年（一五八一）、景勝の側近、直江信綱と山崎秀仙が春日山城内で毛利秀弘に斬殺される事件が起こった。御館の乱後の論功行賞の軋轢が尾を引いていたためだった。死んだ直江信綱に跡継ぎがなく、景勝は兼続に命じて入婿させて直江家を継がせた。このとき、「樋口与六」は「直江兼続」となった。

以来、景勝の執政として手腕を発揮し、戦場においても智将として采配を振るって景勝を支えた。兼続なくして上杉家の安泰はなかった。

合戦上手の兼続の冑の前立て（飾り）は「愛」だった。上杉謙信が戦勝祈願をした愛宕権現に由来するといわれる。

慶長三年（一五九八）、上杉景勝は秀吉から五大老の一人に抜擢され、さらに越後から会津百二十万石に移封された。秀吉は家康を牽制するために、北関東の抑えとして景勝を会津に配したのだった。

その際、秀吉は兼続に出羽米沢三十万石を与えた。陪臣（家臣の家臣。又者、又家来）ながら大名並みの破格の扱いである。

秀吉は兼続の才能を買っていて、

「小早川隆景、直江山城守（兼続）、堀監物（直政）がごとく人物が整っている者は天下に珍しい」

と口にして評価していた。

景勝は兼続の建議をいれ、諸城砦の修築に取りかかり、道路を整備して、武器の調達も図った。食糧を貯え、浪人も召し抱えた。


あるとき、伏見城に諸侯が集まっていた。その席で伊達政宗が懐から新しい金貨を取り出して自慢げに見せた。当時、金貨はまだ珍しい物だった。兼続は末席に近い場所で、諸侯が次々に金貨を手に取って眺める様子を見ていた。

それが兼続のところにくると、彼は開いた扇の上に金貨を受け取って見つめた。

伊達政宗は兼続が陪臣なので遠慮していると思い、

「その金貨、そのほうが手にしてもいっこうに差し支えない」

と促した。

すると、兼続は、

「いや、指揮棒をとりたる手が汚れるゆえ、手にしないのでござる」

と扇を挙げて、政宗に向けて金貨を弾(はじ)き返した。名門上杉家に長く仕えた重臣として、羽振りのよさを誇示する東北の一大名など意に介さずの誇りが、皮肉を利かせた行動を取らせたのだった。

「諸侯が揃った面前で、政宗殿に金貨を扇で弾き返すなど、ずいぶん礼を失した振る舞いではないか」

光之は聞いた。

「兼続殿は伊達政宗殿と気が合わなかったといわれていますから、つい無礼な振る舞いになったのでしょう。兼続殿の豪胆さを物語る話として、たちまち諸侯に知れ渡りました」

益軒は言った。

兼続の家臣に三宝寺(さんぽうじ)勝蔵(しょうぞう)という者がいて、下男を無礼討ちにした。

すると、下男の親族たちが、

「手討ちにされるほどの粗相ではなかった。死者を返してほしい」

と訴え出た。

兼続が調べると確かに親族たちの話は正しかった。そこで兼続は、勝蔵に弔い料として白銀二十枚を出すように命じた。

だが、親族たちは納得せず、なおも、

「死者を返してほしい」

と執拗(しつよう)に訴え、引き下がらなかった。

いつまでも埒のあかない状態に、兼続は業を煮やして、

「では仕方がない。あの世から死者を呼び戻してやる。だがあいにく冥途への使者がいない。そのほうらの親族たち、兄と伯父、甥の三人を閻魔庁に送るから連れて参れ」

と命じて、三人を捕えて斬首した。

そして、閻魔大王に宛てた高札を領内に立てた。

「一筆啓上。親族ども呼び返せと申し候につき三人の者を迎えに遣わし候。死者をお返しくださるべく候。恐々謹言」

日付は慶長二年（一五九七）二月七日だった。

兼続は遺族の悲しみは理解しつつ、しかしあまりに理不尽で手前勝手な訴えは許さなかった。領主としてのけじめを示したのだった。


兼続は上杉景勝の新領地、会津の支配強化に取り組んだ。こうした動向は大坂城西の丸にあって政務を執る家康の耳に届いていた。そして、家康はしきりに景勝の上洛を促した。景勝は秀吉の死後、国元に帰ってから一度も上洛していなかった。家康の再三にわたる催促を無視して、領内の土木事業や軍備強化を続行した。

家康は景勝に謀叛の意ありとして、慶長五年（一六〇〇）四月、景勝に使いを出し、同時に、上洛を促す書状を兼続宛てに送った。

このとき四十一歳の兼続は使いに返書を持たせ、ひと月後に大坂に届いた。

内容は、上洛引き延ばし不審の件について、いろいろ噂がたつのは世のならい、まして遠国の会津となれば当然で、ありがちな噂話であるとして心配ご無用と一蹴した。また、武具を集めている件は、会津の田舎武士は茶器などに関心はなく、槍、鉄砲、弓矢を集めるものである。道や橋の土木工事をしているのは、往来をよくするためで、謀叛のためなら道を塞ぎ、橋を落とすだろう。会津武士は利口に立ち回れず、景勝に逆心はない、とした。さらに追伸として、家康または秀忠の下向（都から地方に下ること）があれば、万端整えて待っていると書いている。会津に来るなら来いと挑発したのである。

「これがいわゆる直江状といわれる書状です」

と益軒は言った。

「家康公への相当な皮肉を利かせた非難と挑戦に終始しているようだな」

「御意」

「家康公は立腹したのではないのか」

光之は聞いた。

「怒りはおさまらなかったと思われます」

「何ゆえ直江兼続殿は家康公にそんなに盾突いたのだ」

「秀吉公亡きあとの家康公の独断専行と傍若無人に、怒りを覚えていたからに違いありません。政務なら上杉景勝公も五大老の一人であり、同格であります。また、上杉の旧領に入った堀秀治の讒言を鵜呑みにしている家康公に苛立ってもいました」

益軒の解釈である。

「それにしても、兼続殿は強硬だ。その源泉はどこにあるのだ」

「おそらく矜持だと思います」

「矜持か……」

「名門上杉の名に恥じない武将としての誇りです。一戦交えて果てようとも覚悟はできていたと思われます。一方で、勝算もあったはずです」

「どんな勝算だ」

「もし上杉が徳川と事を構えれば、西国で毛利、宇喜多ら豊臣恩顧の大名が蜂起し、なによりも、石田三成が挙兵するにちがいない。西と東から徳川軍を挟撃すれば、家康公といえども恐れるに足らないと踏んだようです」

益軒は言った。

「しかし、直江状は家康公に会津征伐を決意させた。実際、関ヶ原の戦いが起こった。全面戦争だ。兼続殿はそこまで読んでいたのか」

「読んでいたと思われます」

益軒は答えた。

家康は会津征伐のため下野小山に陣を敷いているときに、石田三成の挙兵を知って江戸に引き返した。いよいよ三成との戦いが始まろうとしていた。上杉軍は家康を追尾せず、最上義光の山形城攻略に作戦を切り替えた。

関ヶ原の戦いが始まり、上杉軍が最上と戦っているさなか、関ヶ原にて西軍敗北の報がもたらされた。上杉景勝にも兼続にも予想外の短時間の決着だった。上杉軍は兵を引き揚げて降伏した。

後日、兼続は上杉景勝とともに上洛して家康に謝罪した。家康は上杉景勝の会津百二十万石を没収して、米沢三十万石に減封した。その米沢は兼続の領地である。

この処置に、兼続は会津の家臣と家族を引き受けた。人こそ財産という発想だった。殖産興業に力を入れ、領民の生活の安定に心をくだいた。

「それにしても、家康公は厳しい処遇を下したな」

光之は感想をもらした。

「左様(さよう)です。しかし、お家取りつぶしにはなりませんでした」

益軒は指摘した。

「確かに。石田三成並みに処断されていいはずである。なぜだ」

「これは小山で家康公が軍を反転させたとき、上杉軍は追尾しなかったのが大きかったと思います。そこに兼続殿の深謀遠慮があったものと考えます」

「なるほど。兼続殿の知恵が働いていたか。ところで、少し眠くなってきた。そろそろ寝所(しんじょ)にまいる」

光之は睡魔に襲われた様子だった。

「それではこの続きは、よろしければ明晩にいたしましょう」

「そうしてくれ。今夜は楽しかった」

そう言って、藩主は寝所に向かった。
益軒は平伏(ひれふ)しつつ藩主を見送り、やがて部屋を辞した。

第三十二夜　織田信長　その二　光秀の逆心を招いた矯激と迂闊

この夜、筑前国福岡藩第三代藩主、黒田光之は福岡城内の一室に貝原益軒を呼んでいた。

「今日は城壁の改修に長時間立ち会って疲れてしまった」

「それでは、すぐお休みになりますか」

益軒は聞いた。

「いや、そのほうの話が聞きたい。今宵も何か肩の凝らない面白い歴史話はないか」

「では、今夜は織田信長公のお話をいたしましょう」

「おお、戦国の天下人だ。それは楽しみである。話してみよ」

光之は脇息にもたれて益軒が語り始めるのを待った。

益軒はおもむろに話し始めた。

織田信長は天正元年（一五七三）七月、将軍足利義昭を畿内から追放して天下人になった。さらに十一月には、部将の佐久間信盛らを河内若江城に派遣して、三好家の嫡流、三好義継を滅ぼした。

義継は義昭の妹を娶っていて、信長の標的とされたのである。

　そのとき、坪内という三好家の包丁人を捕虜とした。

　信長の御賄頭を務める市原五右衛門は、重臣の菅谷九右衛門に尋ねた。

「捕虜の坪内は三好家の包丁人にて、鶴や鯉の料理は申すに及ばず、七五三饗（本膳七菜、二の膳五菜、三の膳三菜の宴）の膳など、いずれも公方家（将軍家）の法式にのっとった料理がすべてできます。牢に閉じ込めておくのはもったいない話でもあります。御料理人にいたしてはいかがでしょうか」

　これに、菅谷はもっともと考え、信長に伺いをたてた。

「その者に料理させてみよ。出来、不出来をみて料理人にするかどうかを決めることにする」

と答えた。

　早速、坪内が煮物料理の腕を振るい膳を用意した。

　信長がその料理を口にしたとたん、

「何だ、これは」

　とみるみる機嫌を悪くした。

「こんな、水臭い味の料理が食えるか。そやつの首を刎ねよ」

　信長の怒りはおさまらず、菅谷は坪内に事の次第を話した。

「しからば明朝の御料理を今一度作らせてください。それでもお口に合わないというときは、どうぞこの首を刎ねてください」

と坪内は首を手刀で斬るしぐさをした。

菅谷がそれを信長に伝えると、しばらく考えた末、

「では、明日の料理を作らせてみよ」

と命じた。

翌朝、坪内は仕立て上げた料理を出した。菅谷をはじめ家臣たちは信長の反応を注視した。

すると、信長は、

「これは美味(うま)い」

と絶賛し、坪内を織田家の料理人の一人に加えるよう命じた。

後日、菅谷は坪内に二度目の料理の秘訣について尋ねた。

「三好家は長虎(ながとら)、長秀(ながひで)、長光(ながみつ)、長慶(ながよし)、義継と五代にわたり公家に仕え、料理は万事、京風の上品な薄味でした。二度目の料理は田舎風の濃い味付けに仕立て上げました。それが信長公のお口に召したのでしょう」

坪内は料理人らしく相手の味の好みを見分けていた。

黙って益軒の話を聞いていた光之は、

「信長公を田舎侍と嘲笑しているようでもあるな」

と言った。

「さて、そこまで料理人が考えましたでしょうか。味の好みは千差万別です。ただ、命拾いをしたことは確かです」

益軒はそう応じた。

天正九年（一五八一）四月、信長は安土城から琵琶湖の竹生島へ参詣した。主人は翌日まで帰ってこないだろうと判断した侍女たちは、息抜きに桑実寺に出かけたり、城下に買い物に出かけたりした。

ところが、信長はその日のうちに城に戻った。

侍女たちが無断で遊びに出たのを知った信長は激怒し、

「成敗せよ」

と命じた。厳しい処分が侍女たちのほか桑実寺の僧侶にまで下された。

「処刑されたのか」

光之が聞いた。

「処刑したとも、処罰したともいわれています。信長公には、比叡山の焼き討ちや一向宗徒との戦いを持ち出すまでもなく厳しい行動が見られます。いずれにしても、信長公のこの処置は、公の短気で激しい性格、また、怠け者を嫌う性行をあらわしていると思います」

益軒は言った。

天正十年（一五八二）六月二日、明智光秀の謀叛による本能寺の変で信長は自害した。光秀が逆心に至るまでには、信長への恨みが積もり積もっていたという。

あるとき、信長が家臣を集め酒宴を開いた。すでに柴田勝家が大盃を飲み干して控えていた。

信長は、

「今度は明智に飲ませよ」

と命じた。

勝家はすぐさま盃を明智光秀に差し出した。

だが、光秀は、

「この大盃にては思いもよりません。ひらにご免ください」

と断った。

たちまち信長は機嫌を損じ、光秀をうつ伏せに押し倒すと、脇指を抜いて、

「酒が飲めないのか。では、この脇指をのめ」

と折檻した。

酒の飲めない光秀は仕方なく盃の酒を飲んで、ひどく苦しんだ。

その後の事――。光秀は、信長の家臣、稲葉良道に仕える那波直治と斎藤利三を引き抜いて召し抱えた。引き抜かれて困った稲葉良道は光秀に返すように何度も頼んだが、埒があかなかった。

これを聞いた信長は、

「那波と斎藤の両人を稲葉良道のもとに早く返せ」

と命じた。

だが、光秀はこれに従わなかった。

怒った信長は、光秀の髷をつかみ、

「なぜわしのいうことが聞けぬ」

と敷居に顔を押しつけて折檻した。

「よき侍を召し抱えるのは、自分の欲ではありません。ひとえに信長様の御為にございます」

と光秀が恐縮しつつ答えたが、信長の怒りはおさまらず、

「おのれ、脇指を差していれば成敗するところだが、丸腰なれば、命だけは助けてやる」

と言い捨て、奥座敷に消えて行った。


さらに、その後の事——。

武田家を滅ぼしたのち、徳川家康が穴山梅雪を伴って安土に挨拶に来た。信長は光秀に饗応の接待役を命じ、光秀は山海の珍物を集めて用意した。

信長は鷹狩ののち、大室坊へ立ち寄って饗応の席に臨んだ。このとき、用意された魚や鳥の料理が陰暦五月の暖かい陽気のため生臭い味になってしまった。

信長はたちまち機嫌を損ね、

「何だ、これは。食えるか」

と膳を足蹴りしてひっくり返した。

光秀は狼狽し、新しく膳を整えて料理を出した。

のちに光秀は

「大饗応の支度に多額の金銀を費やさせ、その上、休むいとまなく毛利攻めを命じるのは、あまりにも身勝手。もはや、是非に及ばず」

と怒りをあらわにした。そして急遽、謀叛を企てるに至った。

益軒は、

「明智光秀の逆心は、野望や欲心より起こったものではなく、信長公への恨みが積もってついに君臣の義を忘れたといえると思います」

と言い、さらに続けて、

「それにしても、私の考えますところ、信長公は迂闊であったと思います。なぜ、監国の法を執らなかったのかと思います」

「監国の法とは何だ」

光之は問いかけた。

「主君が出征して不在のときは、皇太子が国事を代行する方策です。ところが、信長公は家督を譲っていた嫡子、信忠殿を京都に同道し、ともに命を失いました。これは思慮の浅い行動でした」

織田信忠は本能寺の変の起こった日、京都の妙覚寺に滞在していた。父信長の横死を聞いて、家臣たちとともに二条御所に移動し、籠城戦を試みた。だが、奮戦むなしく敗れて自害した。享年二十六。

「信忠殿が生きていたら歴史は変わっていただろうな」

「御意」

「なぜ信忠殿は京都を脱出しなかったのだ。他日を期す方策もあったろうに」

「本能寺を急襲したからには、明智勢が洛中（らくちゅう）の出入り口を固めているのは常識。安土に向かうのは不可能と考えたものと思われます。脱出しようとわずかな軍兵で明智方と戦っても勝ち目はなく、逃げようとしては、かえって死にざまが無念の極みになります」

益軒は言った。

「なるほど。そこが歴史の分かれ目であったか。家を護（まも）り、天下を維持するのはたやすい事ではない。だが、信長公が監国の法を執っていたなら、ということか……」

しばし、光之は感慨に耽（ふけ）った。

「ところで、少し眠くなってきた。そろそろ寝所（しんじょ）にまいる」

光之は睡魔に襲われた様子だった。

「それではこの続きは、よろしければ明晩にいたしましょう」

「そうしてくれ。今夜は楽しかった」

そう言って、藩主は寝所に向かった。

益軒は平伏（ひれふ）しつつ藩主を見送り、やがて部屋を辞した。

第三十三夜　豊臣秀吉　その二　利休の亡霊におびえた天下人

この夜、筑前国福岡藩第三代藩主、黒田光之は福岡城内の一室に貝原益軒を呼んでいた。

「今日は終日、文書改めに追われて疲れてしまった」

「それでは、すぐお休みになりますか」

益軒は聞いた。

「いや、そのほうの話が聞きたい。今宵も何か肩の凝らない面白い歴史話はないか」

「では、今夜は豊臣秀吉公のお話をいたしましょう」

「おお、戦国の雄。天下人だ。それは楽しみである。話してみよ」

光之は脇息にもたれて益軒が語り始めるのを待った。

益軒はおもむろに話し始めた。

ある日、豊臣秀吉の前に徳川家康と前田利家、毛利輝元が集まっていた。

「おのおのがたは日本においていずれも大名である。大名であれば、人より優れたところがあるものだ。ついては、それぞれ自讃してみよ」

　と秀吉が言った。

　三人は譲り合っていたが、まず、毛利輝元が答えた。

「秀吉様がいわれるように、それがしは大名ではありますが、特別人より長じたところはありません。しかしながら、吉川元春（きっかわもとはる）、小早川隆景（こばやかわたかかげ）という良き後見人を持っておりますこと、他家にはない優れたところと存じます」

　次に、前田利家が答えた。

「それがしは三ヵ国を領し候（そうろう）ゆえ、家臣を多く持っております。加賀の居城より大坂までの道中、一人も隙間なく立てと命令すれば、それだけの数の兵士を動員できます」

　秀吉は静かに聞いていた。

「では、家康殿はいかに」

　と家康を促した。

　家康はおもむろに口を開いた。

「それがしは毛利殿のような後見は持っておりません。また、大名ではありますが、前田殿のように多くの家臣も持っておりません。ただし、金銀は多く持っておりますので、居城より大坂まで金銀をひと並べせよと申されれば、不足ないほどに持っております」

　家康は恐縮しつつ述べた。

　後日、秀吉が輿に乗ったときの話に、

「家康公の知謀は深いものがある。優れた家臣を多く持っているといえば、わしが不安に思うこともあるだろうと気持ちを読んで、ただ、金銀は多く持っているといったのだ」

浅からざる策略であると秀吉は見抜いた。と同時に徳川家康を一番警戒した。


秀吉が天下人となり、権勢をほしいままにしているころ、諸臣に向かって言った。

「われほど大成した幸せ者はいない。その理由は、国取りが天下を取り、士(さむらい)が国取りになるのはもちろん幸せである。だが、わしは貧しい身分から出発して天下を取り、位は太政大臣に上りつめ、さらに朝鮮までその威を振るった。これは大きな幸せではないか」

秀吉はひと呼吸置いて、諸臣を見回して続けた。

「しかし、人の命には限りがある。わしはすでに年老いてしまったから、これから長く天下を保つことはできない。死という現実があるので、わしの大きな幸せも、万(よろず)の楽しみも、ことごとくなくなってしまう。これは嘆いても嘆ききれない」

と涙ぐんで話した。

聞き入っていた諸臣も、もっともと同意した。座は重く沈んだ。

そのとき、同席していた曽呂利新左衛門(そろりしんざえもん)という者がおもむろに口を開いた。

「これは殿の仰せとは思えませぬ。私は左様(さよう)には思いません」

と言った。

諸臣が一斉に新左衛門に目を向けた。

「死というものがあっても、人は楽しみも、幸せも感じることができます。もし、死というものがなくなりましたなら、人間の楽しみはなくなってしまいます」

秀吉は意外そうに新左衛門を見つめた。

「王朝時代のことは王朝の治世として遠くにありますが、近代は頼朝公が臣下ながら初めて天下を取りました。もし、頼朝公の死去なく、その後の天下人、尊氏公も信長公も死去しなければ、どうなったでありましょう。ただ今、秀吉様が取っておられる天下はきっとなかったでしょう。ですから、死ほど人間にとって目出度いことはありません」

これを聞いた秀吉は非常に喜び、

「じつに汝が申す通りだ。いにしえの天下取りが、頼朝公をはじめとして、今も天下を維持していたなら、わしが天下の主にはなれなかったはずだ。すると、天下を取った、この楽しみはなかったであろう」

と感じ入って話した。

諸臣も顔を見合わせて安堵した。

千利休は秀吉の命により自刃した人物である。

利休の娘のおきんは京都の鵙屋に嫁いでいたが、歳若くして夫と死に別れ、実家に戻って貞女の道を歩んでいた。

天正十八年（一五九〇）三月初めのころ、秀吉は東山近辺に鷹狩に出かけた。供は佐々正孝、前波景当（ばかげまさ）、木下吉隆（きのしたよしたか）、それに小姓（こしょう）が三人ばかりだった。

一行は南禅寺の前から黒谷のあたりにさしかかっていた。秀吉が鷹を腕に据えたまま山際の細道を通りかかったとき、向こうから一人の女性が下女二人を召し連れて、山々の梢（こずえ）や花々を鑑賞しながら散策風にのどかに歩いてきた。

そのとき、木下吉隆が女たちの前に立ちふさがり、扇を広げて命じた。

「上様の御成りである。その笠帽子を脱げ」

下女二人は畏（かしこ）まって慌てて座り、頭を地面につけた。女性も驚いた様子だったが、落ち着いて笠帽子を脱いで、花が咲き乱れた木陰に身を引いた。

女性は年の頃三十ほどであろうか、白い小袖に金糸（きんし）にて花鳥風月の四文字が縫ってあった。長い裳裾（もすそ）を持ち上げながら、花の下に隠れようと歩み寄った。そのとき、背丈に及ぶ長い下げ髪がはらはらと揺れた。花木が揺れる陰で恥ずかしそうに秀吉のほうに視線を向けた。

秀吉は小姓を遣わし、

「何者であるか」

と下女に尋ねさせた。

下女は恐縮しつつ、

「千利休の娘でおきんと申し、鵙屋の後家です」

と答えた。

「おきんの美しさについては以前から聞き及んでいた。なるほど、美人の誉れ高いというのもまことであるな」

と秀吉は褒めたたえた。

そして、聚楽第に帰ってから、おきんに恋文を出し、聚楽第に招いた。

それに対し、おきんは、

「夫に先立たれ幼い子どもがたくさんいるなか、悲しみの涙はいまだ乾いておりません。お申し出にはお応えできませんこと、お許しください」

と返事した。

すると、秀吉は家臣の富田一白を利休のもとに遣わし、

「鵙屋の後家を秀吉公のもとに宮仕えさせるように」

としきりに誘った。

だが、父利休は承諾しなかった。

「娘を商売物にしてわが身を立て、出世したなら、恥辱以外の何物でもありません」

と宮仕えさせる気のない旨を使いに伝えた。

だが、秀吉のおきんに対する執心は消えるはずもなく、想いを遂げられぬまま心の底に深い傷となって残っていた。

かくして一年が経過した。

利休は大徳寺の古渓和尚と相談して、山門を再興して棟札を打った。そして、利休はおのれの木像を作り、これを山門に安置した。この木像は立像で、桐の紋の小袖八徳を着て、角頭巾を右に傾

け、尻切れ草履をはき、杖をついて遠見している。

この利休の所作は、秀吉の耳にも達した。秀吉はおきんとの苦い経緯もあり、山門の立像のことを聞いて怒りを覚えた。

天正十九年（一五九一）二月二十八日、秀吉は利休の宿所に使いを出した。

「大徳寺の山門の上に、己が木像に草鞋を履かせ安置した。この山門は天皇の行幸もある。親王、摂家も通る。その門の上にこのような所作は無礼、言語に絶する。また、茶道具の品定めにあたり依怙贔屓があると聞いている。よって、死罪を命じる」

使者からこの伝言を聞いた利休は少しも騒がず、いつものように座敷に茶の湯を仕かけ、花を活け、茶を点じた。弟子の宗巌にも常のごとく万事を申しつけた。茶の湯が終わると、床の上にあがり、たちまち切腹して果てた。

宗巌は利休の首を直裰（僧侶が着る衣）に包み、使者に渡した。

秀吉は石田三成に命じて、大徳寺の木像を引き出して柱にくくりつけ、利休の首を木像に踏ませた。それを一条戻橋に晒した。

「この話には後日譚があります」

と益軒は言った。

あるとき、秀吉が四、五人の侍女たちを連れて茶室に入った。蠟燭を立て炭を置くと、利休の亡霊が忽然と現れた。その影は黒い頭巾を被り、秀吉が炭をくべる様子を眺めていた。その目は異様に光り、息づかいには怒気を含んでいた。

秀吉は炭をくべ終わって、亡霊に、

「そのほう、頭巾を被ったまま、われらが炭をくべるのを見るのははなはだ無礼である」

と怒りながら、しばし睨(にら)みつけた。

すると、亡霊は床の間の脇に少し退いた。

この後、座敷に移動した秀吉は家臣で十五歳の堀直寄(ほりなおより)を呼び、

「利休の幽霊が茶室にいる。お前が行って叱りつけて参れ」

と命じた。

堀直寄は畏まって命令に従い、茶室に向かった。が、幽霊などいるわけがない。誰もいなかった旨を報告すると、秀吉は安心したらしく、堀直寄に紫の羽織を褒美として与えた。

「秀吉公ともあろうお方が、幽霊などに怖じ気づいたということか」

光之は言った。

「御意(ぎょい)。秀吉公にもこんな一面があったようです」

「今夜の話は面白かった。ところで、少し眠くなってきた。そろそろ寝所(しんじょ)にまいる」

光之は睡魔に襲われた様子だった。

「それではこの続きは、よろしければ明晩にいたしましょう」

「そうしてくれ。今夜は楽しかった」

そう言って、藩主は寝所に向かった。

益軒は平伏(ひれふ)しつつ藩主を見送り、やがて部屋を辞した。

第三十四夜　徳川家康　その二　苦労人が見せた温情と非情

この夜、筑前国福岡藩第三代藩主、黒田光之は福岡城内の一室に貝原益軒を呼んでいた。

「今日は来客が多くて疲れてしまった」

「それでは、すぐお休みになりますか」

益軒は聞いた。

「いや、そのほうの話が聞きたい。今宵(こよい)も何か肩の凝らない面白い歴史話はないか」

「では、今夜は徳川家康(とくがわいえやす)公のお話をいたしましょう」

「おお、戦乱の世を太平に導いた天下人だ。それは楽しみである。話してみよ」

光之は脇息(きょうそく)にもたれて益軒が語り始めるのを待った。

益軒はおもむろに話し始めた。


徳川家康は天文十一年（一五四二）十二月二十六日、三河岡崎城にて誕生した。母親の胎内に十二カ月いたといわれている。

家康が三歳のとき、父松平広忠と母於大の方が離縁した。この離縁はよんどころない事情によるもので、当人たちが進んで決意したのではなかった。

於大の方の実家の兄、水野信元は刈谷城主だが、それまでの今川氏との友好関係を断って、尾張の織田氏と誼を通じたのだった。今川と織田は犬猿の仲である。この信元の行動によって、於大の方との関係上、松平広忠も織田方に寝返ったと思われかねない。そこで、広忠は於大の方との離縁を決意して、妻を刈谷城に帰すことにした。

妻を帰す日、岡崎城から金田と阿部定次の二人は、十五名の家来を引き連れて出発した。

岡崎と刈谷の境にさしかかったとき、於大の方は金田と阿部の二人に、

「送ってもらい礼をいう。ここで家来ともども、早々に帰るがよい」

と言った。

それに対し、金田と阿部の両人は、

「殿の松平広忠様からは刈谷城まで供奉するように申し伝えられています。ここで帰るわけにはいきません」

と断った。

すると、於大の方は、

「私の兄の信元はひどく気の短い人で、もし城まで行けば皆、討ち殺されます。たとえ殺されなくても、髪を剃られて恥をかかせられるでしょう。私は竹千代（のちの家康）を岡崎城に置いてきました。もし竹千代の伯父の水野信元が皆に乱暴を働けば、竹千代が長じてからも恨みを持ち続ける

でしょう。私が皆を助けたいのは、竹千代に恨みが及ぶことを避けたいと思うからです」

と言った。

そこで、二人は刈谷城下の百姓を集めて於大の方を御輿（みこし）に乗せ、一同は林の中に移動した。しばらくすると、刈谷城から三百騎ばかりが迎えに現れた。迎えの者どもは具足を身に着けていた。これは、岡崎城から送ってきた者たちを討ち取るためだった。

於大の方は、

「送ってきた者たちはもう帰ってしまった」

と言った。

於大の方に助言された者たちは、命からがら岡崎に帰ったという。於大の方の的確にして情のこもった判断で、皆の命が救われたのだった。

「わが子の将来も案じた於大の方の配慮だな」

光之は感心の態（てい）で言った。

「左様（さよう）です」

益軒はそう応じた。

於大の方は家康と別れてから刈谷城で暮らした。天文十六年（一五四七）、水野信元の意向で知多郡阿古居（あこい）城の城主、久松俊勝（ひさまつとしかつ）に再嫁して、三男三女をもうけた。

家康にとって一腹の兄弟がなかったので、於大の方が久松俊勝のもとで産んだ三人の男子に松平の姓を与え、弟にした。それが松平康元（やすもと）、康俊（やすとし）、定勝（さだかつ）である。家康は本当の兄弟と変わらぬ親愛の情をかけた。

「母親、於大の方が大度量の配慮を示し、その影響を受けたようだな」

光之の感想だった。

「そのようでございます」

益軒は言った。

今川義元が桶狭間の戦いに敗れてから、遠江・駿河両国の国境近くにある山城の高天神城（現、掛川市）は徳川と武田両氏のせめぎ合いの舞台となった。

天正九年（一五八一）三月。前年十月からの家康による兵糧攻めが功を奏し、高天神城は落城寸前に追い込まれた。城将は岡部元信。さらに長く武田家家臣だった栗田寛久が、徳川方を牽制するために二年前の天正七年（一五七九）から、この城に配されていた。

家康はこの戦いに、幸若与三郎太夫という能楽の名人を兵士の慰安と士気の鼓舞のために連れてきていた。

高天神城がもはや落城寸前となったとき、城内から使いが出てきて、

「そちらの陣中に舞の名手がおられると聞き及んだ。それが城中で話題になっている。ついては、舞を一曲演じてもらえまいか」

と頼んだ。敗色は濃厚で、城兵はこの世の見納めに舞を所望したのだった。

この願いに家康は、

「憐れを感じさせる所望である。ひとつ、この状況にふさわしい舞を一曲舞ってみせるがよかろう」

と幸若太夫に命じた。

幸若太夫は畏まって、それではと城から見やすい場所に立つと、「高舘」の一曲を謡いながら舞った。「高舘」は、文治五年（一一八九）、衣川に面した高舘での源義経の最期を描いた幸若舞曲の代表作。いわゆる判官物である。

舞が始まると、城将の岡部元信が櫓に登って見物し、城兵たちも塀のそばに近寄り見物した。城の外と内から、兵士たちは戦いを忘れて舞を鑑賞した。

やがて、舞が終わった。幸若太夫が舞の場から消えても、城の内外は静まり返ったままだった。すると、門の扉が開けられ、城内から赤い羽織を着た若い武者が供を連れて出てきた。

「見事な舞でありました。お礼申し上げます。つきましては、心ばかりの品を差し上げたいと思います」

受け取ってくださいと、幸若与三郎太夫に、佐竹大方紙（常陸の佐竹氏に伝わる伝統和紙）を十帖と厚板の織物（帯地として厚地に織り出した絹織物）を贈った。

その翌日、城兵たちは城外に出てきて家康軍と戦った。そしてほとんどが討死して、高天神城は落城した。家康はこの戦いの勝利により、遠江支配の重要拠点を押さえたのだった。

「幸若舞を贈るなど、家康公も粋な計らいをみせたものだな」

光之は感心の態だった。

「まことに。人情の機微に通じた配慮と存じます」

益軒は言った。

「高天神城の能楽の場面こそ、能楽の新しい演目に加えてもよい舞台ではないか」

「左様に心得ます」

と益軒は言った。


「ところで、この能楽話には続きがあります」

と益軒は言った。

討死した城兵を家康が首実検した。その中に、薄化粧をした十七、八歳とおぼしき、お歯黒をし髪をなでつけにした男か女か見分けのつかない首があった。

家康は、

「その首の目を開けてみよ。まぶたを裏返してみて、白目ばかりが見えるのは女だ。黒目が見えるのは男だ。よく詮索するがよい」

と言った。

その助言に、首実検役の侍がまぶたを裏返したところ、黒目が見えたので男だと判断された。

「待て。この顔に見覚えがある」

と家康が言った。

家臣が進み出て、

「この者は昨日、礼品を届けに出てきた赤い羽織の若武者です」

と告げた。

「そうか、あのときの侍であったか」

家康は改めて感慨深げに顔を見つめた。

この赤い羽織の若武者は、栗田寛久が寵愛していた稚児小姓、時田仙千代という者だった。

「高天神城の戦いはある意味におきまして、三十九歳の家康公にとって天下分け目の戦でした。もし、ここで負けることがあれば、遠江を平定できず、また、武田方を勢いづかせ、信長公からの評価も下がっていたでしょう」

益軒は続けて、

「この能楽話には、さらに後日譚があります」

と益軒は言った。

「まだ何かあるのか」

光之は興味を示した。

「家康公は城の陥落後、わざわざある城兵の名をあげ、捜し出し連れてくるよう命じています」

「城兵？　誰だ」

「武者奉行の孕石元泰です」

「なぜ、その者を名指ししたのだ」

「これには因縁がありまして、話は家康公が今川家の人質になっていた時代にさかのぼります」

家康が今川家の人質となって過酷な日々を送っていたとき、幽閉された先の隣家が孕石元泰の屋敷だった。

「家康公はさんざん孕石から嫌味をいわれ、いじめられたといいます」

たとえば、家康が鷹狩(たかがり)に興じて、その鷹が捕った獲物を孕石邸の庭に落としてしまうことがたびたびあった。それを謝りつつもらいに出かけると、孕石は三河の小せがれがと罵倒し、見くだしたという。

「高天神城で生き残った城兵はわずかでした。いずれも助命されていますが、孕石元泰だけは家康公より切腹を命じられています」

益軒は言った。

「家康公の執念と非情を感じさせるな」

「御意(ぎょい)。家康公もよほど腹に据えかねていたのでしょう。激情から人を斬ってしまうことなどない方ですが、ひとたび怨念を抱くと、決して忘れない人であったようです」

益軒が感想をもらすと、光之はしばし感慨に耽(ふけ)った。

「今夜の話は面白かった。ところで、少し眠くなってきた。そろそろ寝所(しんじょ)にまいる」

光之は睡魔に襲われた様子だった。

「それではこの続きは、よろしければ明晩にいたしましょう」

「そうしてくれ。今夜は楽しかった」

そう言って、藩主は寝所に向かった。

益軒は平伏しつつ藩主を見送り、やがて部屋を辞した。

第三十五夜　足利義輝

剣豪将軍の最期

この夜、筑前国福岡藩第三代藩主、黒田光之は福岡城内の一室に貝原益軒を呼んでいた。

「今日は近来になく長時間、読書に耽って疲れてしまった」

「それでは、すぐお休みになりますか」

益軒は聞いた。

「いや、そのほうの話が聞きたい。今宵も何か肩の凝らない面白い歴史話はないか」

「では、今夜は足利義輝公のお話をいたしましょう」

「おお、足利十三代将軍だ。それは楽しみである。話してみよ」

光之は脇息にもたれて益軒が語り始めるのを待った。

益軒はおもむろに話し始めた。

足利義輝は剣豪将軍の異名を持っている。

「これは義輝公が剣豪として知られた塚原卜伝から剣術を習ったためといわれています」

益軒は言った。

「卜伝といえば、卜伝流の剣の使い手と聞いている。どんな剣豪なのだ」

光之は聞いた。

塚原卜伝（一四八九～一五七一）は、常陸の鹿島神宮神官、卜部覚賢の次男として生まれた。のちに塚原安幹の養子となる。鹿島の古伝である刀法（天真正伝香取神道流）を学び、鹿島神宮に籠もって修行と工夫の末、新剣術を創案した。これが「一の太刀」で、新当流（卜伝流）と称される。

「義輝公は新当流の祖、塚原卜伝から剣術の指南を受け、奥義一の太刀を伝授されたといわれています」

益軒は言った。

「その一の太刀とはいかなる剣術なのか」

光之は聞いた。

「修行を積み、剣の奥義を究めた者でしかわからない剣法ですので、私も理解が及びかねるのですが、卜伝流は別名、無手勝流ともいわれます」

卜伝には次のような逸話が伝わっています、と益軒は話し始めた。

あるとき、塚原卜伝は琵琶湖の渡し船で若い剣士と乗り合わせた。若武者は剣術の腕を声高に吹聴していた。自慢話をしているさなか、卜伝が乗っているのを知ると、このときとばかり剣豪として名を馳せている卜伝に決闘を挑んできた。卜伝と闘い、さらに倒せば若武者の名声は否が応でも上がる。

「いざ、尋常に勝負」

血気にはやる若武者は、今にも卜伝と一戦交えようと構えた。

卜伝は他の乗船客に迷惑がかかってはならないと考え、近くの小島で決闘することを約束してなだめた。

二人は小舟に乗り移り、小島に近づく。

そのとき、戦いを急ぐ若武者は、浅瀬に飛び降りて岸にあがり、

「いざ、勝負。勝負」

と刀の柄に手をかけて身構えた。

このとき、卜伝は船頭から竹竿を借り受けて岸辺を突いた。すると、みるみる小舟は岸辺から離れた。

「戦わずして勝つ。これぞ無手勝流だ」

と卜伝は高笑いした。

岸に残された若武者は切歯扼腕して悔しがったが、あとの祭りだった。

「卜伝は血気にはやる若武者の剣を戒めたかったのだと思います。策略で勝つのも剣法です」

益軒は言った。

「左様か。だが、いつも竹竿の法が通じるとも限らないだろう」

光之は聞いた。

「御意。卜伝の剣は実戦で鍛えた剣ですので、一の太刀は戦いの場にあって、それ一つしかない選

択の余地のない必殺の剣といわれるようです」

一刀で倒す剣です、と益軒は言った。

「妖術の剣だな」

「左様にございます。卜伝は新当流を掲げて諸国を武者修行しました」

その途上で将軍義輝に一の太刀を伝授したといわれている。


「義輝公の生涯は、剣豪将軍の勇ましい名声とは裏腹に、危うくも苦しい生活が続きました」

益軒は言った。

足利義輝が父義晴のあとを受けて十三代将軍に就いたのは天文十五年（一五四六）十二月二十日、十一歳だった。

翌天文十六年（一五四七）七月、それまで権勢を誇ってきた細川晴元は、足利義晴・義輝父子に攻撃を仕かけた。勝軍地蔵山城（現、京都市左京区）に籠もっていた義晴・義輝父子は城を焼き払って、近江坂本（現、大津市）に逃亡した。かくして、細川晴元が天下の大勢を握るかに見えたが、天文十八年（一五四九）六月、三好長慶が細川晴元派の三好政長を摂津江口（現、大阪市東淀川区）で破った。晴元は苦境に立たされ、和解が成っていた足利義晴・義輝ともども東坂本（現、大津市）へ落ちのびた。ここに晴元の天下は崩壊し、三好長慶が台頭した。

翌天文十九年（一五五〇）五月、足利義晴が穴太（現、大津市）で死去した。享年四十だった。

以後、足利義輝、細川晴元、三好長慶らによる目まぐるしい離合集散が繰りかえされる。戦闘、陰謀、暗殺などが日常茶飯となり、政情不安は続いた。やがて義輝と三好長慶の間に和睦がなり、義輝は天文二十一年（一五五二）一月、京都に戻った。

だが、それもつかの間、翌天文二十二年（一五五三）八月、将軍擁立をめぐって暗闘が起こり、三好長慶が二万五千の大軍を率いて上洛。戦いの末、義輝は杉坂（現、京都市北区）に逃れ、さらに丹波から朽木谷（現、滋賀県高島郡）へと移動する。

以後、永禄元年（一五五八）までの五年間をこの地で過ごす。将軍は人里離れた谷間での生活を余儀なくされた。その間、三好長慶が京都を支配した。

「足利将軍とはいえ、名ばかりの将軍だな」

光之は感想をもらした。

「左様です。義輝公は二十年間にわたり将軍職にありました。傀儡将軍として不運な身の上を嘆きながらも、権威を回復すべく、その機会を虎視眈々と狙っていました」

益軒は言った。

やがて、将軍義輝と三好長慶との間に和解が成立し、永禄元年（一五五八）十一月、義輝は京都に戻ることができた。

「このとき、義輝公は歓喜のあまり、御所の庭に立って誰はばからず喚声をあげたと伝えられています」

「亡命生活がよほどこたえていたようだな」

光之は同情の態だった。

永禄二年（一五五九）二月、天下をうかがう織田信長が上洛し、義輝に拝謁する。さらに四月には上杉謙信が入洛し、義輝に拝謁した。翌永禄三年（一五六〇）五月、桶狭間の戦いで織田信長は今川義元を破った。永禄五年（一五六二）一月には、織田信長と徳川家康が同盟関係を結んだ。さらに、永禄七年（一五六四）八月、武田信玄と上杉謙信が川中島で最後の戦い（第五次）に臨んでいる。

「じつに義輝公の在位中こそ、戦国時代の縮図。天下統一への長い序章だったと申せましょう」

益軒の認識だった。

永禄七年（一五六四）七月、三好長慶が四十三歳で病死した。将軍義輝が帰京して六年後だった。重石となっていた武将が死に、義輝はこの機をとらえ、復権に向けて動き出した。以前、鉄砲と火薬の秘伝書をもらった豊後の大友宗麟（義鎮）や、火薬調合の秘伝書を贈った越後の上杉謙信などに接近し始めたのだった。

この動きを素早く察知したのが、三好長慶の家臣だった松永久秀だった。松永久秀とその一派である三好三人衆（三好長逸、三好政康、岩成友通）は、足利義栄（義輝の従兄弟）を新将軍にしようと画策していて、将軍の権威を取り戻そうと奮闘する義輝は邪魔な存在でしかなかった。

永禄八年（一五六五）五月十九日卯の刻（午前六時ごろ）、雨の降る中、松永久秀と三好三人衆の軍勢一万三千騎が義輝の御所（室町中御門第）を襲った。一方、守る義輝のほうの兵士は七百五十ほどに過ぎない。巳の刻（午前十時ごろ）には、松永軍は御所の大手、大門口を攻略し、中門に攻め入る勢いである。

この状況に、義輝の家臣、河端輝綱は、

「代々足利家に伝わります鎧をお着けください」

と鎧を義輝に用意した。小袖と名のついた鎧だった。

しかし、義輝は、

「この鎧は朝敵を退治するときに使う物。別の鎧を用意せよ」

と命じた。

が、このとき、敵は中門を破って侵入して来た。すでに火がまわっている。

それを見た義輝は、

「天命、これまでなり」

と小袖の鎧を身に着け、刀を手に取った。

やがて、松永軍が攻め入り、義輝も長刀と刀で応戦した。新当流の剣術を使って、攻め入る敵を次々になぎ倒して奮戦した。だが、多勢に無勢をさとると奥座敷に向かい、そこで自害した。河端輝綱が介錯を務め、顔を割って火の中にくべ、みずからも切腹した。このため、松永軍は義輝の首を取ることができなかった。

「義輝公は御所の戦いで卜伝から伝授された無手勝流を使わなかったのか」

光之が聞いた。

「どういう意味でしょうか」

「戦わずして逃げる策もあったのではないか」

「ありました。その上、義輝公の母の慶寿院は戦うのをやめて逃げるよう勧めたといいます」

「だが、逃げなかったのだな」

「義輝公は公方らしく、家臣たちの前で死ぬといって戦いました」

「その意味では新当流を伝授された剣豪といえるな」

「御意。まさに剣豪将軍です。死にざまにこそ人の価値もわかるというものです」

益軒が感想をもらすと、光之はしばし感慨に耽った。

「今夜の話は面白かった。ところで、少し眠くなってきた。そろそろ寝所にまいる」

光之は睡魔に襲われた様子だった。

「それではこの続きは、よろしければ明晩にいたしましょう」

「そうしてくれ。今夜は楽しかった」

そう言って、藩主は寝所に向かった。

益軒は平伏しつつ藩主を見送り、やがて部屋を辞した。

第三十六夜　長宗我部元親　四国の覇者の栄枯盛衰

この夜、筑前国福岡藩第三代藩主、黒田光之は福岡城内の一室に貝原益軒を呼んでいた。

「今日は領民たちの声を数多く聞いて疲れてしまった」

「それでは、すぐお休みになりますか」

益軒は聞いた。

「いや、そのほうの話が聞きたい。今宵（こよい）も何か肩の凝らない面白い歴史話はないか」

「では、今夜は長宗我部元親（ちょうそかべもとちか）のお話をいたしましょう」

「おお、四国の覇者だ。それは楽しみである。話してみよ」

光之は脇息（きょうそく）にもたれて益軒が語り始めるのを待った。

益軒はおもむろに話し始めた。

長宗我部元親の幼名は弥三郎（やさぶろう）。背は高いものの、色白でひ弱な体型で、人との挨拶も満足にできない内向的な性格だった。家臣たちは陰で、「姫若子（ひめわこ）」と揶揄（やゆ）した。

永禄三年（一五六〇）五月、二十二歳で初陣を飾った。父国親とともに、仇敵本山茂辰（土佐郡朝倉城主）を長浜に攻めたときだった。この一連の戦いのさなかに、父が急死を遂げた。

家督を継いだ元親は勇猛果敢に戦い、「姫若子」を返上して「鬼若子」の異名をとった。これは戦いの前に、家中でも名だたる歴戦の勇者から、槍の使い方や大将の心得を習って戦場に臨んだからだった。元親はその教え通りに奮戦し、家臣たちから、知謀と勇気を兼備した大将の才ありと評価が高まった。

この勢いに乗り、元親は各地を転戦して、天正三年（一五七五）、土佐一国を手中におさめる大名に成長し、「土佐の出来人」と称賛された。

ある日、元親は客に親しく対応した。

「われらが家中には特別の鉄砲隊はいません」

と元親が言った。

「では、戦場で鉄砲は使わないのですか」

と客は聞いた。

「いえいえ、家中の侍たちは戦場において、鉄砲を持たない者は一人としてありません。武者が百人出陣すれば、鉄砲は百挺あります。いわば全員が鉄砲隊なのです」

合戦で勝利を得るうち、三度に二度は鉄砲で打ち崩して勝って、槍の柄を握ることは稀だったと元親は説明した。家中ではもっぱら鉄砲の技の習得に努めていた。

「家臣の内蔵助も弥次郎兵衛も鉄砲の使い手です」

「なるほど。それほど徹底されているのですか」

客はその名前を聞いて驚いた。

いずれも長宗我部家中の家老である。家老ですら鉄砲の使い手なのだった。

さらに元親が土佐から四国全土をうかがう勢いを示す背景には、「一領具足」と呼ばれる民兵組織があった。いつ合戦が始まってもいいように、郷士（農業に従事する下級武士）は、農作業中も槍の柄に草鞋や兵糧をくくりつけて畦に立てていた。常在戦場で、いざ合戦となれば具足一領、馬一匹で駆けつけたのである。


元親が四国全土を征服すべく兵を挙げようとしたとき、弓箭（弓と矢）が折れる夢を見た。これをひどく気にした元親は土佐の一宮に出向き、神職の谷忠兵衛（忠澄）という者に会った。

「夢見が悪い。この不祥を祓い、わしの志が遂げられるよう祈ってくれ」

と祈禱を依頼した。

すると、忠兵衛は、

「これこそ四国御征伐のため、じつにめでたいお夢にございます」

と言った。

「どういう意味だ」

元親は怪訝そうに問い返した。

「殿が向かうところ敵はなく、弓も矢も必要ないということを神が告げたのです」

祈禱など必要ありません、と忠兵衛は答えた。

「それはもっともである」

と元親は考え、神社をあとにして城内で陣を整え、兵を挙げた。忠兵衛はそのまま元親に仕えた。元親は四国全土にわたり快進撃を続けた。

破竹の勢いの元親は、天下人になった織田信長から四国征服を止め、臣従するように命じられた。元親がこれを拒否したため、天正十年（一五八二）、信長は軍勢を整え、元親への攻撃を本格化させようとしたが、その矢先、信長は本能寺の変に斃れ、元親は事なきを得た。

元親の進撃は続き、ついに天正十三年（一五八五）、四国をほぼ平定した。ところが、今度は豊臣秀吉が元親に臣従を求めた。元親は臣従を勧める忠兵衛の忠告を聞かず、降参する意志はまったくなかった。この動きに秀吉は四国征伐を決意し、阿波に兵を遣わした。

忠兵衛が元親をさらに諫めると、

「ならば、そのほうが上方に行き、秀吉にじかに対面して、兵の強弱も偵察しつつ話をしてくるがいい。その後、いかようにも判断しよう」

と忠兵衛に上方行きを命じた。

かくして、忠兵衛は上方に出向き、秀吉方の強大な武力を目の当たりにした。敵にまわすのは危険極まりないと認識した。

そこで、秀吉に面会したとき、

「私は殿に服従する目的のための使いとしてまいりました。つきましては、四国全土を領地として賜り、殿の御麾下に入り、忠義を尽くしたく存じます」

と平伏しながら言った。

これを聞いた秀吉は激怒し、

「これまで降伏するよう何度も催促したにもかかわらず、聞き入れなかった。そんな者を容赦するはずがない。すぐにでも長宗我部元親の首を刎ねる。四国全土を欲しいなどもってのほかだ」

と強い口調で責めた。

忠兵衛は平伏しながら、

「これは天下を制した殿とは思えぬお言葉。降参して忠功を尽くそうと申し出ている元親を殺す道理はどこにもありません。お許しください」

と低頭して詫びた。

すると、秀吉も少し軟化し、

「それでは土佐一国だけは与え、命は助けてやる。だが、四国全土の領有などというたわけた望みを聞くわけにはいかない」

と申し渡した。

「それでは、いかがでしょう。伊予は殿に差し上げます。しかし阿波と讃岐は、土佐を平定したのと同様に、苦難続きの末にわれわれが平らげた土地です。どうぞ、わが領地としてお与えください」

と忠兵衛は食い下がった。

「馬鹿を申せ」

秀吉は土佐一国の安堵以外、一切許さなかった。

忠兵衛は土佐に戻り、秀吉との折衝をありていに伝えた。すると、元親は色をなして怒り、

「お前は秀吉に欺かれたのか。敵に恐れをなして、そんな話に乗るとは臆病の極みである。何があって秀吉に降参しようか。秀吉と戦うため急いで兵を挙げよう」

と今にも出陣の勢いを示した。

「殿、それはなりませぬ。秀吉公の武力は強大で、とても対等に戦える相手ではありません。ここは冷静になって、秀吉公に仕えるのが得策と存じます。土佐一国だけでも領地として保つのが、長宗我部家の末永い安泰の方策かと存じます」

そうでなければお家は滅びます、と忠兵衛は強く諫めた。

元親は怒りがおさまらないものの、忠兵衛の忠告に従った。このため、長宗我部家を潰さずにすんだのだった。


このように勇猛な元親ではあったが、農民に対する配慮もあった。

元親が四国を平定中、敵の領地で兵糧攻めをしているとき、足軽に麦の収穫を命じた。

「麦を全部刈らずに半分残せ」

と通達した。

「何も遠慮することはありません。全部刈りましょう」

と家臣は不満をもらした。

「いや。麦を育てたのは農民だ。敵地といえども農民を悲しませてはならない」

と言った。

これを聞いた農民たちは元親の人物を評価し、感謝したという。


秀吉に臣従した元親は天正十四年（一五八六）、嫡男信親（のぶちか）とともに秀吉の九州遠征に従軍した。その進軍中、豊後戸次川（へつぎがわ）の戦いで島津軍と激突し、二十二歳の信親を失った。

「信親の戦死の報に、元親は失意のあまり自分も死のうとしました」

益軒は言った。

「当主が死んでは長宗我部家の未来はないではないか」

光之は聞いた。

「よほど嫡男の死がこたえたのでしょう。それだけ、信親への期待が強かったものと思われます」

「だが、合戦で子どもを失うのは珍しいことではない」

「御意（ぎょい）。信長公に盾つき、秀吉公に刃向かった元親の抵抗心は尋常ではありませんでした。ですが、嫡男の死で魂が抜けてしまったようです」

元親は後継者選びでも四男（盛親（もりちか））を推し、家中を混乱させた。それは結果として、関ヶ原の戦いののち、長宗我部家の改易へとつながった。

「人が平常心を保つのは容易なことではないが、元親のような勇将でも、喪失感が人生や治世を狂わせるのだな」

光之はしばし感慨に耽った。

「今夜の話は面白かった。ところで、少し眠くなってきた。そろそろ寝所にまいる」

光之は睡魔に襲われた様子だった。

「それではこの続きは、よろしければ明晩にいたしましょう」

「そうしてくれ。今夜は楽しかった」

そう言って、藩主は寝所に向かった。

益軒は平伏しつつ藩主を見送り、やがて部屋を辞した。

第三十七夜　荒木村重　謀叛、逃亡、流転の人生

この夜、筑前国福岡藩第三代藩主、黒田光之は福岡城内の一室に貝原益軒を呼んでいた。

「今日は遠来の客を多数もてなして疲れてしまった」

「それでは、すぐお休みになりますか」

益軒は聞いた。

「いや、そのほうの話が聞きたい。今宵も何か肩の凝らない面白い歴史話はないか」

「では、今夜は荒木村重のお話をいたしましょう」

「荒木村重か。当家とも因縁浅からぬ武将だ。話してみよ」

光之は脇息にもたれて益軒が語り始めるのを待った。

益軒はおもむろに話し始めた。

元亀四年（一五七三）三月下旬、荒木村重は近江の逢坂（現、大津市）で織田信長に初めて会った。

これより前の二月十三日、十五代将軍足利義昭は織田信長打倒の兵を挙げた。武田信玄や大坂石

山本願寺、三好三人衆（三好長逸、三好政康、岩成友通）、浅井長政、朝倉義景などと信長包囲網を形成し、討伐の自信を深めたのである。

これに対し、信長は柴田勝家や明智光秀、丹羽長秀らを率いて出陣し逢坂に至った。

逢坂は百人一首で蟬丸によって、

「これやこの行くも帰るも別れては知るも知らぬも逢坂の関」

と詠まれた山城国と近江国の国境となる要衝の地である。

荒木村重が信長に初めて謁見したとき、信長はいきなり抜刀し、盆に盛られた饅頭を刀で突き刺した。

「これを食ってみろ」

と村重の眼前に饅頭を突きつけた。

部屋の空気は凍りついた。居並ぶ重臣たちが見守る中、村重は少しも騒がず、

「ありがたく頂戴つかまつります」

と切っ先の饅頭を口にくわえた。

信長は満足そうに笑って上機嫌だった。

この後、村重は七月に山城国宇治槇島城に立て籠もった足利義昭を攻めた。信長の期待にたがわず武功を挙げ、信長を喜ばせた。

翌年、村重は伊丹氏の支配する摂津伊丹城（のちに有岡城と改名）を落とした。信長はその働きを評価して摂津国を与え、摂津守とした。

信長のもと、数々の戦功を挙げていた村重であったが、天正六年（一五七八）十月、信長からあらぬ疑いをかけられた。村重の部下の兵が、米を横流しして石山本願寺に売ったという噂が流れたのである。

信長は石山本願寺との長期に及ぶ苦しい戦いのさなかで、その敵に兵糧を送るなど、絶対に許されない背信行為だった。村重はこの疑惑を払拭することはできないと考え、信長からの離反を決意する。

驚いたのは信長だった。有岡城を与え、厚く遇しているにもかかわらずの離反だった。

「何が不足か」

と怒りつつも、当惑を隠せなかった。

そこで、信長方から明智光秀、松井友閑らが使者として有岡城へ説得に出向いた。

「おぬしの母を人質として差し出せば赦されるだろう」

村重も一時はこの説得に応じ、釈明のため信長のいる安土城に向かった。

だが、途中で重臣から、

「信長は一旦は赦しても、いずれ禍の手が伸びるでしょう」

と諫められ、引き返すことになった。

黒田官兵衛も有岡城へ説得に赴いたが、不調に終わっている。逆に村重は官兵衛を地下牢に監禁。以後一年にわたり幽閉された官兵衛の頭髪は抜け落ち、足は萎え、生涯不自由をかこつことになった。

有岡城に遣わした黒田官兵衛が帰って来ないのを、荒木方に寝返ったと思い込んだ信長は激怒。官兵衛の子の松寿丸（のちの長政）の処刑を秀吉に命じた。秀吉は当時、松寿丸を人質として預かり、近江長浜城で養育していた。

このとき竹中半兵衛の機転で、松寿丸は家臣の邸に匿われ、信長には処刑したと偽りの報告を行っていた。のちに有岡城が陥落し、官兵衛への疑いが晴れてのち、生きていることが明らかになった松寿丸は姫路城に帰されることになる。

「もしあのとき、松寿丸が処刑されていたなら、わしはこの世にいないわ」

光之は言った。

「御意。まさに、竹中半兵衛殿の機略の一語に尽きます」

益軒はそう応じた。

さて、信長に謀叛を起こした村重は石山本願寺の顕如や毛利氏と結んで、信長への敵対を鮮明にし、有岡城に籠城した。

籠城戦は一年ほど続いたが、その間、村重配下の高山右近や中川清秀らが信長方に走り、毛利の援軍も来なかった。

そこで村重は天正七年（一五七九）九月、家族や家臣を見捨てて、数人の従者とともに、嫡男村次のいる尼崎城に脱出した。しかし、この城でも籠城に耐えられず、村重はふたたび脱出し、安芸の毛利氏のもとに逃亡した。

この村重の一連の離反に対して、信長の怒りと憎悪は爆発し、その矛先は一族郎党だけではなく、召使にも向かった。有岡城に残っていた婦女子など百二十余人を尼崎七松(ななまつ)で磔(はりつけ)にして殺害。さらに、捕らえた五百余人を火あぶりにし、荒木一族の三十余人は京都六条河原で処刑した。

「村重はおのれが有岡城から逃げれば、妻子や郎党が悲劇に遭うのは想像できたはずだ。なぜ逃げたのだ」

光之は聞いた。

「さて、私にも理由はわかりません。援軍を求めに城を出たという話もありますが、それなら誰かを使いに走らせればすむことです」

益軒にも、どうしても理解できなかった。

村重の行為は明らかに敵前逃亡である。妻子と家臣を見捨てたのは武士にあるまじき生き方だった。


その後も信長による村重追討は続いたが、天正十年(一五八二)六月、本能寺の変で信長は横死(おうし)した。そのころ、村重は出家剃髪(ていはつ)し、「道糞(どうふん)」と名乗って諸国を遍歴していたという。

やがて堺に住み、千利休(せんのりきゅう)に茶道を習い、茶の湯の世界に浸った。そして、茶人として秀吉に仕えた。秀吉は、「道糞」ではあまりに卑屈過ぎるとして、「道薫(どうくん)」の名を与えた。

「秀吉公は村重を許した。その真意はどこにあるのだろうか」

光之は疑問を投げかけた。

「よくわかりませんが、村重には凡人にはない茶の湯の技があったものと思われます。さらに推測しますに、村重を子飼いにして、諸将におのれの政治的度量を示したのかもしれません」

益軒は答えた。

村重は千利休の高弟に数えられ、蒲生氏郷、高山右近、細川忠興、古田織部などとならんで、利休七哲の一人と称せられた。

「村重は有岡城から脱出の際、武野紹鷗由来の茶壺、それに、大名物である荒木高麗と称する茶碗を肌身離さず逃亡したとも伝えられています」

益軒は言って、言葉を継いだ。

「茶の湯の世界に通じた武将に松永久秀も知られています」

松永久秀所蔵の茶釜に「平蜘蛛の釜」がある。蜘蛛が地べたにへばりついたような平べったい奇形の釜である。名物茶釜で武将たちの垂涎の的だった。信長はこれを強く所望したが、松永久秀は譲渡を拒否。釜を叩き壊し、信貴山城に火を放って自害した。

「それにしても、主家を乗っ取るといい、信長公への謀叛といい、茶の湯好きといい、よくよく荒木村重は松永久秀と似ているな。瓜二つだ」

「御意。ただ、荒木村重には自殺説もささやかれています。もしそうなら、その死にざまが決定的に違います。松永久秀はおのれの宝と潔く自害していますが、荒木村重は逃亡し、生き恥をさらした末の自殺です」

「秀吉公との間に、何かあったと考えられるな」

「記録には残っていません。千利休が秀吉公から切腹を命じられたのと同様のことが起こったのではないかと想像されます」

益軒は言って続けた。

「救われるのは村重の播いた種がその後、花開いたことです」

「何があったのだ」

「あの有岡城から、二歳になる村重の子どもが乳母に抱かれて救い出されています。その子は長じて浮世絵師の祖、岩佐又兵衛(いわさまたべえ)になりました」

「そうか、それは救われる」

光之はしばし感慨に耽(ふけ)った。

「今夜の話は面白かった。ところで、少し眠くなってきた。そろそろ寝所(しんじょ)にまいる」

光之は睡魔に襲われた様子だった。

「それではこの続きは、よろしければ明晩にいたしましょう」

「そうしてくれ。今夜は楽しかった」

そう言って、藩主は寝所に向かった。

益軒は平伏(ひれふ)しつつ藩主を見送り、やがて部屋を辞した。

第三十八夜　大友宗麟　幻に終わったキリシタン王国

この夜、筑前国福岡藩第三代藩主、黒田光之は福岡城内の一室に貝原益軒を呼んでいた。

「今日は城外を視察して疲れてしまった」

「それでは、すぐお休みになりますか」

益軒は聞いた。

「いや、そのほうの話が聞きたい。今宵も何か肩の凝らない面白い歴史話はないか」

「では、今夜は大友宗麟のお話をいたしましょう」

「大友宗麟か。九州を代表するキリシタン大名だ。話してみよ」

光之は脇息にもたれて益軒が語り始めるのを待った。

益軒はおもむろに話し始めた。

大友氏の出自は源頼朝の庶子にさかのぼるといわれる名門である。以来、二十一代の宗麟（義鎮）まで三百余年にわたり豊後を支配してきた。

だが、宗麟の代になって家督争いが生じた。父義鑑を中心に、幼少時から乱暴者だった宗麟を外して、異母弟の塩市丸を家督相続者に推す動きがあったのである。

天文十九年（一五五〇）二月、宗麟が別府温泉に出かけている間に、宗麟派と反宗麟派が戦い、反宗麟派は粛清され、義鑑も負傷して二日後に死去したとされる。その結果、宗麟が二十一歳で家督を継ぎ、国主に就いた。

その後、宗麟は周辺の反大友勢力を制圧し、九州への進出を図る毛利元就との戦いも制して領土を拡大した。永禄二年（一五五九）、足利将軍より豊後、豊前、筑後、筑前、肥後、肥前の計六カ国の守護職を得た。薩摩の島津氏と肥前の龍造寺氏とならんで九州を三分する中、その武威と巧みな領国経営で最大勢力を誇った。

また、南蛮貿易で経済力をつけ、中国・明からの貿易船もたびたび来航していた。大砲を最初に輸入するほどの財力だった。

弘治三年（一五五七）には、ポルトガル人の商人にして医者のアルメイダに土地を提供して病院を建てさせた。わが国で初めての病院で、西洋医学の導入だった。

永禄年間の末、宗麟は織田信長に使者を派遣した。その後、信長より「鬼月毛」という名の名馬を贈られた。

この馬は丈が八十九寸（約二メートル七十センチ）と大型馬だった。骨が太く、筋肉は盛り上がり、目が朱の色に燃えている。常に怒ったようにいなないて、歯を食いしばっていた。四本の足を終始動かして、人も馬も寄せつけずに飼い葉を食べた。
宗麟の家臣に小笠原大学兵衛（おがさわらだいがくひょうえ）という者がいて、宗麟は小笠原にこの馬に乗るように命じた。

そこで、舎人（とねり）（馬を世話する従者）が十人ほどで、鬼月毛を馬場に引き出そうとした。だが、大鐘を撞（つ）くような音をたてて足を踏み鳴らし、口には白泡をふいて暴れた。やがて馬場に出たものの怒りはおさまらず、いななき、激しく前足を宙に泳がせた。宗麟はじめ、家臣や町人たちは、ただただ暴れ馬の様子を見守るばかりだった。

小笠原大学兵衛は六尺（約一メートル八十センチ）の偉丈夫だった。しばらく馬を見ていたが、隙を見て手綱を摑（つか）むと、目にもとまらぬ素早さで鬼月毛に打ち乗った。あれほど暴れていた馬を手なづけ、常歩から速歩まで、秘術を尽くして乗りこなした。その手綱さばきに、宗麟はじめ見物者はみな目を瞠（みは）った。

馬は七町（約七百七十メートル）余りある馬場を、人が息を四、五回する間に一気に駆け抜けた。驚くような駿馬（しゅんめ）だった。

宗麟の家臣には、このような馬使いの名人をはじめ、随所に才にあふれた人材が豊富で、大友家の隆盛に貢献した。

また宗麟は名馬鬼月毛を信長から贈られるほど親密だった。信長から武将として買われていた一つの証（あかし）である。しかし信長との縁は、天正十年（一五八二）六月の本能寺の変による信長の死によって終わりを告げた。

豊後岩屋の地主、岩屋重氏は宗麟の家臣である。岩屋は狩猟をことのほか好み、あるとき、鹿を射とめようと思い立ち、一人で山に出かけた。そして、岩壁のところで鹿を見つけて射ようと構えたところ、足を踏み外して急な岩肌を落ち、岩壁のせり出した場所で止まった。踊り場のような場所で、上下左右どちらにも行き場がなかった。

岩屋が万事休すと覚悟したとき、一匹の老猿が現れ、崖の上からのぞいていたが、まもなく姿を消した。しばらくすると、老猿は数匹の猿を連れてきた。猿たちは手に蔓を持っていて、それらを崖の下に落とした。

岩屋は喜び、蔓を一本につないで綱としたものを上に伸ばした。これを見た猿は、蔓の綱を崖上の木につなぎ、そこで岩屋はこの綱を登って助かった。

岩屋が崖の上で一息つくと、群れていた猿はことごとく去って行ったが、老猿だけはその場に残っていた。やがて、岩屋が立ち去ろうとすると、老猿は親しそうにあとについて来た。さらに行くと、老猿はなおもついて来た。岩屋が追い払ってもついて来るので、岩屋は煩わしく思い、ついに弓を射て老猿を殺してしまった。

この話を聞いた宗麟は、岩屋重氏を呼んで仔細を問いただした。

宗麟は、翌日、

「重氏は老猿に対して、人が天地、父母、主君に対して感じる大恩を感知していない。その無神経は禽獣にも劣る」

として、使いをたてて岩屋重氏に切腹を命じた。だが、

「重氏の子には関係ない話だ」

として、所領は安堵した。

重氏の子孫は老猿に感謝しつつ、その祟りを恐れ、社を建てて山王権現と号し、厚く祀ったという。


宗麟は天正六年（一五七八）七月に洗礼を受け、四十九歳でドン・フランシスコの洗礼名を得た。豊後府内（現、大分市）でフランシスコ・ザビエルに会ってから、二十七年が経過していた。名実ともにキリシタン大名になった。入信に長年の月日を要したのは、熱心な仏教徒だった妻（奈多氏）の反対を抑えられなかったからである。その妻と離縁し、キリシタンの新妻（洗礼名、ジュリア）を迎えた。


これを機に宗麟は動いた。かねてから計画していた島津征伐のため、出陣しようとしたのである。しかし、家老で軍師の角隈石宗は反対した。

「薩摩や大隅はわれわれにとって不案内の土地です。まず、修行僧か商人を潜伏させて調べ、地図を作る必要があります。道の具合、城の配置を知った上で兵を出すのが得策かと存じます」

と進言して、続けた。

「私が聞き及んでおります島津の先祖は頼朝卿の側室に発します。大友家もまた、その先祖は頼朝卿の庶子を源といたします。つまり、島津と大友は兄弟なのですから、親しく和睦するのが筋なのです。さらに申せば、今年は親方様にとりまして、あまりよい年回りではありません。勝利を得る年ではないのです」

しかし、宗麟は諫言に耳を貸さず、この年の八月に出陣した。豊前、筑前、筑後の諸城主も催促に応じて進軍。日向に都合、四万三千の大軍が集結した。

一方、島津義久は二万五千の軍勢を率いていた。十一月、両軍は耳川を挟んで対峙した。

十一月十日、両軍は本格的に決戦に臨んだ。激戦が続く中、豊後の先陣、佐伯惟教父子三人をはじめ、田北鎮周、角隈石宗らの主だった武将が討死し、ここに大友方は総崩れとなって敗走。耳川の戦いにおいて、死傷者二万人を数える惨敗を喫してしまう。

「数の上で圧倒的に優位を誇る宗麟が、なぜ簡単に敗退したのだ」

光之が聞いた。

「理由はいろいろ考えられます。耳川の戦いの前に高城の攻略に失敗していることもありますが、宗麟が陣の前線に立たなかったのが大きいと思われます」

益軒は言った。

「大将なのに、宗麟は何をしていたのだ」

「同行したキリシタンの新妻や宣教師とともに祈禱三昧に耽っていました」

「祈禱か……。それでは、兵士たちの士気は下がるだろう」

「宗麟が家督を継いだころの潑剌とした勇猛ぶりと優れた戦略が微塵もありませんでした」

益軒はさらに言葉を継いだ。

「宗麟の日向への進軍は、島津討伐のほかにもう一つ目的があったようです」

「何をしようとしたのだ」

光之は聞いた。

「日向の地にキリシタン王国という理想郷を築こうとしたようです」

「そうか。それも夢と消えたようだな。それにしても、九州六国を預かる太守であったのに、宗麟の病没後、息子の代で大友家はあっけなく潰れてしまったな」

「宗麟には、家臣や一門の妻女を奪って好色に耽るという目に余る所業がありました。そのため一門内で争いが絶えませんでした。また島津討伐の遠征の過程で、神社仏閣を破壊しつつ進軍した経緯がありますす」

耳川の戦いの惨敗は神罰が下ったとも言われています、と益軒は付け加えた。

「そうか。身は清く保たねばならないな」

光之はしばし感慨に耽った。

「今夜の話は面白かった。ところで、少し眠くなってきた。そろそろ寝所にまいる」

光之は睡魔に襲われた様子だった。

「それではこの続きは、よろしければ明晩にいたしましょう」

「そうしてくれ。今夜は楽しかった」

そう言って、藩主は寝所に向かった。

益軒は平伏しつつ藩主を見送り、やがて部屋を辞した。

第三十九夜　豊臣秀頼　あまりにも深すぎた母子の情愛

この夜、筑前国福岡藩第三代藩主、黒田光之は福岡城内の一室に貝原益軒を呼んでいた。

「今日は城壁の改修見回りや乗馬の稽古で疲れてしまった」

「それでは、すぐお休みになりますか」

益軒は聞いた。

「いや、そのほうの話が聞きたい。今宵（こよい）も何か肩の凝らない面白い歴史話はないか」

「では、今夜は豊臣秀頼（とよとみひでより）様のお話をいたしましょう」

「おお、太閤（たいこう）が愛してやまなかった嗣子だ。話してみよ」

光之は脇息（きょうそく）にもたれて益軒が語り始めるのを待った。

益軒はおもむろに話し始めた。


豊臣秀頼は文禄二年（一五九三）八月三日、秀吉の三男として大坂城で生まれた。母は側室茶々（ちゃちゃ）（のちの淀殿（よどどの））である。幼名は拾（ひろい）。秀吉五十七歳、茶々二十七歳のときの子だった。

両親とも秀頼を溺愛した。四年前に嫡男鶴松が生まれたものの、わずか三歳で夭折してしまった。その悲しみを吹き飛ばす男子誕生だった。

これより前——。天正十九年（一五九一）十二月、秀吉は甥の秀次を後継者として関白の地位に就けた。関白から太閤となっていた秀吉は、秀頼の誕生を受けて、実子に政権を移譲したくなった。秀次の存在が煙たくなったのである。とはいえ、秀次は関白職にあり、無下には扱えない。

そこで、秀頼誕生の一カ月後の九月に、日本国を五つに割って、その四つを秀次に、一つを秀頼に与える案を秀次に示した。さらに、秀次の娘を秀頼の許嫁とするよう取り決め、秀次から秀頼への政権移譲を計画した。

しかしそれだけでは満足せず、秀吉は文禄四年（一五九五）七月に謀叛を理由に秀次から関白職を剝奪し、高野山へ追放の上、切腹を命じた。秀頼の誕生からわずか二年後の処分だった。

さらに、秀次の妻子、側室など三十数名を京都三条河原で斬首。秀次の首を前に置いた上での残忍な処刑だった。秀次の縁者を根絶やしにし、合わせて、秀次が居住していた聚楽第も徹底的に破壊した。すべては秀頼可愛さと、秀頼のもとでの政権維持のためだった。

秀吉は慶長三年（一五九八）三月、醍醐寺三宝院で花見の宴を催した。招待客は秀頼と前田利家を除いて女性ばかり約千三百人だった。醍醐山の周囲五十町（約五・五キロ）四方を警護させた上での、豪華絢爛な花見だった。

秀吉は秀頼に、

「次は秋に紅葉狩りをしよう」

と話しかけた。

だが、五月に入って秀吉は体調を崩し床についた。病勢は悪化するばかりだった。

秀吉の心配は自分が亡きあとの秀頼の行く末である。寿命を悟った秀吉は、秀頼の擁立体制の確立を目指し、五大老・五奉行を定めた。

五大老は、徳川家康、前田利家、宇喜多秀家、上杉景勝、毛利輝元。五奉行は、前田玄以、浅野長政、増田長盛、長束正家、石田三成の五名である。五大老・五奉行体制は、秀吉の死の直前、七月に成立。豊臣政権の継続を図った。

死の二週間前の八月五日、秀吉は五大老に宛てて遺言状を認めた。

返々秀より（頼）事たのミ申候、五人のしゆ（衆）、たのミ申候く、いさい（委細）五人の物（者）ニ申わたし候。なこり（名残）おしく候、以上、
秀より事なりたち（成り立ち）候やうに、此かきつけ候、しゆ（衆）として、事たのミ申候、なに事も此ほかにわ、おもひのこす事なく候、かしく、

太閤の身分を忘れ、年老いた一父親として五大老に秀頼の養育と後事を託した。

そして、八月十八日、秀吉は辞世の歌を残して六十三歳で逝った。

つゆ（露）とをち（落）つゆとき（消）へにしわかみ（我が身）かななには（難波）の事もゆめの又ゆめ

このとき、秀頼は六歳だった。

それから一年後の慶長四年（一五九九）になると、五大老の筆頭、家康の権力は日々に増していた。五奉行の中には表面上は幼君秀頼の補佐を演じつつ、その実、家康に媚び諂う者が目立っていた（大老の前田利家は慶長四年に死去。子の利長が後継）。

この状況に、秀頼の行く末と豊臣家の将来に危機感を抱いた浅野長政、大野治長、土方雄久の三名は、

「内府（家康）が天下を狙うのもそう遠い先ではない」

と語り合った。そして、

「時節を得て内府を討ち奉ろう」

と申し合わせた。

ちょうど重陽（九月九日）の節句に家康が大坂城に出向く予定と聞いた。三名はこのときが好機と計画を立てた。

浅野長政がまず家康の迎えに出て、手をとる。そして大野治長と土方雄久が左右から並んで立ち、刺殺すると密談が決まった。ところが、なぜかこの密議は漏れて、増田長盛と長束正家が家康に伝えた。

家康の家臣たちは登城を思いとどまらせようとしたが、

「それでは、徳川家の名が廃る」

として、家康は予定を変更する気はなかった。

そして重陽の祝儀の当日、家康は大坂城に登城した。その際、増田長盛と長束正家、大谷吉継の三人が左右に立って家康を警護した。さらに、老臣や小姓も隣の座敷まで付き添ったので、浅野長政らの陰謀は水泡に帰した。

この「大坂密議事件」ののち、家康は大坂城西の丸に入り、大広間を造り、天守を上げた。秀頼の後見人を名目に、さらに権力を増幅させたのだった。

このころ、国元に戻っていた前田利長は、この大坂密議事件の首謀者と疑われた。その嫌疑を晴らすため、家康に母芳春院を人質として江戸に送ると伝えた。家康はその処置に満足し、加えて、土方雄久を常陸太田の佐竹義宣に、大野治長を下総結城の結城秀康に預けた。さらに、浅野長政には蟄居が命じられた。秀頼の将来を思い、家康を亡き者にする目論見は、逆に家康に西の丸を占拠させ、家康の権力と立場を強化させてしまった。


家康は関ヶ原の戦いから二年以上のちの慶長八年（一六〇三）二月に、大坂城に秀頼を表敬訪問して臣下の礼をとっている。秀頼、十一歳だった。翌三月に家康は征夷大将軍に任ぜられ、江戸幕府を開いて揺るぎない地位と権力を築いた。この年、家康の孫で七歳の千姫と十一歳の秀頼は結婚した。秀吉の遺命でもあった。

慶長十六年（一六一一）三月、上洛した家康は大坂城の秀頼に、京都の二条城への出仕を要請した。

淀殿は、徳川家に臣従はできないとして、頑として聞き入れようとしなかったが、家康の、

「孫娘千姫の婿殿に会いたい」

という再三にわたる要請に、淀殿もようやく受諾した。十九歳の秀頼は、大坂城から二条城へ向かった。秀頼が大坂城から出るのは、伏見城から越してきて以来、じつに十二年ぶりの出来事だった。

秀頼は三月二十八日の辰の刻（午前八時ごろ）に二条城に到着した。家康が玄関まで出迎えて、「御成の間」に先にあげようとしたが、秀頼は固辞した。そこで、家康が先に入って座した。饗応の場となり、家康が秀頼の盃に酒を注ぎ、次いで秀頼が返盃した。この席には高台院（秀吉の正妻）も同席した。秀頼は「政母様」と呼んでいた。

随行した家臣たちも別室で饗応にあずかったが、加藤清正は相伴せず、秀頼の隣に控えていた。

「このとき、家康公は成長著しい秀頼様を見て内心、驚きもし、恐れもしたといわれます」

益軒は言った。

「何を恐れたのだ」

光之は聞いた。

「十一歳のときのひ弱だった幼君とは違い、背は高く体重もある、どっしりしたたくましい青年に変貌していたのです。家康公はその将来性に恐れをなしたといわれます」

「それが、豊臣家潰しを決意させ、大坂の役につながったともいえるのだな」

「御意」

会見は一時（約二時間）ほどで終了した。

世間は、この二条城会見を評して、

「御所柿はひとり熟して落ちにけり木の下にいて拾う秀頼」

との戯れ歌を詠んだ。いずれ天下は豊臣家のものになるという見通しだった。

関ヶ原の戦いののち、豊臣家は六十五万石余の一大名になったとはいえ、豊臣恩顧の大名は健在で、摂家として朝廷とのつながりは強く、なお強大な権力と金力を有していた。慶長十四年（一六〇九）の方広寺鐘銘事件を契機に、慶長十九年（一六一四）、大坂冬の陣が勃発。翌年の大坂夏の陣で大坂城が落城。秀頼は母とともに自刃した。

「家康公は豊臣家を一大名として存続させ、滅ぼそうという気はあまりなかったと聞きます」

益軒が言った。

「淀殿のあまりに頑強な態度が家康公の怒りを買ったのではないのか。淀殿はなぜ、家康公にかたくなともいえる態度で接し、一歩も退かなかったのだ」

「豊臣家の誇り、それに、母子の深い情があったと考えられます」

「母子の情とな」

「淀殿は武家の慣習に反して、乳母を付けずにみずからの乳を飲ませて秀頼様を育てました」

第一子の鶴松のときは、乳母が育てて三歳で亡くしている。戦国の世では、武将の子は親子の情が深まらぬよう、乳母が育てるのが常識だった。

「みずからの腹を痛め、さらにみずから乳を与えた子が秀頼様でした」

「親子の絆がひときわ強くなったといえるのだろう」

光之はしばし感慨に耽った。

「今夜の話は面白かった。ところで、少し眠くなってきた。そろそろ寝所にまいる」

光之は睡魔に襲われた様子だった。

「それではこの続きは、よろしければ明晩にいたしましょう」

「そうしてくれ。今夜は楽しかった」

そう言って、藩主は寝所に向かった。

益軒は平伏しつつ藩主を見送り、やがて部屋を辞した。

第四十夜　徳川秀忠

関ヶ原に遅参した二代目将軍

この夜、筑前国福岡藩第三代藩主、黒田光之は福岡城内の一室に貝原益軒を呼んでいた。

「今日は家老の話に長々と付き合わされてしまった」

「それはさぞお疲れのことでしょう。すぐお休みになりますか」

益軒は聞いた。

「いや、そのほうの話が聞きたい。今宵（こよい）も何か肩の凝らない面白い歴史話はないか」

「では、今夜は徳川秀忠（とくがわひでただ）公のお話をいたしましょう」

「おお、徳川幕府二代目将軍だ。話してみよ」

光之は脇息（きょうそく）にもたれて益軒が語り始めるのを待った。

益軒はおもむろに話し始めた。

徳川秀忠は家康（いえやす）が三十八歳のときの子だった。三男として生まれた天正七年（一五七九）に、家康の正妻築山殿（つきやまどの）と長兄信康（のぶやす）が没している。信康は家康の命により自刃に追い込まれ、その生まれ変わりのような運命を背負っていたのが秀忠だった。

文禄四年（一五九五）に豊臣秀吉（とよとみひでよし）の養女、江（ごう）と再婚する（天正十八年〔一五九〇〕に婚約した小姫は翌年に死去した）。秀忠十七歳、江二十三歳だった。江は秀忠と結婚する前、佐治一成（さじかずなり）、豊臣秀勝（ひでかつ）と結婚しているので、三度目の結婚になる。

秀忠は謹厳実直、堅物の傾向があり、側室を侍らせたりはしなかった。十数人の側室を持っていた父家康のように派手ではなかった。

あるとき、秀忠が長期にわたって江戸を離れて地方に滞在したとき、ひとり寝でさぞかし寂しかろうと、家康はこれはと思う女中に茶を運ばせた。ところが、秀忠は女中に見向きもしなかったという。気を利かせたつもりが家康の空振りに終わった。

これは、一つには正室の江が側室を置くのを嫌ったからといわれている。

堅物の秀忠ではあったが、それでも徳川長丸（とくがわちょうまる）と保科正之（ほしなまさゆき）という二人の子を側室との間に儲（もう）けている。

慶長五年（一六〇〇）七月十九日、秀忠は上杉攻めの前軍の総大将として江戸を出発した。後軍の総大将は家康である。

この会津征伐の途上、下野小山（しもつけおやま）にて、上方（かみがた）で石田三成（いしだみつなり）を中心とする西軍挙兵の報が伝えられた。家康は急遽（きゅうきょ）、江戸に戻って決戦の態勢固めに入った。

一方、秀忠は上杉攻めから反転して八月二十四日に宇都宮を発ち、中山道を上方へと陣を進めた。

この戦いは二十二歳の秀忠にとって初陣である。供は榊原康政、本多正信、大久保忠隣、酒井忠世など、総勢約三万八千の錚々たる陣容だった。

そして秀忠は東軍の仙石秀久が守る小諸城に入った。九月二日、信濃上田城に二千人で籠城する真田昌幸・幸村（信繁）父子に対して降伏勧告を行った。しかし、早々に拒否された。

秀忠は、

「おのれ、昌幸、小癪な」

と怒りをあらわにし、上田城への攻撃を開始した。

このとき、本多正信は決戦場への直行を優先させるため、真田父子との戦いを避けるよう進言している。一方、軍事参謀の榊原康政は城攻めを主張した。軍議は割れた。怒りのおさまらない秀忠は上田城攻撃を本格化させた。

真田父子のほうは秀忠軍を上田で足止めし、本戦に間に合わないように時間を空費させる作戦だった。そのために、攻めると見せかけては逃げ、逃げると見せかけては攻め込む奇襲戦で秀忠軍を攪乱し、散々翻弄したのである。

秀忠方は真田の術中にまんまとはまって苦戦を強いられ、八日間にわたって足止めされた。

ここに至り、本戦に参加できない事態を恐れた秀忠は上田城攻略を断念し、中山道を進軍した。この途中、九月十七日、信州妻籠にて関ヶ原の合戦の勝利を聞いた。決戦終結から二日を経過していた。秀忠は関ヶ原の合戦に間に合わなかったのである。

秀忠は草津に到り、ただちに本陣に参上し、父家康に面会を申し出た。

だが、家康は、

「寸白が起こってしまった」

と急病を理由に対面しなかった。寸白とは寄生虫によって起こる腹痛である。

「さては、関東から上るのが遅くなって、御意に背いてしまった」

秀忠は寸白については口実でしかなく、遅参に怒っているにちがいないと推測し、本陣の幕の外で落涙していた。このとき、秀忠に随行していた家臣の榊原康政、本多忠政、大久保忠隣、本多正信、酒井家次なども家康に挨拶をしようと本陣に参上した。だが、秀忠にさえ対面しなかった家康は誰とも会うはずがなかった。

こうした事態に、井伊直政は諸将に向かい、

「家康公は、皆の者、陣に引き取れとの仰せである。それにしても、秀忠公の遅参はじつに不覚であった」

とあからさまに言い放った。

諸将は家康の機嫌を憚り、全員押し黙ったまま返答する者もなく退出して行った。だが、このとき、酒井忠利一人だけは居残っていた。三河西尾城（西条城）の城主、酒井正親の三男である。秀忠の弟に松平忠吉（家康の四男）があり、忠吉は秀忠と違って、関ヶ原の合戦で戦功を立てていた。この松平忠吉は井伊直政の娘と結婚していた。同じ家康の子ながら、合戦に遅参した秀忠、戦功著しい忠吉。

その戦功あった娘婿の手柄を褒め、遅参した秀忠をことさら貶める井伊直政の態度に、酒井忠利

は我慢がならなかった。

酒井忠利は前に進み出て、

「直政殿の今の一言、合点が行かない。なぜなら、秀忠公が合戦に遅れたことは、そもそも訳あってのことである。それを直政殿は秀忠公の粗相(そそう)としてあからさまに糾弾されるのは、どんな心根からなのか」

と強く抗議した。酒井忠利も秀忠ともども真田父子と闘い、攻略できなかった一人で、悔しい思いをしていた。

すると、井伊直政は、

「すでに終わったことながら、秀忠公の遅参は事実。あれこれいい立てるのは口惜(くちお)しさゆえの恨み事にしか聞こえない」

とあざ笑った。

「たとえ、秀忠公に遅参した誤りがあって、家康公のご機嫌を損ねたとしても、天下分け目の戦いに勝利したのであってみれば、御父子が対面できるように直政殿が取りはからうのが筋ではないか。それを今更無益な批判をする。この上、秀忠公に失礼な噂(うわさ)を流すなら、そのときには手前にも覚悟がある」

と酒井忠利は激しく詰め寄った。

その剣幕に驚いた本多康重(ほんだやすしげ)や牧野康成(まきのやすなり)、高力忠房(こうりきただふさ)など、その場にいた家臣たちが慌てて止めに入った。

光之はそれまで黙って聞いていたが、

「井伊直政殿といえば、家康公の側近で、四天王の一人である。関ヶ原においても先鋒として抜群の働きがあった人物。そんな重臣を相手に口論とはいいながら、喧嘩を吹っかけ、大丈夫だったのか」

と問いかけた。

「このときの酒井忠利殿と井伊直政殿の舌戦は、これまでのどんな合戦より激しかったと評判となりました。それは家康公にも聞こえました」

と益軒は言った。

「家康公は何と？」

「格別お怒りはなかったようです」

「井伊直政殿はどうした？」

「遺恨とせず、却って、かれは器量者であるとのちに忠利を褒めています」

酒井忠利は武蔵川越に三千石の所領持ちだったが、この後、加増され、駿河田中城主として一万石が与えられた。

のちに三代将軍家光、四代将軍家綱に大老として仕え、幕府を支えた酒井忠勝は、この酒井忠利の嫡子である。

二代将軍秀忠の後継として、次男の家光（幼名、竹千代）と三男の忠長（幼名、国千代）が取り沙汰されていた。

秀忠自身や妻の江は、利発で容姿の整った忠長の後継を望んでいた。だが家光の乳母だった春日局は、家康に家光後継を強く訴えていた。

秀忠はある月の十五日の暮れ方に手水を使った。そのとき、手水場の水に映っている月が二つに割れていた。

秀忠は思わず、独り言に、

「天下が二ツに分るべきと事かや。わらすまじきは我次第なり。世にものうきは、天が下しる身の上なり」

とつぶやいた。

天下を二つに割らぬようにするのは我の心持ち次第である。そして辛いのは、自分が天下人であるということだ。ときには非情で冷徹な決断をしなければならない――。

それからほどなく秀忠は、駿河、遠江、甲斐で計五十五万石を領していた徳川忠長を甲府へ蟄居させた。忠長はその二年後に配流地の高崎で自刃した。享年二十八。

慶長十九年（一六一四）、大坂冬の陣の折、秀忠は十月二十三日に江戸城を出発した。関ヶ原遅参の轍を踏まないために、進軍は強行軍につぐ強行軍だった。このため秀忠の軍勢が大坂に着陣したときには、疲労のあまり戦闘能力も極端に落ちていた。

家康はあらかじめ、軍勢が疲労しないように適切な進軍を指示していた。にもかかわらず、強行軍を敢行した秀忠に怒りをあらわにした。

「失地回復できなかったようだな」

光之は言った。

「実戦は不得手の人と見受けます」

益軒の感想だった。

「しかし家康公は次期将軍に秀忠公を選んでいる。兄弟は上にも下にもいるのに、なぜ秀忠公を指名したのだ」

光之が聞いた。

「世に、創るより守るほうが難しいといいます。家康公は徳川幕府を創り上げましたが、それを末永く維持、継承していく必要があります。それには堅物なほど謹厳実直で真正直な、為政能力もある秀忠公がふさわしいと考えたからでしょう。それに母方の家柄も良いので、家臣団も納得したと思われます」

秀忠の母は側室の西郷愛（さいごうあい）。実家の西郷氏は三河国の守護代を務めた名家だった。三河は家康の生まれ故郷である。

「なるほど。そういう一面もあったのか。今夜の話は面白かった。ところで、少し眠くなってきた。そろそろ寝所（しんじょ）にまいる」

光之は睡魔に襲われた様子だった。

「それではこの続きは、よろしければ明晩にいたしましょう」

「そうしてくれ。今夜は楽しかった」

そう言って、藩主は寝所に向かった。

益軒は平伏（ひれふ）しつつ藩主を見送り、やがて部屋を辞した。

第四十一夜　本多忠勝　武辺者の栄光と寂寥

この夜、筑前国福岡藩第三代藩主、黒田光之は福岡城内の一室に貝原益軒を呼んでいた。

「今日は木刀の素振りでかなり汗をかいた」

「それはお疲れでございましょう。すぐお休みになりますか」

益軒は聞いた。

「いや、そのほうの話が聞きたい。今宵も何か肩の凝らない面白い歴史話はないか」

「では、今夜は本多忠勝殿のお話をいたしましょう」

「おお、徳川四天王の一人だ。話してみよ」

光之は脇息にもたれて益軒が語り始めるのを待った。

益軒はおもむろに話し始めた。


永禄三年（一五六〇）五月、今川義元が織田信長の領地、尾張に軍を進めた。このとき松平元康（のちの徳川家康）は今川方の先鋒となって戦い、尾張大高城に兵糧を入れ、今川軍の到着に備えていた。この中に十三歳の本多平八郎忠勝の姿があった。記念すべき初陣だった。

この直後に今川軍は信長の奇襲を受け、今川義元は討死した。十九歳の松平元康はもとの居城である岡崎城に入った。以来、忠勝は常に家康の身近に仕え、五十余度にわたる合戦に出陣し、数々の武功を立てた。

永禄四年（一五六一）七月、十四歳の忠勝は従軍して三河長沢山城に今川方を攻めた。

このとき、忠勝の叔父、本多忠真（父忠高の弟）が敵兵を突き倒し、

「この首、取れ」

と命じた。

忠勝は、

「それがしは人の力を恃んで名を挙げることは好まない」

と叔父の命令を拒否した。

そのまま走り抜けて敵陣に攻め入り、敵兵を討ち取った。忠勝の勇猛さが知られる契機となった。

元亀三年（一五七二）十月、武田信玄が大軍を率いて遠江に進軍してきた。

迎え撃つ徳川方ははじめは優勢だったが、武田方の進軍は速く、先陣をきっていた忠勝は一言坂（現、磐田市一言）で武田方の本軍と遭遇した。武田方の軍勢は二万七千余騎。一方、家康を含め徳川方の先陣は数千。

明らかに不利と覚った忠勝は、家康に退却を勧め、みずからは殿軍を務めるべく、武田方との間

に騎馬で割って入った。

このとき二十五歳の忠勝の出で立ちは、黒糸縅の鎧に、冑には黒い鹿の角を立てていた。柄が一丈三尺（約三・九メートル）もある、「蜻蛉切」と異名を持つ愛用の名槍を軽々と振り回して戦った。槍にトンボが触れたら切れてしまったというほど切れ味のよい槍だったので、この名がある。

忠勝は見事徳川方の殿軍を務めあげ、無事に家康を戦場から逃れさせた。忠勝自身も颯爽と引き上げた。

忠勝の働きは武田方でも評判となり、武田五名臣といわれる原虎胤、横田高松、小幡虎盛、多田三八郎、山本勘助らに匹敵すると一躍有名になった。

このときの戦いで、忠勝を含め三河の武者たちは十人のうち七、八人が、冑に「唐の頭」を飾って出陣していた。

信玄の旗本で近習の小杉左近という者が歌に詠んだ。

「家康に過ぎたるものが二つあり唐の頭に本多平八」

唐の頭とは、ヒマラヤ山脈近辺に生息しているヤク（ウシ科の一種）の体毛を冑の頭上に飾った物。勇猛さを誇示する一つの印だった。

この年十二月の三方ヶ原の戦いで、徳川方は武田軍に惨敗を喫した。忠勝はこのときも殿軍を務め、その働きで家康は九死に一生を得ている。

忠勝は主君の家康より六歳年下だった。常々家康を「大君」と呼んで敬っていた。

忠勝は近習を集めては、家康から聞いた金言話を、「御意に」を枕言葉にして事あるごとに語って聞かせた。

「御意に、男は男の心を持っているのがよいとの教えである。武士の武士くさく、味噌の味噌くさいのはよくないという者がいるが、こういっているのは、武士嫌いの下劣な公家や町人の連中である。本当は、武士は武士くさく、味噌は味噌くさくあれ、というのが本筋である。武士は平常から武士道を心掛けるべきである」

忠勝は続けて話した。

平生からの心掛けというのは、たとえれば、灸は普通の火より十倍以上熱いが、覚悟した上で据えるので、女子どもでも熱さに耐えられるようなものだ。だが、火事は不意に起こるので、心掛けのない者はたまげて取り乱してしまう。普段から準備の心掛けのある者は混乱したりはしない。

「火事を戦に置き換えれば、この話の深い意味が理解できるだろう」

と忠勝は語った。

ある日、忠勝は家康に聞いた金言話を近習たちに語った。

「御意に、生まれつき優れたる人は少ないと教えている。おおかたは百人千人並みの者が多い。それを杓子定規に人を評価し、遠ざけて嫌っていては、人は使えない。人を用いるには、二つの点に着目するのがいい。大工が木を材質や太さ、長さに応じて使うように、人を適材適所に配置して用いる。一方で、隊列を組んで道を行くのと同様、細かい点に気を使わずに用いることが求められる」

忠勝はこの金言を活かし、家を整え、国を治めることができるようになったと言った。

また、別の日、忠勝は家康の金言話を近習たちに語って聞かせた。

「御意に、駿河で今川の人質になっていたころ、三哲という僧侶から武士の三要三切について習ったと聞いた。三要とは衣・食・住であり、三切とは軍・賓・旅である」

衣・食・住の三要は武士にとって、日頃常に必要なものである。また、軍道具、客道具、旅道具を身分相応に揃えることも大事だ。

「三要三切は肝に命じて実施してきた。わしはこれに、三行を加えたいと思っている」

何だと思うか、と忠勝は近習たちを見回した。

近習たちは顔を見合わせて考えたが、答える者はいなかった。

「三行とは、道・芸・倹である。武士たる者、道を正しく行い、道義をわきまえなければならない。また、道に志し賢人の位に達しても、武芸を知らなければ戦場で役に立たない。さらに、金銭に対して倹約心がなく、破産するようでは武士として失格である」

三要三切三行に心を砕いて生きねばならぬ、と忠勝は近習たちに説いた。

忠勝はその人生において常に家康に近侍し、数々の危機を救った。

元亀元年（一五七〇）六月、近江姉川の戦いで先陣を務めて朝倉勢を撃退した。

また、天正十年（一五八二）六月、本能寺の変の折、遊覧で堺を訪れていた家康が知らせを聞いて衝撃のあまり、信長公に殉じる、とまで言い出すのを説き伏せ、伊賀越えを敢行して、無事、岡崎城に帰還させた。

天正十二年（一五八四）四月、小牧・長久手の戦いでは、秀吉の八万の大軍に対し、忠勝は五百の手兵で防戦し、その豪胆さに感じ入った秀吉が兵を退いたので、家康は危機を逃れた。

慶長五年（一六〇〇）九月、関ヶ原の戦いで、信濃上田城の城主、真田家は父子兄弟が東西両軍に分かれた。真田昌幸・幸村（信繁）父子は西軍に属し、信之（幸村の兄）は東軍に属した。その信之に忠勝の娘、小松姫が嫁いでいる。

戦いは東軍の勝利に終わった。戦後処理において家康と秀忠は、真田昌幸と幸村を死罪にすることで意見が一致した。だが、忠勝は娘婿の信之とともに、二人の助命を嘆願した。

拒否する家康に忠勝は諦めず強硬に談判した。これにはさしもの家康も呆れつつ、ついに折れた。かくして、昌幸と幸村は高野山麓の九度山に蟄居の処分が下され、信之には上田城が与えられた。

この関ヶ原の戦いののち、徳川の統治体制が整い、戦乱の世が終息に向かい始めると、忠勝のような武闘一辺倒の勇士は必要とされなくなった。文治派が台頭して、忠勝は影が薄くなった。

慶長十九年（一六一四）に大坂冬の陣、翌二十年に夏の陣が勃発し、九度山を下りて大坂城に入った幸村が家康を苦しめることになる。

「武断派の出番到来だ。忠勝殿はどうした」

それまで益軒の話に聞き入っていた光之が言った。

「忠勝殿は大坂の陣の四年前に死去しています」

益軒が言った。

「そうであったな」

「忠勝殿がもし生きていれば、高齢の身ですが大坂に駆けつけ、家康公のそばで果敢に戦ったかもしれません」

失意のうちに病死していました、と益軒は言った。

「晩年は不遇をかこったようだな」

光之はしばしば感慨に耽った。

「今夜の話は面白かった。ところで、少し眠くなってきた。そろそろ寝所にまいる」

光之は睡魔に襲われた様子だった。

「それではこの続きは、よろしければ明晩にいたしましょう」

「そうしてくれ。今夜は楽しかった」

そう言って、藩主は寝所に向かった。

益軒は平伏しつつ藩主を見送り、やがて部屋を辞した。

第四十二夜　黒田長政

徳川政権樹立の陰の立役者

この夜、筑前国福岡藩第三代藩主、黒田光之は福岡城内の一室に貝原益軒を呼んでいた。

「今日は賓客の饗応と遠来の使者との応対が重なり、疲れてしまった」

「それでは、すぐお休みになりますか」

益軒は聞いた。

「いや、そのほうの話が聞きたい。今宵も何か肩の凝らない面白い歴史話はないか」

「では、今夜は黒田長政様のお話をいたしましょう」

「おお、わが福岡藩の初代藩主。当家の恩人だ。話してみよ」

光之は脇息にもたれて益軒が語り始めるのを待った。

益軒はおもむろに話し始めた。

黒田長政は幼名を松寿丸といった。

天正六年（一五七八）、信長は突然離反した荒木村重に怒り、村重を翻意させるため、黒田官兵衛（孝高）を使いとして村重の居城の有岡城に送った。
官兵衛は説得に当たったが、逆に捕らえられ、地下牢に幽閉されてしまう。
この状況を知らない信長は、官兵衛が帰還しないのは荒木方に寝返ったからだと思い込み、

「官兵衛の子の松寿丸を殺してしまえ」

と命じた。
この命令に、官兵衛の僚友、竹中半兵衛は密かに松寿丸を匿った。そして、信長には処刑したと偽りの報告を行ったのである。
やがて有岡城が陥落し、信長は官兵衛が裏切りではなく拘束されていたという事実を知り、官兵衛を許す。同時に、松寿丸が生きていたことが判明し、松寿丸は姫路城に帰された。
一度は命を失いかけた松寿丸、のちの長政である。

あるとき、黒田長政は近習たちを前にして話した。

「兵士を目利きするのに、たとえば、剛の者と見えたる者十人。また、人並みでごく普通の者と見えたる者十人。また、臆したりと見えたる者十人」

兵士には三種類いると言った。

「この三種類の中で、人並みと見えたる者について、見分けは間違いない。だが、剛の者と見えたるうちに、一人二人はややもすれば臆病者がいる。一方、臆したりと見えたる者のうちに、一人二人は大剛の者がいる」

長政は、近習たちに人物鑑定の難しさを語ったのだった。

また、長政は福岡城内で家臣たちを集めて意見を聞くのを好んだ。

その際の三原則とは、

「お互い何をいわれても腹を立てない」

「批判されても恨みに思わない」

「その場で出た話を外部の者に喋(しゃべ)らない」

以上を約束事とした。自由な発想で意見が交換できるよう、この三原則を大事にしたのである。

あるとき、長政は近習たちに語った。

「わしは十四歳のときから戦(いくさ)に出て高名を挙げ、手柄もたびたびに及んだのだが、誰も称賛してくれない。これはわしが官兵衛の子だからだ」

ところが、と長政は話を続けた。

「浅野長政(あさのながまさ)の子、幸長(よしなが)は武辺(ぶへん)優れたりと、天下の人々は武勇をたたえている。これは父の長政が知略に勝っていたものの、武功においてはさしたる功績がなかったからである」

と言った。長政は文武に出来過ぎた父を親に持ったため、自分の武勲が目立たないのに不満を抱いていた。

近習たちは主君長政の苛立(いらだ)ちを感じていた。

長政は文禄・慶長の役に出陣した。

文禄元年（一五九二）、朝鮮に出兵し、翌文禄二年（一五九三）には平壌で敵に攻囲された小西行長を救った。日本方が攻めあぐねた晋州城攻略に先陣を務めた。

慶長二年（一五九七）の再出兵では、稷山で一万の敵を撃破し、翌慶長三年（一五九八）には蔚山に籠城して苦戦する加藤清正を小早川軍、立花軍とともに支援して勝利に導いた。

文禄三年（一五九四）のこと――。日本勢のうち、諸城警護の兵以外はことごとく日本に帰国していたが、長政はとどまって機張の城を守っていた。

長政は徒然のあまりに、ときどき勇士たちを率いては山へ虎狩に出かけた。二月十三日にも長政は山に入った。

このとき、一頭の虎が谷のほうから現れ、長政を目がけて吠えながら駆け寄ってきた。

長政は鉄砲を構えたものの、撃たなかった。その間に虎は猛然と走り寄ってきた。

「殿、早く、撃ってください！」

と家臣が叫んだ。

長政はまだ鉄砲を構えていて、十分に狙いを定めてから撃ち放った。轟音とともに弾は虎の眉間に命中した。虎は倒れながらも、近くの穴に逃げ込んだ。虎を引き出してこい、と長政の命令を受けて、小河久太夫という者が少しも恐れることなく、穴の中に入って虎を引き出してきた。

長政は数々の戦に武勲を挙げて武勇に聞こえた武将であったが、虎撃ちにおいても、冷静にして豪胆さを示した。

慶長五年（一六〇〇）、関ヶ原の戦いが起こる前に長政は家康に言った。

「このたびの戦いは天下分け目の戦であります。敵は大軍を率いて要所に陣を取るでしょう。石田三成の主力軍はいうに及ばず、小早川秀秋、吉川広家をはじめ、島津、小西など名立たる武将が加わると思われます。諸将はおのおのが敷いた陣で、攻めの機をうかがって待つにちがいありません」

「わしも左様に心得る」

家康はうなずいた。

「つきましては、大名に寝返りを打たせ味方につければ、安心して戦いに臨めるのではありませんか」

家康は黙って聞いていた。

「小早川秀秋は養父隆景以来、武勇で聞こえた家柄。これをわがほうに引き入れれば、味方にとって大きな助けになるはずです。幸い、小早川の家老、平岡頼勝はそれがしと従兄弟婿にて、つながりがあります」

その上、と長政は言葉を継いだ。

黒田家の家老の井上九郎右衛門という者の弟、河村越前も小早川秀秋に仕えていた。こうした手づるを使って策を講じれば寝返りさせることは可能だ、と伝えたのである。

その策に家康も期待を寄せた。

長政は密かに小早川家や吉川家に使いを送り、怠りなく調略を進めた。その甲斐あって、小早川秀秋は内通に同意し、互いの忠誠を示すための人質の交換も行った。

九月十四日、家康は戦いに臨むため美濃赤坂に着陣した。そして、翌日の合戦に備え、松尾山に陣取る小早川秀秋に使いを出した。

しかし、翌十五日、関ヶ原の戦いが始まって時間が経過したにもかかわらず、いまだ戦いの趨勢は判然としていなかった。

家康は使いを送ってもなかなか動こうとしない小早川秀秋にしびれを切らして、関ヶ原の南西の松尾山に陣取る小早川方に向けて鉄砲を撃ち放った。

すると、その音に驚いた小早川秀秋は我に返り、かねての約束通り、一万五千の軍勢は松尾山を馳せ下り、大谷吉継の陣に攻めかかった。不意を衝かれて大谷軍は総崩れとなった。この状況に西軍は一気に敗北の形勢となった。

この間、長政は石田三成の陣を打ち破り、伊吹山まで追い上げて行った。石田軍を散々に打ち負かしてのち、本陣に帰還した。

一方、吉川広家は輝元の家臣、福原広俊や毛利軍を率いて南宮山の麓の岡ヶ鼻に陣取っていた。長政は小早川秀秋同様、この吉川広家に対してもあらかじめ策を講じていた。戦いの前に、毛利家の本領を安堵する旨の書状を送っている。一方、吉川広家側も人質を差し出し、家康に敵対する考えのない旨、意思表示していた。

吉川広家の兄元長が天正十五年（一五八七）に死去したとき、官兵衛は広家に家督を継がせるよう秀吉に働きかけていた。こうした経緯もあり、黒田・吉川両家が内通する下地はできていたのである。広家が岡ヶ鼻に陣を構えたのは、戦いの半ばに横合いから攻め込むための布陣だった。

帰陣した長政は、家康と対面した。

家康は歓待し、

「本日の合戦の勝利はひとえにそのほうの才覚によるものである。小早川秀秋と吉川広家が寝返ったゆえ、勝利をおさめた。その上、敵の総大将石田三成を討ち払ったこと、まことに粉骨無比の働きであった」

と、長政の手を取って褒めたたえた。

その論功行賞で長政は筑前五十二万三千百石を与えられたのだった。

長政の辞世の歌――

此ほどは浮世の旅に迷ひきて今こそ帰れあんらくの空

安楽に旅立った長政だった。心残りは、母より先に逝くこと、嫡子忠之がまだ二十二歳の若輩で、その国政を見ずに逝くことだったという。

「関ヶ原の戦いの前段における小山評定で、東軍を一つに固めた働きといい、戦場での奮闘といい、わが初代藩主長政様なかりせば徳川家の安泰はなかったものと思われる」

光之は言った。

「今夜お話ししたことは、私の集めた史料の中にもありますが、以前殿からじかに聞かせていただいたお話もずいぶんありました」

益軒は黒田藩歴代の歴史を綴った『黒田家譜（くろだかふ）』を編纂（へんさん）した。寛文十一年（一六七一）に三代藩主光之の命で、益軒は藩祖孝高、初代藩主長政の事績の編修を開始した。以来、増補・改訂が続けられ、任命されて十七年後の元禄元年（一六八八）、益軒五十九歳のときに十七巻物として献上したのである。

「わかっておる。あらためてそのほうから聞いてみたかったのだ。藩の歴史を振り返るのは楽しくも貴重な時間だ」

光之はしばし感慨に耽（ふけ）った。

「夜ごと、そのほうから聞く歴史話に藩主としてのあるべき姿を学んだ気がする。ところで、少し眠くなってきた。そろそろ寝所（しんじょ）にまいる」

光之は睡魔に襲われた様子だった。

「それではこの続きは、よろしければまたの機会にいたしましょう」

「そうしてくれ。今夜は楽しかった」

そう言って、藩主は寝所に向かった。

益軒は平伏（ひれふ）しつつ藩主を見送り、やがて部屋を辞した。

あとがき

私が貝原益軒という歴史上の人物に出会って、かれこれ四十年余が経ちます。最初は、『養生訓』との出会いでした。江戸時代からの健康啓蒙書である『養生訓』を座右の養生書として親しんできました。

あるとき、古書展で『益軒全集』（本書「はじめに」参照）を購入して、益軒翁の百科事典的知識に驚嘆しました。日本初の本格的博物学書『大和本草』をはじめ、家庭用百科事典式歳時記『日本歳時記』など、種々な分野で新しい世界を開拓しています。

ますます益軒翁に興味をいだいた私は、益軒翁から数えて十二代目当主の貝原信紘（かいばらのぶひろ）氏にお会いして、数々の未公開史料の閲覧と公開を許可していただき、益軒翁の人生や業績を深く研究することができました。二〇〇六年に『五〇歳から貝原益軒になる』（講談社）、二〇〇八年には『老いてますます楽し』（新潮社）を出版し、益軒翁の世界を紹介してきたつもりです。

益軒全集には『朝野雑載』が収録されています。歴史漫録書で、ここには戦国時代にまつわる歴史話や武将の逸話が満載されており、大の歴史ファンである私は虜（とりこ）になった次第です。そして、

『朝野雑載』に魅せられ熱中する想いの一端が本書の出版につながりました。

本書は『大塚薬報』（大塚製薬の医家向け広報誌）に、「戦国時代千夜一夜――益軒が殿に語った歴史夜話」と題して、二〇一二年一・二月合併号から二〇一六年三月号まで連載した作品を、このたび加筆・改稿して単行本化したものです。

『大塚薬報』誌では、連載の機会を与えていただいた松山真理編集長はじめ、編集スタッフの方々にたいへんお世話になりました。

また、本書刊行の道筋をつけて下さった千葉俊二氏（早稲田大学名誉教授）、歴史文献の指導をして下さった雑賀千尋氏、医学指導の秋葉哲生氏（あきば伝統医学クリニック院長）に厚くお礼を申し上げます。

さらに、本書編集過程において、中央公論新社・学芸編集部の宇和川準一氏には貴重な助言と示唆をいただきました。深く感謝の意を表します。

戦国武将の事績については、多くの戦国時代の歴史関連書や歴史事典類を参照させていただきました。

新刊本を上梓するたびに思うのは、一人の力には限りがあり、多くの人達の指導と援助によって一冊が完成するということであります。拝謝。

二〇二〇年四月

山崎光夫

戦国武将小伝

織田信長

天文三年（一五三四）〜天正十年（一五八二）

織田信秀の三男。信秀は尾張下四郡を支配する織田家の家老。天文二十年（一五五一）信秀の死とともに十八歳で家督を継いだ。永禄二年（一五五九）尾張一国をほぼ平定。翌三年、上洛を目指す今川義元を桶狭間の戦いで破り、武名を挙げた。ついで三河の徳川家康と同盟を結んで西方進出を図り、永禄十年、美濃の斎藤龍興を降して、居城を岐阜に移した。この頃より「天下布武」を唱え、敵対勢力を次々に撃破・制圧し、天正元年（一五七三）には将軍足利義昭を京都から追放して室町幕府を滅ぼした。天正四年、安土城に移る。天正八年、これまで頑強に抵抗してきた石山本願寺を降伏させ、畿内一円の支配を確立した。天正十年、宿敵武田氏を天目山に滅ぼしたのち、毛利攻めを支援するため安土城を出発、上洛中の六月二日未明、家臣明智光秀の謀叛により本能寺で斃れた。享年四十九。

豊臣秀吉

天文六年（一五三七）〜慶長三年（一五九八）

尾張国愛知郡中村に生まれる。足軽木下弥右衛門の子。初名は木下藤吉郎、のち羽柴秀吉。織田信長に仕え、急速に頭角をあらわした。天正元年（一五七三）近江長浜城主。天正五年、信長の命により中国地方経略に出陣する。天正十年六月、本能寺の変の報に接すると直ちに毛利氏と講和を結び、備中高松城から反転して、明智光秀を山崎の戦いで破った。翌十一年、信長死後の主導権をめぐって争った柴田勝家を賤ヶ岳の戦いで破り、越前北ノ庄城に追撃して自刃させた。この後、大坂城の大規模な築造に着手。天正十三年に関白、翌十四年に太政大臣となり豊臣姓を賜った。また徳川家康に臣従の礼をとらせ、天正十八年には小田原城を包囲して北条氏を滅ぼし、奥羽を平定して天下統一を果たした。翌十九年、関白職を甥の秀次に譲り、みずからは太閤と称したが、文禄四年（一五九五）謀叛の罪により秀次に切腹を命じた。二度にわたる朝鮮出兵（文禄・慶長の役）は豊臣政権にとって大きな痛手となった。慶長三年（一五九八）八月十八日、幼少の秀頼の将来を案じつつ死去。享年六十二。

徳川家康

天文十一年（一五四二）～元和二年（一六一六）

三河岡崎城主、松平広忠の長男。母は於大の方（伝通院）。六歳から二年間を織田氏のもとで、八歳から十九歳までを今川氏のもとで人質として過ごした。永禄三年（一五六〇）桶狭間の戦いで今川義元が敗死すると岡崎城に戻って自立、織田信長と同盟して次第に所領を拡大した。永禄九年、徳川に改姓。天正十二年（一五八四）小牧・長久手の戦いでは羽柴（豊臣）秀吉の大軍を相手に一歩も引かず、講和後は秀吉政権下の一大名として行動した。天正十八年、北条氏の滅亡後、秀吉から関八州を与えられて江戸城に入り、二百五十万石の大大名となった。秀吉死去ののち、慶長五年（一六〇〇）関ヶ原の戦いに勝利して天下の実権を握り、慶長八年には征夷大将軍に任ぜられて江戸幕府を開いた。慶長十年に将軍職を三男秀忠に譲ったのちも大御所として実権を握り続け、慶長十九年、翌元和元年の大坂の陣によって豊臣氏を滅ぼした。翌二年四月十七日、駿府城にて死去。享年七十五。

徳川光圀

寛永五年（一六二八）～元禄十三年（一七〇〇）

常陸水戸藩第二代藩主。徳川家康の第十一男頼房（初代藩主）の三男。寛文元年（一六六一）父の死によって三十四歳で藩主となり、元禄三年（一六九〇）六十三歳で引退、水戸の北方西山の地に簡素な山荘を建てて隠棲した。西山時代の約十年間も第三代藩主綱條の後見役として、領内の巡視と民情視察、社寺改革、文化財の発掘保護、『大日本史』編纂事業の進捗などに力を注いだ。光圀は権中納言に任ぜられており、中納言の唐名が「黄門」であることから「水戸黄門」と称される。享年七十三。

毛利元就

明応六年（一四九七）～元亀二年（一五七一）

安芸吉田郡山城主、毛利弘元の次男。五歳で母を、十歳で父を失う。さらに長兄とその子が早世したため、大永三年（一五二三）家督を相続する。尼子、大内の二大勢力が対立する状況のもと、大内氏の配下に入り、天文九年（一五四〇）尼子晴久の大軍に郡山城を包囲されるが、大内氏からの援軍を得て撃退した。弘治元年（一五五五）厳島の戦いで、クーデターにより大内義隆を倒した陶晴賢を撃破。永禄九年（一五六六）には月山富田城を攻囲し、尼子義久を降伏させた。また次男元春を山陰の吉川家に、三男隆景を山陽の小早川家に養子に出してその家を継がせ、「毛利両川」体制を形成し、元就一代で中国地方十ヵ国の覇者となった。享年七十五。

武田信玄

大永元年（一五二一）～天正元年（一五七三）

甲斐国守護、武田信虎の長男。甲斐武田氏は鎌倉初期以来、歴代守護職を継承する名門で、信玄は十七代目。元服して晴信と称し、永禄二年（一五五九）に出家して信玄と号した。天文十年（一五四一）父を駿河に追放、家臣団の支持を得て当主となった。甲斐国から起こり、のちには信濃、駿河、西上野、飛騨、東美濃、遠江・三河の一部に及ぶ広大な領域を支配した。宿敵上杉謙信との五度に及ぶ川中島の戦いはよく知られている。元亀三年（一五七二）十月、みずから大軍を率いて西上の途につき、十二月には遠江三方ヶ原の戦いで徳川家康を敗走させたが、翌天正元年四月、包囲戦の陣中で発病。全軍甲府に向けて帰還の途上、信濃伊那谷の駒場で四月十二日に死去。享年五十三。

小早川隆景

天文二年（一五三三）～慶長二年（一五九七）

毛利元就の三男。次兄吉川元春とともに「毛利両川」と称され、父元就や甥輝元を支えた。大内義隆のもとで三年間の人質生活を送ってのち、許されて十六歳で帰国。このとき大内氏の滅亡を予言している。養子となり家を継いだ小早川家では、三原地方を本拠として瀬戸内海に強力な水軍を編成した。天正十年（一五八二）本能寺の変の際、備中高松城で対峙していた羽柴（豊臣）秀吉が急ぎ和議を結び軍を返すにあたり、この機に乗じて追撃しようとする主張を退けている。秀吉の四国・九州・小田原征伐に従軍した。朝鮮出兵の際には、文禄二年（一五九三）碧蹄館の戦いで中国・明の李如松の大軍を破ったが、病を得て閏九月に帰国。秀吉に重用され、文禄四年には秀吉の養子秀秋を嗣子に迎えた。享年六十五。

森蘭丸

永禄八年（一五六五）～天正十年（一五八二）

美濃金山城主、森可成の三男。幼少より織田信長の側近くに仕え、才気あふれる奉公ぶりから寵愛された。天正十年（一五八二）美濃岩村五万石を与えられた。同年六月二日、本能寺の変では弟の坊丸、力丸とともに防戦に努めたが討死した。享年十八。

加藤清正

永禄五年（一五六二）～慶長十六年（一六一一）

尾張国愛智郡中村に生まれる。幼少期より豊臣秀吉に仕えた「子飼い」の武将。賤ヶ岳の戦いで「七本槍」の一人に数えられる武功を挙げ、三千石の知行を得た。天正十六年（一五八八）六月、肥後半国の領主となり隈本（熊本）城を居城とした。文禄の役では破竹の勢いで朝鮮半島を北上し「鬼将軍」と恐れられたが、慶長の役では蔚山に籠城して苦戦を経験している。秀吉の死後、関ヶ原の戦いに際しては東軍に与し、九州で宇土小西領、柳川立花領に侵攻した。戦後、肥後一国五十二万石を与えられた。築城の名手としても知られる。慶長十六年（一六一一）京都二条城における徳川家康と豊臣秀頼の会見に同席したが、帰国後間もない六月二十四日に死去。享年五十。

蒲生氏郷

弘治二年（一五五六）～文禄四年（一五九五）

近江日野城主、蒲生賢秀の子。永禄十一年（一五六八）十三歳のとき、人質として織田信長のもとに送られる。翌十二年冬、信長の娘を娶り日野に戻った。信長の死後は豊臣秀吉に仕え、数々の戦功により天正十二年（一五八四）伊勢松ヶ島十二万石を与えられた。翌十三年、洗礼を受けてレオンと称する。天正十八年、小田原攻めののち会津四十二万石に転封となり、黒川城を居城とした。文禄元年（一五九二）黒川を若松と改名、本格的な城造りと城下町の建設を進めた。さらに加増されて文禄三年の検地では九十二万石。また利休七哲の一人で、和歌もよくした。文禄二年、肥前名護屋在陣中に罹った病がもとで、文禄四年二月七日、伏見の自邸にて死去。享年四十。

明智光秀

?〜天正十年(一五八二)

明智氏は美濃の名門土岐氏の支族といわれるが、光秀の出自は不明で、越前の朝倉義景に仕えるようになった経緯も明らかではない。義景のもとにいた足利義昭が美濃の織田信長を頼ったとき、光秀は細川藤孝(幽斎)とともに義昭と信長の間を斡旋した。この縁で織田信長の家臣となったと考えられる。義昭が十五代将軍に就くと、光秀は木下藤吉郎(豊臣秀吉)らとともに京都奉行となった。元亀二年(一五七一)近江坂本城主。天正三年(一五七五)信長の命により丹波地方経略に着手し、その後、細川藤孝を援けて丹後地方も平定する。天正十年、中国地方へ出兵することとなり丹波亀山城に入った光秀は六月二日、本能寺に信長を急襲し自刃させた。十三日の山崎の戦いで秀吉に敗れ、小栗栖で土民に襲われて落命した。享年五十五、あるいは五十七とも。

今川義元

永正十六年(一五一九)〜永禄三年(一五六〇)

今川氏親の子。今川氏は足利氏の支流で、代々駿河国守護の任に就いた名門。幼時より出家させられ承芳と称していたが、兄氏輝が早世すると異母兄恵探と家督を争い、これを倒して家督を継いだ。還俗して義元と名乗った。駿河、遠江の二国に加えて、天文末年には三河をほぼ支配下におき、東海地方第一の大名となった。永禄三年(一五六〇)大軍を擁して西上の途についたが、五月十九日、織田信長に桶狭間の本陣を急襲されて討死した。享年四十二。

上杉謙信

享禄三年(一五三〇)〜天正六年(一五七八)

越後守護代で春日山城主、長尾為景の末子。幼名は虎千代、元服してのち景虎、政虎、輝虎と改めた。父為景の死後、実兄晴景や一族の長尾政景との抗争を制し国内を統一すると、関東と信濃への外征に転じた。小田原の北条氏、甲斐の武田氏と対峙し、連年のように関東・越後・信濃の間を転戦した。永禄四年(一五六一)小田原城の囲みを解いてのち、鎌倉鶴岡八幡宮で上杉憲政から上杉の姓と関東管領職を譲られた。宿敵武田信玄とは川中島で五度戦っている。天正元年（一五七三）信玄の死後は急速に越中を併合、天正五年には加賀の手取川で織田信長軍を破った。翌六年三月十三日、関東へ出陣の二日前、脳溢血により死去。享年四十九。

藤堂高虎

弘治二年（一五五六）〜寛永七年（一六三〇）

近江国犬上郡藤堂村に生まれる。はじめ浅井長政に仕え、姉川の戦いで武功を挙げた。次いで阿閉貞征（あつじさだゆき）、磯野員昌（いそのかずまさ）、織田信澄（信長の甥）と主君を変えた。その後、羽柴秀長（秀吉の弟）に仕えて戦功を挙げ、二万石に出世した。秀長の死後、豊臣秀保（秀長の養子）に仕え、文禄の役に出征したが、その秀保が十七歳で早世すると、出家して高野山に上った。しかし秀吉がその武勇と才知を惜しんで還俗を命じ、文禄四年（一五九五）伊予宇和島七万石の大名となる。慶長の役では水軍を率いて従軍。関ヶ原の戦いでは東軍に属し、今治二十万石に加増された。のち津城主となり、伊賀、伊勢両国を統治。さらに大坂の陣の功で加増され、三十二万三千九百五十石となった。加藤清正とともに築城の名手としても知られる。享年七十五。

石田三成

永禄三年（一五六〇）〜慶長五年（一六〇〇）

近江国坂田郡石田村に生まれる。少年の頃、長浜城主羽柴（豊臣）秀吉に才気を認められ、取り立てられた。賤ヶ岳の戦いで軍功を立て、九州征伐、小田原征伐などに参陣して台頭した。その本領は野戦や攻城よりも、兵站の整備や占領地の行政処理などの吏務にあった。この間、秀吉の関白就任に伴い、従五位下、治部少輔に叙任され、側近として枢機に参画した。文禄の役では渡海して転戦し、その後、講和交渉を進めた。文禄四年（一五九五）近江佐和山城主に封ぜられ、十九万四千石を領した。慶長の役では秀吉が死去したため、博多に赴いて部隊の撤収事務にあたった。秀吉の死後、独断専行が目立つ家康と対立、慶長五年（一六〇〇）関ヶ原の戦いに臨んだが敗北し、捕らえられて十月一日、京都六条河原で斬首された。享年四十一。

浅井長政

天文十四年（一五四五）～天正元年（一五七三）

浅井久政の子。永禄三年（一五六〇）十六歳で家督を継ぎ、それまで六角氏の傘下にあった状況を打破して、江南にまで勢力を拡大。小谷城を居城として近江に覇を唱えた。永禄十年に織田信長が美濃を平定すると、その妹お市の方を娶り、信長と友好関係を結んだ。だが信長が越前朝倉氏攻めを開始すると、祖父以来の盟友関係から朝倉氏方につき、反信長の旗幟を鮮明にした。元亀元年（一五七〇）六月、姉川の戦いで浅井・朝倉連合軍は織田・徳川連合軍に敗れ、天正元年（一五七三）信長に小谷城を攻められて自刃した。享年二十九。落城寸前にお市と三人の娘は信長に引き取られた。

朝倉義景

天文二年（一五三三）～天正元年（一五七三）

朝倉孝景の子。天文十七年（一五四八）父の死により十六歳で家督を継いだ。はじめ延景と名乗ったが、将軍足利義藤（のち義輝）から義の字を賜り義景と改めた。永禄八年（一五六五）将軍義輝が松永久秀に殺されると、その弟の義秋（のち義昭）を一乗谷に迎えた。義昭は大軍を擁する義景の上洛を期待したが、義景にその意志はなく、義昭は織田信長を頼って岐阜に移った。元亀元年（一五七〇）六月、姉川の戦いで浅井・朝倉連合軍は織田・徳川連合軍に敗れた。天正元年（一五七三）八月、義景は浅井氏救援のため出陣するが、信長の軍勢に大敗。義景は一乗谷に火を放って大野に逃れ再起を図るものの、一族の朝倉景鏡に裏切られ、賢松寺で自害した。享年四十一。

竹中半兵衛

天文十三年（一五四四）～天正七年（一五七九）

名は重治。半兵衛は通称。美濃菩提山城主。斎藤龍興に仕えたが、龍興没落後は織田家に属した。永禄七年（一五六四）わずか十数名で主君龍興の居城稲葉山城を奪取し、ほどなく龍興に返還したことはよく知られる。のち羽柴（豊臣）秀吉の与力となり、参謀として手腕を発揮したが、播磨三木城攻囲の陣中で病没。享年三十六。

尼子勝久

天文二十二年（一五五三）～天正六年（一五七八）

尼子誠久の子。祖父国久、父誠久らは月山富田城の北麓の新宮谷に居を構えたので「新宮党」と呼ばれた。軍事面で彼らの働きは大きかったが、尼子氏内部の対立から、尼子晴久によって主だった者が粛清された。このとき勝久は家臣の助けにより出雲を脱出、京都東福寺の僧となった。永禄九年（一五六六）尼子氏が毛利氏に滅ぼされると、遺臣山中鹿之助（幸盛）や立原久綱らによって擁立され、尼子氏再興を目指して還俗した。一時、出雲の大半を回復するものの、毛利氏に敗れ織田信長を頼った。天正五年（一五七七）織田信長、羽柴（豊臣）秀吉の支援を得て播磨上月城を攻略。しかし翌六年、毛利軍に包囲され、信長の命で秀吉が撤兵したために降伏。勝久は自刃した。享年二十六。

大内義隆

永正四年（一五〇七）～天文二十年（一五五一）

大内義興の長男。享禄元年（一五二八）家督を継ぎ、周防など七ヵ国の守護となる。少弐氏を討って豊後の大友義鑑(おおともよしあき)と講和。天文五年（一五三六）後奈良天皇の即位式のための資を献上し、大宰大弐に任ぜられた。のち従二位に累進。天文十一年、出雲に遠征、尼子晴久の居城月山富田城を攻めたが、翌十二年五月に大敗し世子晴持を失った。以後、政治的意欲を喪失し、文事に耽り、明や朝鮮との交易やキリスト教の布教を認めるなど、外来文化の輸入にも努めて大内文化国家を形成した。しかし文弱に流れたため重臣陶隆房（晴賢）らの謀叛にあい、長門大寧寺で自害した。享年四十五。

黒田官兵衛

天文十五年（一五四六）～慶長九年（一六〇四）

名は孝高。官兵衛は通称。法号は如水。播磨姫路城の城代、小寺職隆(こでらもとたか)（黒田姓）の子。天正五年（一五七七）織田信長の部将、羽柴（豊臣）秀吉が中国平定に乗り出すと、秀吉を姫路城に迎えた。翌六年、摂津有岡城主の荒木村重が信長に背くと、単身説得に乗り込んだが、逆に捕らえられ城中に幽閉された。翌年、有岡城が落城したときに救出され、秀吉の中国地方経略の参謀として重用されることになる。天正十年六月、備中高松城水攻めのさなか、本能寺の変の急報に接して狼狽する秀吉に、「天下取りの好機」とささやいたといわれる。数々の戦功により天正十五年、豊前中津十二万石を与えられた。天正十七年、四十四歳で家督を子の長政に譲ったのちも、秀吉に近侍して軍事面で活躍している。キリシタン大名の一人で、洗礼名はドン・シメオン。京都伏見で死去。享年五十九。

松永久秀

永正七年（一五一〇）～天正五年（一五七七）

生まれは阿波や近江など諸説があり、あるいは京都西岡の商人出身ともいわれるが、素性は明らかでない。三好長慶に祐筆（文書係）として仕えて頭角をあらわした。信貴山城、多聞山城を本拠にして大和を平定。永禄七年（一五六四）に長慶が死去すると、翌八年、三好三人衆とともに将軍足利義輝を襲い自刃させた。永禄十年、敵にまわした三好三人衆との戦いでは東大寺大仏殿を焼いた。翌十一年に織田信長が足利義昭を奉じて入京すると臣従したが、のち謀叛を起こして天正五年（一五七七）十月十日、信貴山城で自害。奇しくも東大寺大仏殿が焼かれたのと同じ月日だった。享年六十八。

細川幽斎

天文三年（一五三四）～慶長十五年（一六一〇）

三淵晴員（みつぶちはるかず）の子。実父は足利十二代将軍義晴という説もある。七歳で細川元常の養子となる。十四歳から将軍家に仕え、義晴の子義藤（義輝）の一字をもらい藤孝と名乗った。義輝没後は義昭を奉じていたが、天正元年（一五七三）義昭が京都から追放されてのちは織田信長に仕えた。天正八年、丹後に入国。天正十年の本能寺の変の際、剃髪して信長への追悼の意を表し幽斎玄旨と号した。家督を嫡男忠興に譲り、丹後田辺城に移る。その後、豊臣秀吉に武将としてばかりでなく、当代屈指の文化人としても重用された。関ヶ原の戦いで田辺城が石田三成方に包囲されると、古今伝授の絶えることを憂慮した後陽成天皇が開城の勅使を遣わし、城を出ることができた。晩年は京都吉田に閑居した。享年七十七。

伊達政宗

永禄十年（一五六七）～寛永十三年（一六三六）

出羽米沢城主、伊達輝宗の長男。幼名は梵天丸。天正十二年（一五八四）十八歳で家督を相続。天正十七年、会津の蘆名氏を破って奥州を制覇した。翌十八年、豊臣秀吉の小田原攻めに参陣したが、会津などを没収された。文禄の役に出陣。関ヶ原の戦いでは東軍に属して上杉景勝と戦う。慶長八年（一六〇三）仙台に居城を移し、仙台藩六十二万石の基礎を固めた。また広く海外にも目を向け、慶長十八年には家臣支倉常長をメキシコ、イスパニア、ローマに派遣している。幼少期に右目を失明したため、隻眼の勇将として「独眼龍」と称された。享年七十。

前田利家

天文七年（一五三八）～慶長四年（一五九九）

尾張国荒子村に生まれる。前田利昌の四男。戌年生まれだったので、幼名は犬千代。元服して孫四郎、のち又左衛門と称した。天文二十年（一五五一）十四歳で織田信長に仕えた。永禄十二年（一五六九）信長の命で兄利久にかわり家督を継いだ。槍の使い手として武勇を馳せ「槍の又左衛門」の異名をとった。長篠の戦いでの戦功により越前府中城主、ついで能登七尾城主。賤ヶ岳の合戦後は羽柴（豊臣）秀吉に属して加賀尾山の城主となる。慶長元年（一五九六）に従二位権大納言、慶長三年に五大老に就任して、徳川家康に次ぐ実力を持った。秀吉の死後、秀頼の後見役にあたり、家康に睨みをきかしたが、秀吉の死から半年後に死去。享年六十二。

福島正則

永禄四年（一五六一）～寛永元年（一六二四）

尾張国海東郡二寺村に生まれる。加藤清正とともに幼少期より豊臣秀吉に仕えた「子飼い」の武将。賤ヶ岳の戦いでは「七本槍」筆頭の武功を挙げた。天正十五年（一五八七）伊予国において十一万石を与えられ、文禄四年（一五九五）朝鮮出兵の功により尾張清洲二十四万石となる。関ヶ原の戦いでは東軍に属し戦功を立て、安芸・備後四十九万八千二百石を与えられ、広島城主となった。元和五年（一六一九）広島城の無断修築をとがめられ、信濃川中島四万五千石に移され高井野に蟄居した。享年六十四。

真田幸村

永禄十年（一五六七）〜元和元年（一六一五）

名は信繁。幸村の称で知られるが、確実な史料には見出せない。信濃上田城主、真田昌幸の次男。兄は信之。天正十三年（一五八五）上杉景勝のもとに人質に送られ、天正十五年に昌幸が豊臣秀吉に帰属すると秀吉の近侍となり、のち大谷吉継の娘を妻とした。天正十八年の小田原攻めに父や兄とともに出陣し戦功を挙げた。関ヶ原の戦いでは西軍に属し、父とともに上田城に拠って、西上する徳川秀忠の大軍を阻止した。戦後、父とともに高野山麓の九度山に蟄居することになった。慶長十九年（一六一四）豊臣秀頼の挙兵に応じて大坂に入城。同年の冬の陣では城の南東隅に「真田丸」を築き、攻め寄せる徳川方を悩ませた。翌元和元年の夏の陣では、徳川方の本陣に突撃して家康を危地に陥れたが、大坂落城の前日、力尽きて戦死した。享年四十九。

柴田勝家

大永二年（一五二二）？〜天正十一年（一五八三）

尾張に生まれる。はじめ織田信長の弟信行に仕え、弘治二年（一五五六）信行の擁立をはかって失敗するが、のち信長に許される。以後、信長の家臣として数々の戦いに臨み軍功を挙げた。織田家筆頭の老臣となり、永禄十一年（一五六八）信長に従って上洛した。元亀元年（一五七〇）には近江長光寺城に籠城。用水を断たれて残りわずかとなった水が入った瓶を打ち割ってから出撃し、六角氏の軍を撃退して「瓶割柴田」の異名を取ったと伝えられる。天正三年（一五七五）九月、信長の越前一向一揆討伐後、軍功により越前国主となる。天正八年、加賀一向一揆を平定。天正十年の本能寺の変の際は、越中で上杉方の松倉城を攻めていた。翌十一年、信長死後の主導権をめぐって羽柴（豊臣）秀吉と激突した賤ヶ岳の戦いに敗れ、北ノ庄城で自害した。

龍造寺隆信

享禄二年（一五二九）〜天正十二年（一五八四）

水ヶ江龍造寺周家の子。七歳で出家し円月と称した。天文十五年（一五四六）に還俗して水ヶ江龍造寺氏を相続。天文二十年、家臣の土橋栄益の謀叛により追放されるが、二年後に佐嘉（佐賀）城を奪回した。永禄二年（一五五九）少弐氏を滅ぼし、東肥前を制圧。領土拡大を図る豊後の大友宗麟（義鎮）との戦いが始まった。永禄十二年、翌元亀元年（一五七〇）の大友宗麟の侵攻を退け、肥前一国を平定した。さらに、筑前、筑後、豊前にも進出。天正八年（一五八〇）政家に家督を譲る。天正十二年の島原半島沖田畷の戦いで、島津・有馬の連合軍に敗れて戦死した。享年五十六。

井伊直政

永禄四年（一五六一）～慶長七年（一六〇二）

今川氏の重臣井伊直親の子。松平家と内通しているという讒言により、父直親が今川氏真に疑われて殺されたため、流浪の生活を余儀なくされた。家康に見出されて仕え、天正十年（一五八二）二十二歳で元服し直政と名乗る。家康の養女で松平康親の娘、花と結婚。本能寺の変の際には、堺に同行していた家康とともに伊賀越えを果たし、無事岡崎に帰着した。天正十二年、小牧・長久手の合戦に従軍して奮闘する。天正十八年、家康が関東に入国した際、上州箕輪城十二万石を与えられた。のち関ヶ原の合戦の功で、近江佐和山城十八万石に加増された。直政の率いる軍は武田氏旧臣を中核とし、兵具は赤色で統一されていたので「井伊の赤備え」と称された。享年四十二。

直江兼続

永禄三年（一五六〇）～元和五年（一六一九）

越後坂戸城下に樋口兼豊の子として生まれる。はじめ樋口与六と称した。上杉謙信の急死後、家督の後継をめぐって勃発した御館の乱では、景勝を援けて勝利に導いた。天正九年（一五八一）名門直江家の名跡を継ぎ、上杉氏の執政として治政と軍事の両面で手腕を振るった。豊臣秀吉の知遇をうけ、慶長三年（一五九八）景勝の越後から会津への転封の際、陪臣ながら出羽米沢三十万石を与えられた。関ヶ原の戦いののち、会津百二十万石から米沢三十万石に減封された藩の立て直しに尽力した。江戸鱗屋敷（直江家上屋敷）にて死去。享年六十。

足利義輝

天文五年（一五三六）〜永禄八年（一五六五）

足利十二代将軍義晴の嫡男として東山南禅寺に生まれる。初名は義藤。天文十五年（一五四六）十二月、十一歳で十三代将軍となる。細川晴元、三好長慶との対立抗争のためしばしば京都を追われ、傀儡将軍の悲哀を味わった。永禄元年（一五五八）長慶と和解して、逃亡先の朽木谷から京都に帰還。長慶の死後、松永久秀の手から政権奪還を企てたため、久秀らに襲われて自刃した。享年三十。

長宗我部元親

天文八年（一五三九）〜慶長四年（一五九九）

土佐岡豊（おこう）城主、長宗我部国親の長男。永禄三年（一五六〇）家督を継ぐ。有力国人を倒し、国司一条氏を豊後に追い、天正三年（一五七五）土佐を統一。それ以後、四国制覇に乗り出し、阿波の三好氏、伊予の西園寺氏、讃岐の香川氏などを攻略した。天正十三年、四国全土をほぼ平定したが、この年、秀吉の四国征伐に屈服し、土佐一国を安堵された。翌十四年の秀吉による九州征伐に従軍し、豊後戸次川の戦いで島津軍と激突、嫡男信親以下七百余人を失ったことは大きな痛手となった。享年六十一。

荒木村重

天文四年（一五三五）〜天正十四年（一五八六）

荒木義村の嫡男として摂津に生まれる。義村は池田家六人衆の一人。村重は摂津の池田勝正に属していたが、池田家の内紛に乗じて主家を乗っ取った。元亀四年（一五七三）以降は織田信長に属し、摂津一国の守護となる。信長に従い播磨攻略と石山本願寺包囲にあたった。天正六年（一五七八）謀叛を起こしたが、配下の諸将が信長に降って孤立し、翌年、籠城していた摂津有岡城からひそかに尼崎城へと脱出した。天正八年、毛利領に亡命。剃髪して入道。道糞と称し尾道に隠遁した。本能寺の変後は千利休に茶の湯を学び、茶人として秀吉に仕えた。利休七哲の一人。堺で死去。享年五十二。

大友宗麟

享禄三年（一五三〇）〜天正十五年（一五八七）

大友氏二十代義鑑（よしあき）の長男として、豊後府内に生まれる。名は義鎮（よししげ）。洗礼名はドン・フランシスコ。豊後臼杵城主。天文十九年（一五五〇）父親の死を受けて家督を相続。永禄二年（一五五九）足利義輝から豊後、肥後、肥前のほかに、豊前、筑後、筑前の守護職に任じられた。天正六年（一五七八）日向の耳川の戦いで島津軍に大敗した。以後、大友氏は衰退の一途をたどる。天正十年、大村氏、有馬氏らと遣欧使節をローマに派遣した。天正十五年、豊臣秀吉による九州征伐で豊後を安堵されるも、この年、失意のうちに五月没。享年五十八。

豊臣秀頼

文禄二年（一五九三）～元和元年（一六一五）

豊臣秀吉の次男。母は側室茶々（淀殿）。幼名は拾。秀吉五十七歳のときの子だった。文禄四年（一五九五）秀吉は養子秀次に切腹を命じ、秀頼後継を固めた。慶長五年（一六〇〇）関ヶ原の戦いののちは、摂津・河内・和泉六十五万石余の一大名となった。慶長八年、徳川秀忠の娘千姫と結婚。慶長十六年、二条城で徳川家康と会見する。慶長十九年、方広寺鐘銘事件をきっかけに大坂冬の陣が勃発した。翌元和元年の夏の陣で大坂城が落城し、秀頼は母とともに自刃。享年二十三。ここに豊臣氏は滅亡した。

徳川秀忠

天正七年（一五七九）～寛永九年（一六三二）

徳川家康の三男。母は側室於愛の方。幼名は長松、のち竹千代。天正十八年（一五九〇）豊臣秀吉の一字を与えられて秀忠と名乗る。文禄四年（一五九五）江（浅井長政の三女）と結婚。慶長五年（一六〇〇）九月、関ヶ原の戦いに遅参し、家康の怒りを買う。慶長十年四月、徳川幕府二代目将軍に。元和元年（一六一五）五月、大坂夏の陣で大坂城が落城し、豊臣家が滅亡。七月、武家諸法度、禁中并公家諸法度、諸宗寺院法度などの法令を発布して幕藩体制の確立を図った。翌二年（一六一六）家康死去後は名実ともに幕政の実権を手にすることになった。元和九年七月、将軍職を家光に譲って江戸城西の丸に移った。享年五十四。

本多忠勝

天文十七年（一五四八）～慶長十五年（一六一〇）

本多忠高の長男。通称は平八郎。本多家は最古参の安祥譜代で、幼少から徳川家康に仕えた。永禄三年（一五六〇）尾張大高城攻めが初陣で十三歳だった。以来、五十余度にわたる合戦に出陣し大きな戦功を挙げ、一度も怪我をしたことがないといわれる。天正十八年（一五九〇）家康関東入国の際、上総大多喜城主に封じられ十万石を領し、慶長六年（一六〇一）伊勢桑名に十万石で移される。猛将の誉れ高く酒井忠次、榊原康政、井伊直政とともに徳川四天王と称され、家康の政権樹立を軍事面で支えた。慶長十四年六月、嫡男忠政に家督を譲り隠居する。享年六十三。

黒田長政

永禄十一年（一五六八）〜元和九年（一六二三）

黒田孝高（官兵衛、如水）の長男。播磨姫路城で生まれる。幼名は松寿丸。天正五年（一五七七）人質として織田信長のもとに送られ、羽柴（豊臣）秀吉の居城である近江長浜城で養われた。天正十五年、父孝高とともに秀吉の九州征伐に功を立てた。天正十七年、父の隠居により家督を継いで豊前中津城主となる。文禄・慶長の役ではいずれも渡海し、碧蹄館の戦い、稷山の戦い、蔚山城の戦いなどで武功を立てた。秀吉の没後は徳川家康に従う。慶長五年（一六〇〇）家康の会津征伐に先鋒を務め、関ヶ原の戦いでは小早川秀秋の内応を画策した。その戦功により、豊前十八万石から筑前五十二万三千石に加増され、福岡城を築いた。キリシタン大名でもあったが、最後は宣教師や信徒を弾圧した。享年五十六。

装幀　中央公論新社デザイン室

カバー写真　銀箔押一の谷形兜・黒糸威胴丸具足—小具足付
（福岡市博物館所蔵　画像提供：福岡市博物館／DNPartcom）

山崎光夫（やまざき・みつお）

1947年、福井市生まれ。早稲田大学卒業。放送作家、雑誌記者を経て小説家に。1985年『安楽処方箋』で小説現代新人賞を受賞。医学・薬学関係に造詣が深い。小説に『ジェンナーの遺言』『ヒポクラテスの暗号』『精神外科医』『風雲の人　小説・大隈重信青春譜』『小説曲直瀬道三　乱世を医やす人』『北里柴三郎　雷（ドンネル）と呼ばれた男』など多数。ノンフィクションに『東京検死官』『逆転検死官』『戦国武将の養生訓』『薬で読み解く江戸の事件史』『胃弱・癇癪・夏目漱石　持病で読み解く文士の生涯』など。1998年『藪の中の家　芥川自死の謎を解く』で第17回新田次郎文学賞を受賞。

殿（との）、それでは戦国武将（せんごくぶしょう）のお話（はなし）をいたしましょう

貝原益軒（かいばらえきけん）の歴史夜話（れきしやわ）

著　者　山崎光夫（やまざきみつお）

2020年５月25日　初版発行

発行者　松田陽三

発行所　中央公論新社

〒100-8152　東京都千代田区大手町1-7-1

電話　03-5299-1730（販売）

03-5299-1740（編集）

URL　http://www.chuko.co.jp/

ＤＴＰ　市川真樹子

印　刷　大日本印刷

製　本　小泉製本

Published by CHUOKORON-SHINSHA, INC.

Printed in Japan　ISBN978-4-12-005308-5 C0093

定価はカバーに表示してあります。

山崎光夫 著

北里柴三郎

雷(ドンネル)と呼ばれた男

新装版 上下

第一回ノーベル賞を受賞するはずだった男、北里柴三郎。その波瀾に満ちた生涯は、医道を志した時から始まった。ドイツに留学し、「細菌学の祖」コッホのもと、破傷風菌の純粋培養と血清療法の確立に成功。帰国後、私立伝染病研究所を設立し、香港の現地調査によりペスト菌を発見、やがて私財を投じて北里研究所創立へ……。日本が生んだ世界的医学者の生涯を活写した伝記小説。

中公文庫